JN117631

小樽湊殺人事件

荒巻義雄

小鳥遊書房

ジュリア・クリステヴァに倣えば、
本作のインターテクステュアリティは
民話「かちかち山」です。

作者

註＝ジュリア・クリステヴァ（一九四一年〜）ブルガリア出身の
フランスの文学理論家、哲学者／（学派）ポスト構造主義

目次

［第三部］

【あとがきに代えて】

序章　釧路――昭和二三年紀元節

1

鷗（ゴメ）の舞う二月の空は、鉛のように重い。

どこで放送しているのか、拡声器に乗った『リンゴの唄』が、途切れ途切れに届く。

釧路港あたりから届く海風だろうか、頬に突き刺さるほどの寒さである。

国鉄釧路駅まで送ってくれた、〈十川（そがわ）商店〉の角（つの）型ハンドルのオート三輪車の荷台から、凍てついた地面に降り立った文下軍治（ほうだしぐんじ）は、しばらく硬直したようにその場に立ち尽くした……。

（あいつだッ）

不吉な予感が彼の脳裏に宿る……

会いたくないのではなく、会ってはいけないと、本能が教えたあの男の姿を目撃したからである。

（やつは、私に気づいただろうか）

不安が増幅する。

カーキ色の旧陸軍の外套を着た長身の後ろ姿が、彼の視野を横切り、駅舎の中に消えたのだ。

「社長さん、どうかしましたか」

と、運転席の江藤章雄がいぶかって訊ねる。

彼は〈十川商店〉の番頭である。

「いや」

文下はかぶりを振り、心の動揺を打ち消すと、

「番頭さん、これ」

と、言って、闇で買ったラッキー・ストライクを、袋ごと差し出す。

朝早く、彼を駅まで送ってくれたお礼のつもりだ。

「これはどうも。洋モクですか。こんな貴重なもの、すまんです」

防寒具姿の江藤は、分厚い手袋のままの両手で、まるで賞状でも受け取るような仕草をした。

「それでは社長さん、道中、お気をつけなさって。昨夜も話題になりましたが物騒な世の中で、釧路でも例の凶悪事件が……」

と、言って語尾を濁す……

「ああ、十分、気をつけるよ。番頭さん」

と、文下は応じて、さらしに包んだ大金で膨らんだ自分の腹を撫でる。

「じゃ、私はこれで」

「送ってくれてありがとう。十川(そがわ)社長にも、『お借りしたものは、できるだけ早くお返しします』と、伝えてください」

文下は、江藤の運転するオート三輪車が、降りしきる雪の帳(とばり)に消えるまで見送ってからも、すぐには踵(きびす)を返さず、そのまま立ち尽くした。

拡声器からの『リンゴの唄』は、強い海風に吹きちぎられるように、途切れ途切れに届く。それが、文下が記憶の底へしまい込んでいた、その名を思い出させ、彼は意識してあの男との遭遇を避けたのである。

歌詞は、たしかサトウ・ハチローである。紀元節なのに、国旗のたたないような殺伐とした世の中とは、正反対の明るい歌だ。今は全国的に流行っているらしいが、元は戦後第一作映画として、終戦の年の一〇月に上映された『そよかぜ』の主題歌だった。

文下も妻の華代(はなよ)と一緒に花苑(はなぞの)十字街の映画館で観たが、歌手になることを夢見る一少女の成長がテーマの作品である。

彼らも映画館から家路につく道すがら、

「主演の並木路子(なみきみちこ)の明るくさわやかな歌声で心が和(なご)んだね」

などと語り合ったものである。

だが、進歩的文化人とでも言うのだろうか、一部の映画評論家は酷評したらしい。いったい、何が気にいらなかったのだろうか。彼らは、映画というものにさえ、思想とかイデオロギーを求めるからだろうか。

　しかし、昭和二〇年は、祖国が戦争に負けた年である。

日本中の人々が、自分たちの運命が、これからどうなるかわからず、不安にかられていたときである。

映画『そよかぜ』も『リンゴの唄』も、その意味ではほとんどの国民にとっては、ひとときの癒やしであったのはまちがいない……。

　心の中で彼は、

（あれから一年半が経ったのに……）

　と、つぶやく。

（国内は、依然として混乱のさなかにある。国会では与野党が激突し、片や占領軍は様々な制約を課し、経済は滅茶苦茶（めちゃくちゃ）。インフレが進み、労働組合は大規模なゼネストを画策する。先だっても、予定されていた二・一ゼネストが、連合国最高司令官の権限で潰されたばかりだ）

　小樽湊で、〈北洋海産〉という水産会社を営む彼自身も、敗戦の煽りで経営が根本から行き詰まっているのだった。

　祖国が戦争を始める前は、会社経営も好調だったのである。日本が千島列島を領有していたこともあり、小樽湊は北洋漁業で潤っていた。

　その他、小樽湊は、石炭をはじめとする様々な物産の積み出し港でもあったし、敗戦でサハリンと名の変わった樺太（からふと）との経済的な太いつながりもあった。

だが、大東亜戦争が、そうした繁栄の基盤をすべてだめにしてしまったのである。

2

文下は、駅前で二〇分あまりを過ごしてから、薄暗い釧路駅の構内に入った。

寒風にさらされて芯まで冷え切った軀には、駅舎の待合室で焚かれている達磨ストーブの周りが天国であった。

だが、ストーブを囲む地元の人々は、みな寡黙である。

文下は人々の輪に軀を紛れさせるようにしながら、あたりをうかがったが、やつの姿はなかった。

（一瞬の出来事だったから、錯覚だったのかもしれない）

と、彼は思い直す。

彼は待合室を出て改札に向かう。切符売り場には行列ができていたが、彼は知り合いの国鉄関係者に頼んで買った、鈍行の往復切符を用意していた。

ただし三等車である。今年の一月四日から、国鉄全線で急行列車も二等車も廃止になったからである。

釧路が始発であるのに、改札口は行列ができていた。

やがて順番が来て、無愛想な改札係に鋏を入れてもらう。

傍らを追い越して走る人々は、大きな荷物を背負っているにもかかわらず、超人的と言える速さで、プラットホームへ向かう階段を駆け上る。

始発だから席はとれるはずと考えてきたが、文下も早めに吹きっさらしのプラットホームに出て、身を縮めた。

旭川経由の長距離列車はまだ入っておらず、零下の寒気は容赦なく体温を奪う。

大きな竹籠の傍らでうずくまっている男や女たちは、釧路港に水揚げされる海産物が目当ての買い出し部隊である。

最初に靴のつま先が冷えてきた。払い下げの旧陸軍の軍靴を履いてきたが、血の流れまでが止まったように、痛い。

降雪は密度を増す。目の前を落ちる雪片は上下に、あるいは横に流されて複雑な動きをするが、少し離れると、街の空全部が白濁しているように見える。

鷗（ゴメ）だけが元気だ。うまく風を利用して舞っているが、鴉（からす）どもは不器用である。

はるばる道央の小樽湊から道東の釧路へ、文下が出張したのは、昔、世話になった網元夫妻の墓参りのためでもあった。

昨年、暮れもおし迫ったとき、〈作倉田（さくらだ）水産〉に押し入った強盗によって賢治（けんじ）と初子（はつこ）の老夫妻が惨殺されたのである。

こんなご時勢だからと、諦めたほうがいいのかもしれないが、彼にとっては親と呼んでもいい夫妻だった。しかも、複数と思われる犯人はまだ捕まっていないのである。

ここ釧路にある妻の実家、十川の家で聞いた話では、もしや犯人に思い当たる節（ふし）もないではなかった。それが、さっき、駅前で見かけたかもしれない長身の男なのだ。

　文下は、強いて不安を打ち消す。

　だが、どうしてもやつのことを考えてしまう。

　また、それを打ち消す。

　気がつくと、列車の入構を告げるアナウンスが、人々にホームの白線まで下がるよう注意を促す。

　買い出しの人々は、席取りのために早々と重い荷物を背負う。

　文下自身も、冷え切った軀（からだ）の血の巡りを少しでもよくしようと足踏みをはじめる。

　この寒さが、シベリアに抑留されたまま帰還できずにいる、妻の甥（おい）を思い出させる。知内勇気（しりうちゆうき）といってまだ二三歳かそこらの若者だが、生死さえもわからないのだ。すでに、やつのように、昨年の暮れにいち早く抑留から解放されて、帰国できた者もいるというのにである。

　やがて、待ちかねた列車が滑り込んできた。

　機関車が吐き出す蒸気が風に流され、石炭の煙の臭いが安心感を彼に与える。

　幸い席も取れた。彼は荷物を網棚にあげたが、ズック鞄は肩から紐を掛けたまま膝の上に置いた。

　定刻をかなり過ぎてから釧路始発の列車はプラットホームを離れたが、いつ着くものやら。握り飯の弁当も二食分用意してきた。

　列車の終点は函館だが、文下軍治は日の暮れる前に着くはずの小樽湊（おたるみなと）までである。

　時間どおりなら、今夕、取引先を接待する予定の〈花川（はなかわ）〉へ真っ直ぐ向かい、経理部長の大崎（おおさき）

新治（しんじ）と合流するつもりだ。

ほどなくして、足下のスチームが車内に行き渡り、汗ばむほど暑くなった。彼は、ズック鞄をしっかり抱えたまま睡魔に襲われ、帯広で目覚めた。

腹が空いていたので握り飯を食べる。時節柄、六分搗（ろくぶつ）きの米に雑穀を混ぜたものだ。

帯広の先には日高山脈という障壁が横たわる。狩勝（かりかち）峠の登りにさしかかった列車は、速度を落とした。

文下軍治は上着の内ポケットから手帳を取りだし、釧路駅で見かけた、あの男のことをメモする。


犯人？

リンゴの唄？


不安な気持ちで考え込んでいると、背後から覗（のぞ）かれた気がしたので、ページを閉じた。

彼は、カーキ色の軍用外套を着た長身の男が、先頭車両の方へ歩く後ろ姿を見た……。

3

列車は旭川駅で、長い間、臨時停車した。

駅側からはなんの説明もなかったが、だれもが知っていた。

日本人を乗せた列車は、連合軍専用列車が傍若無人（ぼうじゃくぶじん）に通過するのを、忍耐強く待っているのである。

戦争に負けるということがどういうことかを、日本人が思いしらされる瞬間である。

ぼんやり、電灯の明かりが薄暗いホームを眺めていると、あの男の後ろ姿を見た。改札口越しにだれかと話していたが、やつが例の男かどうかは確認できなかった。

列車は滝川、岩見沢でも長時間停車し、小樽湊に着いたときは、すでに午後九時、外は真っ暗だった。時節柄、節電は当たり前なので駅前は暗い。ぶ厚い雪雲が星と月を遮る。海が荒れているのか、怒濤と吹雪が人気の少ない街を満たす。

長時間の汽車の旅で、文下は疲れ果てていた。

早く家に帰り着きたかったが、例の用事がある。

駅舎を出た文下は、〈花川〉のある花苑町へ歩き出そうとした。

そのとき、突然、数人の男たちに取り囲まれたのである。

文下は、なにがなんだかわからなかった。傍らを歩きすぎる下車客に救いを求めようとしたが、口をふさがれ、助けを呼べなかった。

それでも懸命にもがきながら、腹に巻いてきた金包みを足元に落とした。

殴られ、トラックの荷台に引きずりあげられ、毛布のようなものを被せられた。

〈リンゴの唄〉の予感が、現実となったのだ。


——以来、五五年の歳月が流れたのであるが……

「第一部」

第一章　不意の来客

——「僕はこう思ってるんです——見事に成功した人殺しは、国民の税金から年金を取り、晩餐に招待される名士であってもいいとね」／『ひらいたトランプ』（アガサ・クリスティー・著〈以下同につき省略〉１章／加島祥造・訳）

1

アカシア市という地名も小樽湊市も架空だが、実体は存在する。仮名にせざるを得なかったのは、事件にかかわった関係者がまだ生存しているからである。

むろん、架空の地名では、リアリティーを削ぐおそれはあるだろうが、有名なパストン・オートヴィル（『陸橋殺人事件』ロナルド・A・ノックス・著）の例などがある。

架空の地名は、架空の人物や事件同様に探偵小説では許容されているのである。

――さて、出来事には必ず始まりと終わりがあるものだが、一九八六年（昭和六一年）、小樽湊市を含む北海道四区選出の輪郷納太衆議院議員を含む、男女三名が凍死した事件は、その発端を何時とすべきだろうか。

実は、この事件は、一九四七年の小樽湊市まで遡ることができるのだ。つまり、この昭和二二年は、日本が戦争に負けた年の翌々年に当たり、日本は、まだ、深刻な飢餓と社会混乱の最中にあったのである。

以来、五五年を経た今年、二〇〇二年（平成一四年）ともなれば、色に喩えるなら灰色、いや黒いあの時代を知る者は、さすがに少なくなったが、瓜生鼎はその一人である。

彼は、一九三三年（昭和八年）、小樽湊市に生まれ、現在は、その隣にある道庁所在地、アカシア市在住の六九歳である。

きっかけは、不意の来客であった。一人は瓜生との付き合いが長い、小樽湊美術館の館長をしている一色圭治。もう一人が問題の人物であったが、もし一色が同行していなければ、彼は居留守を使っていたであろう。

自宅のチャイムが鳴ったとき、瓜生は書斎でパソコンに向かっていた。

ようやく、新作の構想がまとまり、

――チャールズ・パースの密室

と、表題を打ち込んだときだったのである。

(宅配便だろうか?)

瓜生は、気合いを削がれた気分になり、

「どなた?」

と、不機嫌さを隠さず応答すると、防犯カメラに映った人物は、

「小樽湊美術館の一色です。駅からまっすぐ〈ファリントン・ギャラリー〉へ参りましたが、今日は自宅でお仕事をしていると奥様に教えられて伺(うかが)いました。すみませんが、お時間、よろしいでしょうか」

「今、執筆中で手が離せないのですが」

と、応ずると、

「実は、どうしても先生にお会いしたいという人を、連れてきたのですが……」

返事をためらっていると、

「長居はしませんので、ぜひ」

一色とは無下(むげ)にはできない付き合いなので、

「わかりました。じゃ、あと一〇分ほど庭のベンチで待っていてください」

と、断って、頭に浮かんだ数行をキーボードで打ち始めた。

長年、作家をしているが、最初の数行が書ければ、あとはほぼ自動的に筆は進むものだからである。ローマ字入力でキーを打ちながら、瓜生は、

（もし、大手出版社なら、この題名では変更を求められるだろうな）

と、思った。

しかし、今、瓜生が付きあっているのは、〈杜蛙亭書房〉（もりあてい）といって、あるベンチャー企業のオーナーが、半ば趣味で経営している小出版社で、自由が利くのである。

やがて、打ち込んだ分を保存し終えた瓜生は、書斎から居間を横切って玄関へ行き、オートロックのドアを開け、来客へ声を掛けた。

「お待たせしました」

「こちらこそ。無理を言ってすみません」

「どうぞ」

連れの人物は知らない年配の男である
「先生の庭、ライラックが盛りですね」

一色が言った。

空は雲一つない青空だった。

そう言えば、大通公園は、今、ライラック祭りだ。

瓜生は、下駄箱から出したスリッパを揃えて客たちを招きいれ居間に通した。

居間からも、赤紫と白い花をつけたライラックが見える。花の薫りが漂う、瓜生が、一番、好きな季節である。

「家内がいないので、お茶も出せません」

瓜生は、冷蔵庫から買い置きの缶コーヒーを出してきて、二人の客の前に置いた。

一色が連れてきた客が、改まった仕草で名刺入れを出す。

「ホウダシさんです」

一色が紹介した。

初対面の相手はほっそりした体つきである。

「文下睦夫(ほうだしむつお)です。貴重なお時間を取らせて申しわけありません」

と、言って差し出した名刺の肩書きは、小樽湊商科大学名誉教授。併記して小樽湊美術館協力会委員とある。

ピアノを弾くのだろうか、指が長く、女性のような手をしていた。

「珍しいお名前ですね」

名刺を手にとり、瓜生は訊ねる。「ご先祖はどちらから？　やはり東北地方ですか」

明治になってから移住者が増えた北海道では、三代か四代遡(さかのぼ)ると、多くは東北地方のどこかになるからだ。

「ええ」

来客はうなずき、「フミクダシが訛ったとも言われております」と、教える。

「たいへん不調法ですが、冷えています。どうぞ」

と、瓜生は客に勧め、自分も缶コーヒーを開ける。

二人の客もならった。

名誉教授とあるからには、定年を越えているのだろう。瓜生とは対照的に白髪痩身、生気に弱々しさがあり、病み上がりの人のように思えた。

「お庭のベンチで休んでいましたら、足下の草むらに逃げ込んだ小さな蜥蜴を見かけましたが、飼っておられるのですか」

と、名誉教授が訊いた。

「ああ、あれ、居候です」

と、瓜生は笑いながら応じる。「うちの庭には鴉が棲みついたり、夜な夜な猫どもが徘徊したりなんです」

相手が納得したようなので、

「子供の頃はカナヘビと言っておりましたがね、実は家内の連れ子でして」

「連れ子？」

冗談のつもりだが、理解しない一色圭治美術館館長が、怪訝な顔をしたが、

「先生がおっしゃっている意味、私にはわかります」

と、名誉教授が応じた。

「えッ」

瓜生が驚く番である。

あとから思い起こすと、このとき、すでにゾーンに入っていたのかもしれない……。

「私の母もです」

眼が潤んだような気がした。

名誉教授は瓜生の視線に気づき、

「先生はライラックがお好きですか」

と、話題を変える。

「ええ」

ちょうど、初夏の陽光がまぶしいほど、居間に射し入っていた。

「文下さんもお好きな花ですか」

と、訊くと、

「エリオットの詩にもありました」

「ええ」

瓜生はうなずく。「エリオットは好きですよ、私も。ライラックは、たしか『荒地』でしたね」

「『THE WASTE LAND』です。その「死者をほうむる」の冒頭に出てきます」

と、名誉教授は応じて諳（そら）んじた。

April is the cruellest month, breeding
Lilacs out of the dead land, mixing
Memory and desire, stirring
Dull roots with spring rain.

英国仕込みらしい流暢な発音であった。

もとより、小説家であると同時に詩人である瓜生は、この有名な冒頭に隠された意味を知っていた。

だが、この時点で瓜生は、この文下という名誉教授に抱いた最初の違和感に留意すべきだったのだ。

「あれは私です」

文下は、彼自身のことだと言いたいらしい。

穏やかな日に曇りが生まれていたが、ほんの一瞬だが、虚無さえ感じた。

瓜生が、

「この詩の題名、〈THE BURIAL of THE DEAD〉は、古代オリエントのエジプトやシリアなどの風習で、豊作神の模像を地下の室などに安置して、豊穣を祈願する儀式から来ていることは、ご存知でしたか」

と、訊ねると、

「ええ。後のイエス・キリストの復活にも見られるように、〈死と復活〉信仰の原型でもあるのですが……」

と、淀みなく応じたばかりか、

「この詩の第一連は、チョーサーの『カンタベリー物語』のパロディだろうと、研究者の間では言われております」

「いや。知りませんでした」

瓜生は素直に兜を脱ぐ。

「お詳しいですね」

と、言うと、

「草木が芽吹き成長する四月、春の訪れがなぜ残酷なのか、おわかりですか」

と、逆に彼に問い返された。

「いいえ。実は、何かの反語かな、というくらいしかわかりませんが」

「つまり、春の訪れで、生命力をみなぎらせるはずの草木は、エリオットの時代の人間たちの比喩であって、彼らが死も同然の無気力な生活に安住しているということを告発しているのです」

「なるほど」

瓜生は相槌を打つ。

「実は、私自身の今でもあるのですがね」

だが、瓜生はその裏の意味をあまり深く考えずに、

（詩を愛する者に悪人はいない）

と、思うに留めただけだった。

「ところで」

名誉教授はつづける。

「さきほども、画廊に寄らせていただきましたが、私の買える範囲で、ときどき、版画などを求めさせていただいております」

（じゃあ、家内のお得意様だ）

と、好感度を上げながら、瓜生は、

「そうですか。あれは家内が、半分は趣味でやっているものです」

と、応じ、内心、

（家内の客なら粗末（そまつ）に扱えないな）

と思う。

「瓜生先生は絵をお描きにならないのですか」

と、訊かれたので、

「内緒で少し。しかし、ときたま、美術批評をやることがあるので、下手な絵は他人には見せられ

ないのです」

と、肩を竦めると、

「文下先生は、描いておりますよ」

と、一色が教えた。

「いや、素人（しろうと）の真似事（まねごと）ですが、母の血が少しは流れているのかもしれません」

と、名誉教授は言った。

「ほう。母上が……」

だが、文下（ほうだし）という難訓姓（なんくんせい）に入るであろう美術家の名に心当たりがなかったので、大勢いるアマチュア画家の一人だろうと思った。

「先生は、以前、小樽湊美術館で、盛本一郎（もりもといちろう）についてお話されたことがありましたね」

と、訊かれたので、

「ええ。この一色さんに口説（くど）き落とされまして」

盛本一郎は小樽湊在住の画家で、数年前、高齢のため他界した人だ。

「盛本先生は生前はよく、私の家に来ておりました」

「そうですか」

「私も先生の講義を聴講させていただきましたが、これまでの漠然とした見方から、理論的な絵画鑑賞法を教わり、大変、勉強になりました」

「そうでしたか。いらしてたんですか」

ますます、瓜生は、親しみを感じはじめている……。

「先生の美術理論は心理学の応用とうかがいましたが」

「ええ。造形心理学と呼ばれるものです。つまり、〈形態の心理学〉、あるいは〈ゲシュタルト心理学〉とも言いますが」

「先生は、セザンヌの例を挙げて、絵は幾何学だとおっしゃった」

「ええ、まあ」

「絵画の中の諸々の事物には方向性、つまり矢印の作用があり、それらが黄金分割という画面全体の構図と関係して、カチッとした構造を作るのだ――というお話でしたが、いわば〝目から鱗〟でした」

「そうですか。私は大学は文学部ですが、心理学専攻科でしたので」

と、言うと、

「では、先生は文学部出身でも数学はお強いのですね」

相手は窺う目をした。

気になる眼である。

「いいえ、得意じゃありません。しかし、高校のころは好きでした。今でも幾何学の練習問題を解いたり、要するに脳の老化防止のつもりですがね」

と、笑いながら応じて、代わって瓜生から訊ねる。

「文下さんは、ケインズとかマルクスとか、経済学者としてのご専門はおありですか」

「私の専門は数理経済学ですが、近年はインターネットの分野で暗号化が重要になりまして、その分野も少々……」

「それは凄い」

「定年後、しばらく新入生の数学補講をしておりましたが、それも終わりまして、あとは市民大学の講師やら、一色さんの美術館のお手伝いを」

「老人力発揮ですね」

するると、

「いや、実は寿命が尽きかけております。先生こそ、お元気そうですね。第一、小説家には定年がありませんからね、羨ましい」

「とんでもありません。出版不況と言われるご時勢です。私ごとき老兵は、このところ干されっぱなしです」

「ところで、一度、お訊きしたかったのですが、奥様の画廊は先生が名をつけられたのですか」

「いや、家内ですよ」

「奥様は推理小説がお好きなんですか」

「ええ。我々のそもそもの馴れ初め（そ）が、探偵小説だったのです」

瓜生はそう応じながら思い出した。

「そう言えば、わが札南高校の探研、つまり探偵小説研究会を立ち上げたのは戸村熙という男でして、彼はあなたの大学で教授をしていたはずですが」

「ええ。知っております。彼は二年後輩で、先年、亡くなりましたが、専門は素数論でしてね、時折、議論しあった仲でしたよ」

「そうでしたか。病死ですか」

「心臓が悪かったみたいです」

「実は、戸村君に推理小説の手解きを受けたのです、最初は」

と、瓜生は教えた。

「じゃあ、年季が入っておられますね」

「ぼくの高校時代は一九五〇年前後、つまり昭和二五年ごろで、ようやく、世の中が落ち着きを取り戻してきたころでした」

「いわゆる松本清張以前の愛好家だったわけですね」

「ええ。以後、日本の探偵小説は推理小説と呼ばれるようになり、傾向も社会派へ移行したように記憶しております」

「『点と線』はいつでしたっけ?」

「たしか、雑誌連載が昭和三二年です。ぼくは受験で浪人したもんで、まだ東京で大学生をしていたんですが、あれはちょっとした事件でしたね」

「なるほど、一九五七年ですか」

文下はうなずきながら、「前の年の一二月に日ソ共同宣言があったので、シベリア残留捕虜の大量帰国が、ようやく叶ったのが昭和三二年ごろでした」

「そうですね」

瓜生は話が横に逸れたので、

「なにか特別な記憶でも？」

と、質した。

「ええ。反ソ分子の嫌疑で有罪判決を受けて、最後まで戻れなかった母の甥が、昭和三一年の一二月にやっと帰ってきて、母と手を取り合って泣いたり笑ったりしていたのを、鮮明に覚えております」

「我々の世代は、若狭湾に面した舞鶴の名を覚えておりますものね」

瓜生は言った。

「ええ。引揚船が着いた港ですからね。港には赤旗が林立していたこともね」

そのときは、特になにも思わなかったが、世代が近ければ記憶の内容も同じなのであろう。

「ところで」

と、話題の転換は、もはや、瓜生との間に初対面の距離感がなくなった文下睦夫からである。

「奥様はクリスティーのファンですか」

「ええ。よくおわかりですね」

うなずくと、

「だから〈ファリントン・ギャラリー〉なんですね」

文下は納得したという顔をした。

「先生がたの話はさっぱりです」

一色が言った。「ぼくも少しは読んでいますが」

「〈ファリントン・ギャラリー〉は、クリスティーの『二四羽の黒つぐみ』に出てくる画廊の名なのです」

と、瓜生が教えると、

「観ましたよ、ＤＶＤで。デビッド・スーシェがポアロ役で」

すると、

「ただし、それは英国のＬＷＴ、つまり、ロンドン・ウィークエンド・テレビジョンが制作し、ＩＴＶネットワークで放送されたもので、原作とシナリオではかなりちがい、〈ファリントン・ギャラリー〉は原作には出てこないのです」

と、文下。

「ええ。わが国では一九九〇年からＮＨＫで」

と、瓜生。

つづけて、「翻訳は創元推理文庫の『クリスティ短編全集(3)』に収録されていますよ。一色さん」

と、教える。

「そう言えば、『葬儀を終えて』にも女性のアマチュア画家がでてきますね」

と、文下。「ただし、この作品も原作とＤＶＤではかなりちがいますね」

「そうですか」

と、瓜生が応じると、

「『オリエント急行の殺人』はどうですか。私は好きですが」

「一二名の陪審員が裁きを下すという設定がいいですなあ」

「実は大のクリスティー・ファンなので、コーンウォール半島のクリスティーの生誕地まで行ったくらいですよ」

「ぼくは、ロンドンからストーンヘンジまで。たしかその先でしたね」

と、瓜生。

「トー湾の浜辺は海水浴場、気候温暖で風光明媚な保養地でしてね、有名な先史遺跡の洞窟があります」

「じゃあ、小樽湊に似ていますね。だって、けっこう有名な手宮（てみや）洞窟がありますし」

こうしてミステリー談義が弾んだ。

註、「死者をほうむる」の冒頭は、
四月は残酷きわまる月で、
死んだ土地からライラックをそだて、
記憶と欲望をまぜあわせ、
鈍重な根を春雨で刺激する。
（上田保＋鍵谷幸信・訳／『エリオット詩集』思潮社）

2

次々と仲間に先立たれる高齢世代では、共通の趣味を持つ話相手は貴重である。瓜生に言わせれば、推理小説の評価も、世代、世代でちがうはずだからだ。

「横溝正史『本陣殺人事件』、高木彬光『刺青殺人事件』、江戸川乱歩『Ｄ坂の殺人事件』で、ミステリーに開眼した世代ですものね、我々は……。一〇代から六〇代まで、かれこれ半世紀ですか、年季に関しては若いもんには負けぬつもりですよ」

などと、つい声が高くなる。

調子に乗って、「クイーンの『Ｘの悲劇』、クリスティーの『ＡＢＣ殺人事件』、ドイルの『赤髪組合』

とか、殺風景な受験生活に生き甲斐を与えてくれたものでした。おかげで大学入試は二浪しましたけどね」

瓜生は嬉しそうに顔を崩しながら、「ぼくのようなオールドファンには、最近の傾向はどうも性に合いませんなあ。何と言いますか、脳の老化防止のためにも、歯ごたえのあるトリックと、そして密度のある文体で書かれ、しかも行間に謎を解く鍵が隠されているような、昔風なミステリーが読みたいです」

これは、瓜生なりの正直な実感である。

嬉しいことに、

「同感です」

文下も賛同してくれた。

「ホームズ物語はどうです」

と、文下に訊かれたから、

「むろん、自分が初めて出会った探偵小説がコナン・ドイルで、本を貸してくれたのが戸村君でした」

と、答えると、

「私なども、定年後になってミステリーを書いて懸賞に応募しているのですがね、いつも二次予選までで、最終選考に残れません。戸村君も恥ずかしいのか、口にしませんでしたが、学生たちの噂では私と同じ予選落ち組だったらしい」

「ほう、戸村君もねえ。そう言えば、高校時代の彼は探偵作家志望でしたよ。けど、道を踏み外さずに経済学者になりましたけどね」

と、冗談っぽく言うと、

「ところで、先生。ドイルとクリスティーのちがいは男性と女性の思考法のちがいだと思いますが、先生のご意見を聞かせてください」

「そうですね」

瓜生は、ちょっと言葉をとぎって、つづけた。

「たしかに、『シャーロック・ホームズの推理学』という本などを読むと、帰納法推理だとある。読みましたか」

「ええ」

「自分なりの考えでは、帰納法は様々な事象から結論を推定する思考法です。しかし、演繹法とはちがって、帰納法の取り扱いはかなり厄介(やっかい)ですし、さらに思考法にはアブダクションがあります」

「なるほど、仮説ですね」

「あなたはパースをお読みですか」

「いえ。まだです」

「チャールズ・パースです。彼はアメリカの論理学者で科学哲学者ですが、科学的論理思考には演繹と帰納の他に、アブダクション、つまり仮説的推論があると言っているのです」

以下、話が込み入るので紙に書いて説明した。

〔演繹〕
(1) この碁笥(ごけ)の碁石はすべて白い(規則)
(2) 掌に握られている碁石は、この碁笥の碁石である(事例)
(3) 故に、掌に握られている碁石は白い(結果)

〔帰納〕
(1) これらの碁石はこの碁笥の碁石である(事例)
(2) これらの碁石は白い(結果)
(3) 故に、この碁笥の碁石はすべて白い(規則)

〔仮説〕
(1) この碁笥の碁石はすべて白い(規則)
(2) これらの碁石は白い(結果)
(3) 故に、これらの碁石はこの碁笥の碁石である(事例)

「おわかりでしょうか」

瓜生が言った。

「演繹・帰納・仮説では、規則・事例・結果の順番が入れ替わっておりますね」

文下が応じた。

「ええ。そうです。で、文下さん、帰納法が通用される探偵小説があるとすると、たとえばその一例はこうなります」

と言って、瓜生は、また鉛筆を取り上げ次のように書いた。

(1) 彼はこの密室にいた（事例）
(2) 故に、彼も犯人である（結果）
(3) この密室にいた全員が犯人である（規則）

すると、

「全員が犯人というケースは、ある国際急行列車で起きる殺人事件の話がありますね」

と、あえて、題名を言わずに文下が応じた。

「しかし、文下さん、たまたま同じ急行列車に乗り合わせた探偵Pは、最初から(3)を考えていたわけではありませんよ」

と、言うと、

「ですね。たしかに」

と、文下。

「この場合、探偵Ｐの思考過程ですが、Ｐは捜査の過程で、単独犯の犯行ではないと結論づけると同時に、乗客全員の共通項を見つけるのです」

と、瓜生。

つづけて、「で、この乗客らの共通項の発見は、Ｐ自身の知識（記憶）に基づく。ヒントは一二の刺し傷です」

右を補足すると、演繹法ではその前提は、それが起きた事象が閉ざされて完結しているが、帰納法では目の前で起きている事象以外の様々な外部の知識（ファイルされた新聞報道などの記憶）が必要になるのだ。

「たしかに、ドイルの探偵ホームズ氏は新聞などの切り抜きをファイリングしているし、クリスティーの探偵ポアロ氏では秘書のミス・レモンが、熱心に索引付きのファイリングをしておりますね」

「一応、結論を言いますと、ドイルの推理法は〈確率的帰納法〉ですが……」

「クリスティーのケースは、ちょっとちがうように思えます」

と、文下が、瓜生を承けて言った。

「たしかに」

瓜生は応じる。「ドイルは思考過程を明らかにしますが、彼女の場合は明らかにしません。彼女の探偵は急に安楽椅子探偵（アームチェア・ディテクティブ）になり、椅子に座って瞑想を始めるのです」

「そして突然、ひらめくのですな」

と、うなずく文下。

「ええ。探偵ポアロの場合は、これまで集めた事象、たとえば、五つの事象を統一的に解釈できる解を、沈思黙考して探し、見つけるのです」

「なるほど。いわば多元連立方程式の解を探すとでもいいましょうか」

と、文下。

つづけて、「捜査の過程で気づかれた数個の矛盾が、統一的に解消される唯一の答えを探すわけですね」

「しかし、その思考過程は、最後まで読者には示されないのです」

と、瓜生。

「ですね。探偵ポアロ氏は、最後の章で容疑者全員を一堂に集め、はじめて犯人へ至る推理の過程を語るのが好きですね」

と、文下。

「おっしゃるとおりです」

「いい例が、『エッジウェア卿の死』ですね」

「『スタイルズ荘の怪事件』もです」

と、文下。

「クリスティーの探偵、ポアロ氏が使う方法は、〈消去法〉だと思います」

3

などと、話題が横道へ外れ、アブダクションの説明にはならなかった。

文下睦夫が話題を逸らしたからである。

「私がエジンバラ大学に留学していたころ、一九八四年から足かけ三年ですが……」

文下が話し始めたので、つい、

「ほう。エジンバラに」

と、瓜生も、新しい話題に反応してしまった。

瓜生はつづけた。「スコットランドの主都ですよね。私もロンドンからレンタカーを走らせて行ったことがあります。アーサー・コナン・ドイルの街でもあるが、同時に『宝島』や『ジキル博士とハイド氏』の作者でもあるロバート・ルイス・スティーヴンソンの街でもありますからね」

文下も、

「ええ。ドイルはエジンバラ生まれで、エジンバラ大学医学部の出身です」

「ある意味、ホームズ・ファンにとっては聖地ですよね」

「私の研究目的は、アダム・スミスでした」

「ああ、『国富論』の……。スミスもスコットランド出身でしたね」

「大学はグラスゴー大学とオックスフォード大学ですが、一時期、エジンバラ大学で文学と法学を講義していたこともあるのです」

「そうですか。懐かしい……大学正門の脇にあるレストランで、学生たちに混じってランチを摂った思い出があります」

と、瓜生も応じて、しばし、名物料理のハギスやシングル・モルトの話題で盛り上がったが、

「実は、私の滞在中に、ケンブリッジ大学で研究中だった戸村君がエジンバラに現れましてね、一緒にネス湖などへ行ったのですが、旅の宿で、彼が、〈**かちかち山殺人事件**〉というアイディアを出しましてねえ、日本民話を題材にした探偵小説はおもしろいね……などと、語り明かしたもんですよ」

「なるほど。悪い狸に復讐する兎の話でしたね」

と、瓜生は軽い気持で応じた。

不覚にも彼は、この文下の話に重大な意味が込められているとは、まったく気づかなかったのだ。

文下はつづける。

「この兎君は、なかなかの知恵者でしてね、最初は薪に火をつけて狸に火傷を負わせ、次に泥舟に乗せて溺死させるという、ははッ、いわば犯罪ミステリーというか、倒叙物(とうじょもの)とでもいうか、という

意味で傑作だなんて、我々は地元産のシングル・モルトを飲(や)りながら盛り上がったもんですがね、ただし彼が考えたアイディアの隠し味は、なんと水が火を熾(おこ)すんですよ。どうでしょうか」

「なるほど。水が火を消すんじゃなく、火を熾すなんて、まさに倒叙的じゃないですか。昔の人は石油を燃える水と言いましたしね、ぜひ、書いて応募されてはいかがですか」

「いや。だめですよ、きっと。万年落選アマチュア作家の経験でわかるのです」

「私だって似たようなもんですよ」

　と、瓜生は、相手を気遣いながら、「しかし、我々の世代こそが、本格派好き、真の探偵小説愛好家だと自負だけはしておるんですがね、どうも文体そのものが軽い今の時代にはあわないようで、要するに、我々は賞味期限切れなんでしょうな。しかしねえ、これから高齢者の割合がますます増えるというのにねえ、これも編集者諸君までが世代交代して、若くなったからなんでしょうかね」

　などと、つい気を許して、日頃の不満を吐露(とろ)していると、

「戸村君と同期なら、先生は一九三三年生まれですか」

　と、彼に訊かれた。

「ええ。昭和八年生まれの六九歳です。我々は、太平洋戦争、いや大東亜戦争(だいとうあせんそう)開戦当時は国民学校(こくみんがっこう)と呼ばれた小学二年で、終戦の玉音(ぎょくおん)放送を小学六年で聞き、国定教科書に墨を塗って使った世代です」

「先生も小樽湊出身ですよね」

「そうです」

「じゃあ、同郷です。ああ、そう言えば、行きつけのレトロなバーが電気館通りにあるんですがね、そこのオーナーが、先生と小学校が同級だって話していましたよ」

「と言うと、伊名穂小学校の時ですが、だれかなあ」

「〈バー帝国〉っていうんですがね、オーナーは先生のファンだそうですよ」

「そうですか。覚えておきましょう」

「私はね、昭和六年つまり一九三一年生まれで、中学は授業そっちのけで勤労動員された世代です」

「なら戦前派ですね」

と、うなずいて、

「一色さんは？」

文下が訊く。

「ぼくは、戦後生まれで昭和二四年です」

すると、文下は、

「じゃ、一九四九年ですね」

つづけて、「これは偶然でしょうか。我々三人には共通点があります」

「と、言いますと？」

と、一色が質す。

が、文下は質問に答えなかった。

　瓜生も不審を抱き、

「共通点ってなんですか」

　と、あえて訊くと、

「先生はパソコンで執筆なさっておられるのですか」

「自分は、最初から〈一太郎〉ユーザーです」

「私もです」

　文下はうなずきながら、「私は探偵小説のルールがきちんと守られている正統派が好きです」

　と、律儀な顔で言った。

「正統派に賛成です」

　瓜生も応じる。「ヴァン・ダインの探偵小説二〇則とか、ノックスの探偵小説一〇戒とか、謎解きの規則が守られているものですね」

「ええ、先生。フェア・プレー精神ですよ。読者に対して卑怯ではないルールです。たとえば、最初の章に解答のヒントの大部分が、少なくとも全体の三分の一までに全部のヒントが、提示されているような作品ですよ」

　と、文下は、妙に意気込んだ表情でつづけた。

「ヴァン・ダインの第一五則にあるように、犯人がわかった段階で前のほうを読み返したら、ちゃんと手掛かりが書かれていて、読者が敗北を認めざるを得ないような作品こそが、ミステリーであるべきですよ」

「賛成です、文下さん。大の字がつくほどね。それから、ミステリーに恋愛を持ち込む近ごろのテレビドラマの傾向にも、賛同できませんなあ」

「それはヴァン・ダインの第三則です」

文下はうなずく。「〝物語に恋愛趣味をいれてはならない〟ですな」

文下は、やはり、相当なミステリー通である。

瓜生は話題を合わせて言った。

「あくまで、作者は、冷徹な出題者でなければならないわけでして、読者はその難問に挑む。本格派は頭脳が験されるゲームです。人生最初に遭遇したミステリーがホームズ物の『踊る人形』で、あの謎解きの感覚が、当時、高校一年だった私を興奮させたのでした」

「はい。あれはいい」

文下はうなずく。「あれには、初老の英国紳士とアメリカ女性との恋愛が絡むが、作品の謎にかかわるものだから許容できます。有名な暗号小説ですが、瓜生先生もお好きですか」

「大好きです」

と、応ずると、

「第一、コンピュータ時代となった今日、機密保持のための暗号は産業界の財産でもあります」

「なるほど。公開鍵暗号とか」

「ええ。しかし、いずれは量子暗号が普及するにちがいありません。一般のレベルが、そこまで行くのはまだ未来の話でしょうが、現代人は暗号的思考を求められているのかもしれません」

実は、このときの何気ない会話が、後になって意味を持ってきたのだ。

「さらに……」

瓜生はつづける。「本格派は精読を要求されます。だからこそ、脳の論理回路が鍛えられて、読書力だってつくんです。しかし、最近のものは、あまり読解力向上の糧にはなりませんね」

「教師の経験からいっても、まったくそのとおりです。最近では往年の本格を読み切れる読者が減っているのではないでしょうか。たとえば、エラリー・クイーンとか。一例ですが、翻訳で読んでも緻密この上ない文体でしょう」

と、文下。

「大手の編集者もそう言っておりますよ」

と、瓜生は応じ、この辺でそろそろ話が終わるかと思ったら、文下氏は、さらにつづける。

それからの話しぶりは、ファンを通り越してマニアックでさえあった。

「先生。本格ファンの理想は、完全に新しいトリックを思いつくことではないでしょうか。今日では、まず不可能かもしれませんがね、少なくとも努力すべきですよ。私はエジンバラ大学に留学中、つくづくそう考えました」

「鉄道の終着駅が谷底にある街で坂が多く、いかにも二重人格者ジキル&ハイド氏が住んでいそうな雰囲気が街のいたるところにありました」

「エジンバラには旧市街と新市街がありましてね、つまり街自身が二重人格だなんて言う人もおりましたよ」

「たしかに、あの街の雰囲気は、ロンドン以上に安楽椅子探偵(アームチェア・ディテクティヴ)に似合いますよね」

と、言うと、

「おっしゃるとおりです。探偵小説の時代は、現代の遺伝子検査はおろか、血液型や指紋さえも、今日のように常識ではなかった。むしろ、いわゆる科学捜査のなかった時代のほうが、思考ゲームとしては純粋でおもしろいと思いませんか」

と、文下。

「同感です」

瓜生はうなずいて、「『ひらいたトランプ』の冒頭で、エルキュール・ポアロ氏に向かって謎の人物シャイタナ氏が言う言葉、『真に巧妙な殺人は芸術でありうるし……』ですな」

眼を細めて文下は、

「ええ、そうです」

などと、さらに探偵小説談義で話が弾んだが、

「文下さん、そろそろ……」

と、一色が促す。

すると、一度は、

「ええ」

と、腰を浮かしかけた文下氏が、

「すみません、最後にもう一つ」

と、言って、ふたたび、腰を下ろし、

「先生は密室物がお好きですか」

「ええ、まあ。一応は」

と、曖昧に応ずると、

「ホームズ物語では、あまり見かけませんが」

「ええ。強いて言えば『まだらの紐』でしょうか」

「クリスティーはどうでしょうか」

「やはり『オリエント急行の殺人』でしょうね」

つづけて、「たしかに、どちらかと言えば少ないですね」

「日本作家は、どうでしょうか」

「江戸川乱歩の『D坂の殺人事件』はじめ、多くの日本作家が密室物に挑戦しておりますね」

「先生もですか」

と、訊かれたから、

「ええ、まあ。関心はありますが、すでにアイディアが出尽くしているように思います」

と、答えると、

「ですね。しかし、小樽湊のような冬季に降雪の多い地方では、まだ可能性があると思うのですが、いかがですか」

「なるほど。地方在住者ならではの発想ですか……」

と、内心では、どことなく唐突な印象を感じていると、

「今日、ほんとうに、お訪ねしたかいがありました。先生にもご無理を言いました。心から感謝しております」

と、頭を下げたが、なぜか思い詰めているらしい顔を上げて、

「先生、もう少し私の話を聞いてください。かまいませんか」

「いいですよ」

「他でもありませんが、私は、まもなく、この世を去ります」

と、言った。

「えッ?」

瓜生は、まじまじと相手を見た。

「実は癌なのです」

だが、その表情は、すでに達観しているのか、急に明るくなって、つづける。

「今日、瓜生先生を訪ねた本当のわけは、我々がエジンバラにいたとき思いついたトリックを、世に出さずに冥府(めいふ)へ旅立つのは、ミステリーに対して義理を欠くような気がして……」

冗談とも、真面目ともつかぬ顔をして、言った。

「文下さん。そう言うと、あなたは何か、新たなトリックを思いつかれたのですか」

「ええ、まあ」

非常に謎めいた眼である。

と、瓜生が勧めると、

「ならばご自分で小説にされるべきですよ、ぜひ」

「いや、時間がありません」

と、文下は首を横に振った。

「いや、やはり文下さんが書くべきですよ」

と、励ますつもりで言うと、

「瓜生先生、ほんとうにもう、私には余命がないのです」

「昔とちがって今では、癌は、必ずしも治療できない病ではないはずですよ」

と、勇気づける気持ちを籠めて言うと、

「いや。発見が遅すぎました」

「定期検診などはなさらなかったのですか」

「ええ」

「残念です」

　すると、

「しかし、書かずとも書いたと同じ効果がある方法がないとは言えません」

「具体的におっしゃってもらわないと」

　と、瓜生は、戸惑いを覚えながら応じた。

　が、すると、

「あッ、もうこんな時刻ですか。約束した会合がありますので、これで失礼いたします」

　瓜生は、彼の態度に唐突さを感じたが、文下は腕時計を見て席を立ち、ふたたび、深々と頭を下げると、

「後日、ご連絡を差し上げたいので、できたら先生のメール・アドレスを教えていただきたいのですが」

「いいですよ。ただし、非公開が条件ですよ」

　瓜生はアドレス入りの名刺を渡して、文下と別れた。

　実は、それが、文下睦夫との最初で最後の出会いになったのである。

4

ちょっとのはずが、たっぷり三時間以上である。すっかり疲れてしまい、瓜生は創作の仕事に戻る気が萎えていた。

（あの名誉教授に生気を吸われたかな）

普通の人にはない経験だろうが、作家などをして多少は名が知られるようになると、こういうことがまま起こる。

彼自身は、自分を普通の人間だと思っているが、ときどき、初対面の人と会うと、その背中に見知らぬ人の像を背負っているのを見ることがあるのだ。

むろん、他人に漏らすことはない。だが、そういうものが見えるのは、ゾーンに近づいたときだ。

瓜生は、書斎に戻って、コックピットのように備品を配置した席に座り、パソコンを立ち上げる。

窓の外はまだ陽が高いが、時刻はすでに夕方が近い。

サイン用のメタ俳句を一句、絞りだそうとしたがうまくいかず、その代わり、壁を埋め尽くす書架から『エリオット詩集』をもって戻り、さっきの会話に出たページを開いた。

ちょっと難解な一節で、かなり有名である。なぜ四月が残酷なのか。彼自身が四月生まれのせいもあるが、以前から納得できずにいたのだ。

エリオットの詩は、一見、平易のようで実は難解である。

やはり、さきほど文下名誉教授が解説したように、裏の意味があるのだ。

象徴や表徴に満ちているのがエリオットだが、この詩の四月は、我々の住む現代社会のことなのだ。
つまり、新たな生命が、この不信と堕落の時代に生まれる不幸を、この詩は暗示しているのである。
(としても、なぜ、文下睦夫は、『自分のことだ』と暗い目で漏らしたのだろうか)
(不治の病で死ぬ身だからだろうか)

——午後五時、いつものスーパーへ行く。自宅で仕事をする日は買い物をして、妻の霊子を待つのが習いだ。

妻の帰宅は、いつものとおり、午後七時すぎだった。

「お疲れ」

と、ねぎらうと、

「玄関の外にこれがあったわ」

と、大きな赤い林檎を差し出す。

ベンチの上に、一個、ポツンと置かれていたらしい。

「気がつかなかった」

と、彼は言った。

「鴉の悪戯かしら」

「あり得るね」

「でも、これ、ちょっと変だわ」

彼女は深刻な顔で考え込んでいたが、「しばらく神棚に供えてお祓いするわね」

瓜生は、こうした妻の不可解な行動を許容できるからこそ、結婚したのだ。

（それにしても、彼女は普通の林檎に何を感じたのだろうか）

（ひょっとすると、まさか）

食事をしながら今日の来訪者のことを話すと、霊子のほうが文下睦夫のことをよく知っていた。

「支払いはいつも現金払いですし、いいお客様よ。ご自分でも絵画教室に通い、油絵を描いているみたいね」

「それにしても、いったい、何しに来たのだろう。一番、肝心の用事を言わずに帰ったみたいだ」

その日はそれで終わった。

翌日も話題にならず、翌々日以降はすっかり忘れていた。

だが、文下睦夫は重要なメッセージを残していたのである。

第二章　一六年前の事件

――「探偵小説の読みすぎだよ、グリゼルダ」私は穏やかに言った。／『牧師館の殺人』（1章／田村隆一・訳）

1

予想もしなかった出来事が起きたのは、六月の半ばだった。

画廊へは行かず自宅で仕事中だった瓜生に、霊子が電話で知らせてきた。

「あなた、急いでテレビをつけて。ニュースでやっているわ。文下（ほうだし）さんが一六年前に起きた〈手宮（てみや）冷蔵倉庫代議士他二名怪死事件〉の真犯人だと名乗って、警察に出頭したんですって」

「そんな事件は記憶にないなあ」

「当然ですわ。私たち、まだ東京住まいでしたもの」

急いでテレビをつけて確認すると、まっさきに小樽湊美術館館長の一色圭治(いっしきけいじ)へ電話した。

「テレビ、観ましたか」

「ええ」

「小樽湊で輪郷(わのさと)という衆議院議員が怪死した事件が、昔、あったんですか」

「ええ、地元では大事件でした。なにせ、地元を代表する政治家でしたからね、輪郷代議士は……」

「怪死ということですが、事故だったんですか、それとも事件？」

「凍死が直接の死因です」

「ならば事故ですね」

「いや。おかしな点がいくつもあったんです」

一色はつづけた。「その後、事件は未解決のままだったんですが、まさか文下(ほうだし)さんがね。むろん、そっくり鵜呑(うの)みにしたわけじゃありませんよ。しかし、文下先生に強く頼まれましてね、小樽湊署まで同道したのは私です。美術館に移るまでは北門(ほくもん)新聞の記者でしたから、不肖(ふしょう)この私、多少、警察には顔が利くものですから」

電話では、はっきりしたことはわからなかったので、妻の画廊で午後六時すぎに落ち合うことにした。一色はアカシア市の自宅から、小樽湊に通勤しているのである。

地元紙に依頼されていた展覧会の美術批評を急いで仕上げて、メール添付で送稿し、瓜生はタクシーを拾った。

街は低気圧の接近で雨足が強かった。六時ちょうどに着く。近くにある時計台の鐘が刻を打ちはじめた。

先に着いた一色は、画廊の事務所で妻と話していた。

「いえね、あなた、英国のミステリーなら、凄くスリル……なんて不見識を言うかもしれないけど、こうして身近に起きるとその気持ちもわかるわ」

と、彼女が言った。

「君はグリゼルダか」

「ええ。でも、牧師の奥さんとちがって、お料理だってちゃんと作れるでしょ」

二人だけにわかる冗談だが、ＤＶＤで観た『牧師館の殺人』に登場する牧師の妻グリゼルダ・クレメントは、そんな科白を吐くのだ。

きょとんとしている一色を、瓜生は食事に誘った。霊子は画廊の仕事がすみ次第、合流することになった。

創成鮨という行きつけの鮨店へ行く。創成川沿いにある老舗だ。

「同じ名の店が小樽湊にもありますね」

と、一色が言った。

いつもなら、カウンター席だが、こみいった話になりそうなので小部屋を頼み、二階へ上がった。

彼らは、とりあえずジョッキで乾杯。

魚介類たっぷりの寄せ鍋が煮えるのを待つ……。

一色が話す。

「とにかく、出頭前に文下さんから事情を聴きましたよ。録音テープは、古巣の記者に渡し、北門新聞ひさびさの特ダネになったわけです」

「前置きよりも内容を聞かせてください」

瓜生は促す。

「先生は、殺人の時効が何年かご存知ですか」

と、質されて、

「一五年だね」

と、応じると、

「いずれ刑事訴訟法が大幅に改正されるらしく、二五年になるそうですが、それ以前に起きた場合は一五年のままらしいです」

と、元政治部の記者らしく教えた。

「そうなんですか」

と、瓜生は応じ、

「そうなると、ミステリーのプロットにもかなり影響が出るだろうね」

と、言った。

「犯罪の逃げ得を許さないという、国家の意思表示ともとれますが、果たして犯罪が減るかどうかはわかりませんね」

と、一色は答えた。

「テレビでは〈手宮冷蔵倉庫代議士他二名怪死事件〉というテロップが流れましたが、いつ起きた事件です？」

と、訊くと、

「一九八六年です」

「すると、二五を引いて昭和六一年ですか」

「日付は二月一一日。未解決の地元選出の代議士輪郷納太（わのさととうた）他二名の怪死事件です」

「じゃ、一六年前だね。それが事故死ではなく殺人事件だったとしても時効は……」

「ええ」

と、一色。

つづけて、「先生もご存じのとおり、文下（ほうだし）さんはエジンバラで客員教授をしておりましたし、教官時代も、定年後も、よく海外へ行かれておりましたから、その分の日数が引かれるのです」

「つまり、文下さんの自首は時効成立前なんだ……」

瓜生はつづける。「ところで、一色さん、その怪死事件ですが、当時は東京在住だったので、ぼくの記憶にはないのですが」

「事件記者として、現場を取材しましたよ、ぼくは……」

と、一色は教える。

つづけて、「しかも、この事件の根っこには、さらに遡る昭和二二年二月一一日、つまり日本が戦争に敗れた年の翌々年の一九四七年に、同じく小樽湊で起きた未解決の殺人事件があるらしいのです」

「二月一一日ですか。我々の世代は紀元節と記憶していますけどね」

「今は建国記念の日です」

「たしか、〝雲に聳ゆる高千穂の……〟って、小学校で歌って祝日を祝いましたよ」

つづけて、「やはり、二月一一日は偶然の一致じゃないですね」

「むろんです」

瓜生は、小首を傾げながら、

「で、その敗戦二年目の事件というのは、どんな事件ですか」

と、質すと、

「ですから、他でもありません、文下先生のお父上の軍治氏が殺害された事件ですよ」

「えッ、ほんとうですか」

突然、瓜生は、声を詰まらせた。

なぜか急に、言葉ではうまく言い表せない、真っ黒な不安に、彼は襲われたからである。

瓜生はあの記憶から現実に呼び戻された。

「どうしました？」

と、一色に言われて、瓜生はあの記憶から現実に呼び戻された。


瓜生はつづける。「そういえば、一色さん、この前、文下さんに会ったとき、癌だと言っておられましたね」

「ちょっとね」

「顔色、悪いですよ」


「ええ、肺癌です」

「肺癌は気づかれにくく、検査でわかったときは余命一年とか半年というケースが多いみたいですね」

「ぼくも、打ち明けられるまで気づかなかったのですが、ほんとうは、あれからまもなくして、小樽湊の入船総合病院に入院して、手術室にも入ったそうですが、末期癌ということで中止し、本人の希望もあって退院したんだそうです」

「じゃ、この前、うちにきたときは、すでに自分の死を予感していたわけですね」

「むしろ、だからこそ、先生を訪ねたのです……きっと」

「しかし、文下さんは、肝心なことはなにも言わなかった……でしょう」

「ええ、そうですね」

「今、どうしているのですか。ああ、それより、ご家族は……、親戚は？」

「大変な高齢ですが、ご母堂様はまだ存命です」

「ああ、軍治夫人ですね。夫人は、長い戦後、ずうっと未亡人だったわけですね」

「ええ」

一色はうなずき、「一応、文下さんは、事情聴取を受けましたが、聴取中に倒れたそうです」

「何ということだ」

瓜生は肩を竦め、「それで、どうなりました？」

「すぐ顧問弁護士が来て、帰されました」

「人騒がせですねえ。しかし、どうもよくわからない」

「自分もです。救急車で入船総合病院に運ばれました」

「警察病院ではないのですね」

「ええ。警察ではすでに、文下さんが無罪である証拠をつかんでいるから、お引きとり願ったというわけで」

瓜生はまったく理解できない。

いくら首をひねっても、文下睦夫の真意がわからなかった。

彼は、料理が運ばれた間だけ黙ったが、寄せ鍋の煮えるのを待たずにふたたび訊く。

「だいたい、今回の前景とでも言うのかな、事件の前提はわかりましたが、文下さんは、事件の告白を条件に国費で自分の最期を看取ってもらおうと計画したのでしょうか」

「警察も、最初、そう考えたようです。しかし、それはないんです。先生には、入院費も葬式代も十分賄える預金があるのです。ですから、後顧の憂いなきよう数年前からご母堂様を、母上ご自身も出資された高齢者施設に入れたそうです」

「そうなんですか」

「文下さんは、ご自身が考案された独自の数学的方式を用いて、国内や海外で株式投資を行ない、かなり蓄財したようですし、金額はわかりませんが、死んだ後の財産のことは、きちんとされているような口ぶりでしたよ」

「じゃあ、遺言書があるんですね」

「ええ、ありますよ」

「弁護士さんなり、司法書士なりに預けているのでしょうね」

「遺産は〈文下奨学会〉に寄付されるそうです」

一色はつづける。「文下先生は、ぼくと別れしなに、すでに言うべきことは言ってあるので、瓜生先生なら必ずわかるはずだ――と、言い残して出頭したのです」

「そんなことを……わかるはずないですよ」

と、即座に瓜生は否定した。

「いや。先生は、すでに、この事件に巻き込まれているのですよ。きっとそうです」

と、一色は唆(そそのか)すように言う。

「あなたの顔は、何かを隠しているみたいだ」

「そんなことはありません。しかし、文下先生は、『自分の人生はスタートからまちがえていた。まるでケンサクのようだ。だからすべてを清算して人生を終わりたいんだ』、なんて言っておりましたよ」

「ケンサク？」

「ええ」

「検索(けんさく)？　研削(けんさく)？　献策(けんさく)？　羂索(けんさく)？」

「さあ？」

「深刻な顔で？」

「いや。むしろ悪戯(いたずら)っ子の眼でしたよ」

「かえって穏やかではないですね」

瓜生は、なにか異様なものを感じた。

「いったい、そのケンサクって、なに？」

「あれッ。先生、ご存知ないんですか」

「もちろん。あなたは？」

「知るわけありません」

「でもねえ、一色さん、文下さんが殺人者だなんて、あの人の印象からは、あり得ない話ですよ」

「ええ」

「でしょう」

「だからこそ、文下さんは、余命宣告されたご自身の死に際して、最後の問題を片づけたいと思ったんじゃないでしょうか」

「なるほどね」

と、瓜生は、一応は応じ、「人間、歳をとって余命がわかるようになると何事も恐れなくなる」

と、言った。

瓜生は最近になって、

(四〇代や五〇代ではわからなかったが、六〇代に入って人生の最後が見え始めると、積み残してきた過去の問題を清算してから、あの世に旅立ちたいと思うようになるらしい)

と、気づいたのだ。

2

画廊を閉めた妻の霊子(たまこ)が、創成鮨の二階に上がってきた。

これまでに話したことを、瓜生がかいつまんで教えると、

「なんとなく、アガサ・クリスティーだわ」

と、言った。

「どこが?」

「ミス・マープル物のそら、『カリブ海の秘密』のつづきの……あれよ」

「ああ、『復讐の女神』だね」

「それよ。あの素敵な大富豪の……」

「ジェースン・ラフィールですか」

「ええ、彼が、死に際に、未解決の事件の解決を、ミス・マープルに託すでしょう」

「そうかもしれないな」

瓜生は先の来訪時のことを思いだした。

一色が、

「あれはぼくも読んだことがあります、いや、読んだのではない、観たんでした、DVDで……

ジョーン・ヒクソンがミス・マープルを演ずる」

うなずいて、「たしかに、パターンが似ていなくもないな、なんとなく」

「同じ〈構造〉だと思うわ」

霊子もかなりのマニアである。

「〈構造〉ですか」

鸚鵡返し(おおむがえし)に応じた一色は、ピンとこない顔だ。

「〈構造主義〉の構造よ」

彼女は、某国立大学の修士課程で、文化人類学を専攻したのだ。

むろん、瓜生より語学はできるし、私大出の瓜生は頭が上がらない。

知り合ったのは、ある大手出版社の受賞パーティの席だった。彼女の勤め先はある政府機関だったが、筆名（ペンネーム）でミステリーとＳＦの翻訳も手がけていたのだ。

まもなく、妙に意気投合（いきとうごう）して二三年前、ひと回り近く齢（とし）のちがう彼女と結婚したのだ。

瓜生なりに、

（よくぞ、おれのところへ嫁に来てくれたものだ）

と、ひそかに思っているのだ。

ひょっとすると、頭がよすぎる女性は、かえって平凡を望み、爪を隠す鷹のような生き方を選択するのかもしれない。平凡は、世間の好奇心から身を隠す最良の迷彩服（めいさいふく）だ。彼女の子供時代は、頭がよすぎたために、級友たちからの陰湿なイジメにもあったし、嫉妬心の標的にもされたらしいのだ。

「それで、一色さん」

霊子が言った。「主人は小樽湊出身でも、あたしは横浜生まれよ。この人と結婚してからも、東京住まいがずうっとでしたでしょ、その事件って、いったい、どんな事件でしたの」

「まず、一六年前の事件からお話しします」

一色は語り始めた。

――要約すればこうなる。

略して〈手宮冷蔵倉庫事件〉は、一九八六年（昭和六一年）の建国記念の日の深夜前後に起きた。死者は男二名、女一名。翌々日の一三日、木曜まで気づかれず、放置されていたのである。

「死因は？」

「倉庫内で、ちょっとした火災がありました。建設資材の一部が燃えたのです。しかし、死因は凍死です。発見場所は、小樽湊市手宮の倉庫です。今は取り壊されてありませんがね」

「事故死ではなかったわけですね」

「はじめは軽く考え、事故死だろうという見方をしていたようですが、亡くなった一人が、政権与党の保守自由党の大物議員ですからね」

瓜生は、被害者が政治家だったと聞いたとき、大疑獄事件とか、政治的陰謀などを、内心では想像していたのである。

「それで騒ぎが大きくなったのです。しかも、三人全員が、凍死する前に、重くはないが火傷を負っていた。おかしいでしょう」

一色は肩を竦めて、「さらにですね、現場にあった壊された等身大の石膏像の足に、大きな靴が履かされていたんです」

「？」

瓜生はよくのみ込めなかった。

「奇怪でしょう」

「奇妙ですねえ」

「編み上げ靴ですよ、米軍の……その大きさが問題でね、靴底に戦前の表示で十三文半とペンキで書かれていたんです」

「文は靴のサイズね」

霊子が言った。「大きさは？」

瓜生が教える。

「一文は二・四センチです。足袋とか靴下とかね、今はメートル法だけどね、昔風の寸法です」

「換算すると何センチかしら」

一色が応じた。

「三二・四センチです」

「で、その大男用の靴から、犯人は割り出せなかったのね」

と、霊子。

「はい。事件は未解決です。しかし、意図的に当局は迷宮入りさせたのではないかという巷間の噂もないわけではなかった」

「曖昧ですねえ」

「ええ。曖昧です。しかし、そういう決着のつけ方もあるんじゃないですか。世の中には」

「でも、一応、容疑者はいたのでは……」

と、瓜生。

「むろん、いましたよ、数だけは大勢」

「えッ、というと？」

「事件が起きた冷蔵倉庫で、直前まで追悼式が行なわれていたのです」

「だれのですか？」

「むろん、文下軍治さんのですよ。で、出席した一〇名は事情聴取されましたが、全員が逮捕起訴にはいたらなかった。つまり、容疑者が多すぎたため、かえって互いがアリバイを証明する結果となったらしい」

一色は肩を竦めた。「まあ、結局、当局が匙を投げたというか。いや、もっと有力な説明は、つまりですね、上からの圧力があったのかもしれない」

「容疑者の中に、文下先生も含まれていたのですか」

と、霊子が訊く。

「いいえ。容疑者になるどころか、先生は、エジンバラ大学に、足かけ三年間、アダム・スミスを研究する目的で滞在されていて、事件のあったちょうどその日、成田に着いたのです。そのまま、まっすぐ東京に出て、小樽湊商科大学在京校友会の集まりで、講演をされておりますから、アリバイは完璧に成立したんです。しかし、先生は、アカシア市の雪まつりが終わり、空の便が空いてから小樽湊に帰り、北門新聞の記者に、一見、関係のなさそうな大物代議士が、昔は、他の二人と極めて深い関係であったことを、教えたっていいます」

一色はつづける。「実は、東京からも捜査本部に電話して、同じ話をしておりますし、小樽湊署でも事情聴取を受けているんです」

「であれば、変ですね」

瓜生は言った。「文下さんが何らかの事情を知っている可能性は否定できないが、事件当日のアリバイがしっかりしているのに、なぜ今ごろになって自首したのか、理由がわかりません。ぜんぜん」

すると、霊子が、

「むしろ、文下先生は、自分のアリバイを証明できるからこそ、警察に出頭したんじゃないかしら」

「ええ。警察もね」

一色も言った。「奥さんと同じように考えていたようです」

つづけて、「ただし、この一六年前の事件は、ぼく自身が文下さんを取材したわけじゃあないのです。取材したのは先輩の柳田勇治でした」

ただし、取材の目的は事件関連ではなく、スコットランドのネス湖の話を聞こうとして、小樽湊商科大学の研究室へ出かけたのだそうだ。

「小樽湊は、戦前、北洋漁業や当時は樺太と呼んだサハリンとの交易でも栄えておりましたからね。

北門新聞には、小樽湊商科大やその前身である小樽湊高等商業学校の出身者が大勢いました」

と、一色は付け加えた。

「たしかに、地方紙なのに、単に地方の記事に留まらず経済に強いというか、業界の内部情報に強いとか、他紙にはない特徴がありますね」

瓜生も言った。

「特徴がなければ、生きのびて行けませんからね」

と、一色も同調する。

つづけて、「で、どんな事件だったかを説明する前に、北門新聞の記事をコピーしてきました。事件の報道も、全部、ファイルされているので、ぼくから聴くより読まれたほうが正確に把握できると思います」

「ありがとう。あとで読ませてもらいます」

が、

「あたしは読むより聞きたいわ、一色さんから」

と、霊子が言った。「直接、犯罪現場を取材したあなたから」

「わかりました。それでは奥方のご要望に応じまして」

だが、長くてこみいっているので、要約したほうがいいだろう。

——昭和六一年二月一一日、被害者の一人、地元選出の輪郷衆議院議員（当時、満七三歳）は、後

援会の集会に出るため、事件の日の午後、小樽湊に帰省していた。

　彼は、一九一三年（大正二年）に、本州の小作農の子として生まれたが、生後すぐに同郷の寺に養子に出された。が、一五歳のときに出奔、北海道に渡ってきたらしい。そして強靱な意志の力で敗戦後の苦難を乗り越え、保守自由党の大物政治家に上り詰めた人物ということである。

　なお、数度の閣僚経験もあり、当然、地元には支持者も多い。

　だが、同じ場所で殺害された赫猪勇夫（当時、満六九歳）は、年金生活者だったそうだ。

「当日の行動はこうです」

　一色が語った。「地元秘書の中室直矢が千歳空港まで輪郷代議士を出迎え、小樽湊までハイヤーで直行した。午後五時半から市内の大黒天ホテルで開かれた後援会に出席するためでした」

「ええ。資料にも書いてあるわ」

　霊子が言った。

「講演の後、午後七時から同ホテルで会食、この席には後援会の主だった幹部が顔を揃えました。その後、午後八時ごろ大黒天ホテルを出て、花苑町の高級クラブ〈汐留〉へ向かい、二人目の被害者、赫猪勇夫と落ち合いました」

　一色はつづける。「この二人は、ホステスらを下がらせた個室で密談していたが、三〇分ほどして、第三の被害者、側衣珠世（当時、満六八歳）が訪れて、合流した」

「その女性はどんな人物？」

霊子が訊く。

「ぼくも気になります」

瓜生も言った。

「この年配の女性は、地元の有力水産会社、〈側衣水産（株）〉の会長ですが、輪郷とは古い馴染みで、男女の関係も噂されていた間柄だったらしい。ただし、これは、わが社が掴んだ噂でして記事にはなっておりません」

一色はつづけ、「で、電話が掛かってきて、店のママ宮下菊代がとり次いだ」

「だれに？」

瓜生が訊く。「輪郷代議士ですか。いや、代議士が出る前に秘書が出て用件を聞くはずですね」

「いや、中室直矢じゃありません。赫猪勇夫を呼び出したそうです。電話口で話すのを、チーママの倫子や他のホステスたちも聞いたそうですが、赫猪は『ああ、先生には話を通してあるので、代わります』と言って奥へ入り、今度は輪郷代議士が電話に出たそうです」

「その証言は確かですか」

「ええ、確かです。調書にもありますが、チーママの倫子は、店のママの娘さんだそうです」

「で、電話は誰からですか？」

「ホステスたちによると、『ああ、そうか。やっと決心してくれたか。じゃあ、これから向かう』と、輪郷代議士は、応じていたそうですが、電話のくわしい内容まではわからなかったそうです」

「ちょっと、気になりますねえ」

瓜生は言い、

「それから」

と、促す。

「電話が終わると、輪郷は上機嫌だったらしい」

「いったい、だれからだろう」

瓜生は、謎が深まった感じがした。

「電話のあと、輪郷代議士は店を出た。赫猪勇夫はぺこぺこしながら従った。中室直矢には『今日はもういいから帰って休みたまえ』と命じ、側衣珠世が運転する外車に赫猪とともに乗り、激しい吹雪の中をいずこかへ去った。これが、午後九時三〇分です。見送った宮下菊代と地元秘書中室直矢、この二人の証言では、車の方向は手宮(てみや)方面だったと言うし、翌々日の二月一三日、遺体が発見された事件現場も手宮地区だったわけです」

「三人の遺体は冷蔵倉庫に……と言いましたけれど、どうしてそんな場所に?」

霊子が訊いた。「それに、冷蔵倉庫というのが気になるわ」

「いや。冷蔵倉庫というのは正確ではなく、正しくは元冷蔵倉庫です。つまり、当時は冷蔵装置は使われていなかったのです」

「なぜですか」

霊子は首を傾げる。

「なぜかというと、問題の手宮の倉庫は、元は〈側衣水産〉の所有でしたが、この時点では、すでに、隣地にある錦(にしき)建設という建設会社に移転登記されていたのです」

「いつ？」

「前年の暮れです」

「ますます変だわ、一色さん」

霊子が追及した。

「なにがどう変なの？」

瓜生は妻に質(ただ)す。

「なぜって、もう自分たちのものではない他社の倉庫に、その代議士さんたちが、なぜ行ったのでしょうか。目的は何かしら」

「うーん」

返事に窮していると、

「殺されに？」

と、霊子。

「そうですねえ」

一色も言葉に詰まっている。

でしょう。だれだってそう思うわ」

霊子が言った。「よっぽどの理由がないかぎり、普通は行かないわ」

「しかも、夜も九時半になって。倉庫に着いたのは一〇時すぎだったと思います」

一色も同調した。

「そのまま、倉庫内で凍死し、翌々日になって遺体が発見されたわけか」

と、瓜生。

「一色さん。それで、行った理由がわかったんですか」

霊子が訊く。

「奥さんがおっしゃるとおり、この問題は警察当局にとっても重要な謎でした。しかし、クラブ〈汐留(しおどめ)〉のママもホステスたちも、だれも行き先を知らなかった」

「行くはずのない場所に行ったのは、被害者たちにとっては、行かずにはいられなかった理由があったからだわ。となると、電話をしてきた人物が、重要参考人になるんじゃないかしら」

「そうかもしれないね」

瓜生は素直にうなずく。

すると、一色が言い出す。

「ええ、思い出しました。実はね、ぼくの古巣、北門新聞だけが気づいた、ある事実があったのです。地元の些細(ささい)な情報にも通じているのが、わが社の武器ですからね」

「教えて」

霊子が促す。

「実はね、この倉庫は、以前、文下さんの父親の会社〈北洋海産合資会社〉が所有していた建物だったのです」

登記簿等で調べてわかったそうだが、側衣珠世が代表取締役会長をしている〈側衣(かわい)水産〉へ所有権が移ったのが、昭和二二年（一九四七年）の一二月だったそうだ。

「なにか付合(ふごう)するぞ」

瓜生が言うと、一色も、

「でしょう。つまり、移転登記は、文下睦夫さんの父、軍治さんが亡くなられた年の暮れということです」

資料を捲(めく)りながら、瓜生は質す。

「再確認しますが、文下軍治社長が運河に落ちて水死したのが、昭和二二年二月一一日の深夜だったんですね」

「はい」

一色がうなずくと、霊子は声をうわずらせた。

「当時は紀元節(きげんせつ)と呼んだ祭日でしょう」

「ええ。戦前の祭日でした」

と、一色は応じた。「しかし、一九四八年に皇国神話の産物として廃止されました。けれど、戦後も、それまでは紀元節は生きていたんです。ですから、今の〈建国記念の日〉は、一九六六年に復活した紀元節なのです」

「気になる偶然だわ」

霊子が言った。「〈手宮冷蔵倉庫事件〉の起きた日が、軍治さんの祥月命日だなんて、きっと意味があるはずよ。でしょう」

「警察が文下睦夫氏に眼をつけたのも、これが理由です。しかし、睦夫氏には完璧なアリバイがあった。どんなに動機があっても、その場にいることができないことが証明されれば、犯行は不可能です」

と、一色が言った。

「そうですね」

瓜生は、久しぶりで、めったに組まない腕を組んだ。

やおら、「亡くなった文下軍治さんは、どんな方だったのですか」

「ええ。戦前の小樽湊は北洋漁業で大いに栄えた。今はクリル列島、当時は千島。それから当時は樺太と呼ばれた南サハリンも同じく日本の領土だった。それで会社は大きく発展し、軍治氏は小樽湊を代表する資産家の一人だったそうです」

「そうだったんですか」

と、瓜生。「戦後は廃れましたがね。しかし、戦前は、道都アカシア市よりも、港湾都市の小樽湊のほうがずっと活気がありましたものね」

小樽湊が寂れるのは、日本敗戦の結果、樺太や千島がソ連に占領されて取引先を失ったこと、漁業もオホーツク海の漁場から閉めだされたからである。

「釧路出張から戻った軍治社長は、待ち合わせの店がある花苑町へ向かおうとして、拉致されたらしい。犯人は大勢だったようだ。しかし、捜査はここで行き詰まった。なぜかわかりますよね。先には進めない事情が、敗戦国である日本にあったからです」

「懐かしいと言えば懐かしいが、しかしねえ……」

瓜生は、ちょっと語尾を濁したが、つづけた。「ぼくは銀行員だった父の転勤で、昭和二二年二月一二日に小樽湊からアカシア市に引っ越したんですが、敗戦直後で暗い時代でした。停電なんかもしょっちゅうでね、市中を流れる豊平川の堤防で、よく女性が襲われたそうです。しかし、事件はうやむやにされた」

「日本警察は、進駐軍将兵の犯罪を追及できなかったのね」

と、霊子が言った。

「GHQの報道検閲下、新聞が報道できたのは現場に残された十三文半の足跡の記事で、犯人像を暗示的に伝えることでした」

「それで、この文下軍治さんの殺害事件も思うように捜査ができず、迷宮入りしたのですが、なにせ、ぼくの生まれる前ですからね」

　そう一色が応ずるのを聞くうちに、瓜生は、急に、記憶の底で眠っていたはずのあの恐怖を思い出したのである。

（まさか）

　不安が胸を締め付ける。

「一色さん。ご遺体が発見された場所はどこですか」

「お渡しした資料にもありますが、製缶（せいかん）工場脇の旭橋（あさひばし）下の運河です」

　瓜生はどきっとした。

　突如、記憶の底の底に封じ込めていたものが、意識の表面に浮かびあがってきたのだ。

　胸が鉛に潰されたように苦しくなる……。

「あなた、どうしたの？」

　霊子が彼を覗きこんだ。「顔が白くなって。お酒のせい」

「いや、悪酔（わるよ）いかな。昨日は仕事で寝不足だったから」

　と、言って、瓜生はごまかす。

　瓜生は今の仕事の目途がつくまで、沈黙を守ろうと思ったのだ。

3

今の仕事は遅れ気味だ。『チャールズ・パースの密室』などという、彼にしては野心的すぎる題名が決まったからといって、予定表どおり執筆が進むとは限らないのだ。

ものはミステリーだが、正統派ミステリーではない。実は、ミステリーとしての完成度を、わざと壊した書き方を試みているのだ。

なぜなら、このジャンルでは後発の彼には、居場所が残っていないからだ。従って、生物学の考え方を援用する進化経済学のヨーゼフ・シュムペーターに倣って、いわゆるイノベーション、日本語なら〈新機軸〉を狙っているのだ。

一方、作家歴の長い彼が経験的に得た智恵に、〈楕円の思想〉というものがある。SF小説の場合もそうだったが、文学とか推理小説とか、すでに完成した〈正円〉の世界に、あえてもう一つの中心を入れてやればどうなるか。この世界は二つの中心を持つ変形した円、すなわち〈楕円〉となる。

瓜生の考えでは、すべての進歩や進化はこうして生まれてくるのであって、いきなり忽然と出現するわけでない。

かくして、異種混合体、言い換えればハイブリットが生まれる。

一方、〈楕円〉の二つの中心は、時間の経過とともに、次第に間隔を縮めて新たな〈正円〉となり、もう一つの安定したジャンルとなるのだ。

進化も進歩も、こうしておこなわれる。

宇宙もである。宇宙から新たな子宇宙が、さらに孫宇宙が生まれるというのが、〈マルチバース宇宙論〉である。

言い換えれば〈宇宙の進化もマニエリスム〉なのだ。

——ともあれ、冒頭の数ページを書いたところで、彼の電筆は止まったままだが、その日、杜蛙亭書房のオーナー社長の杜蛙太郎から電話があったので大凡の構想を話した。

「……つまり、自分は、探偵小説を単に謎解き優先の娯楽性でも、文学性でもなく、二一世紀世界を生き抜くための思考力を身に付ける教材としても役立つジャンルにできないかという意味で、一種の実験作にしてみたいと考えているので……」

と、説明と言い訳を混ぜ、語尾を濁して伝えると、オーナー社長は大いに乗り気である。

「いやね、私もホームズ物語に始まるオールド・ファンの一人として強く思いますがね、国定教科書に探偵小説が載るようでなければ、世界の列強が熾烈な競争を繰り広げている世界市場で、対等に戦うことなどできません」

つづけて、

「私の学士論文のテーマは、〈近代経済と探偵小説的思考〉というものでしてね、ははッ、合格ぎりぎりの卒論でしたがね」

と、謙遜ではなく自慢げに教えた。

「そういえば、卒業後は英国に留学されたとか」

と、訊くと、

「『国富論』を研究するため、エジンバラ大学に二年おりました」

と、答えた。

瓜生は、内心、大いに驚いて、

「じゃ、もしかすると、あちらで文下睦夫教授に……」

と、質すと、

「文下先生は、アダム・スミスの研究のため客員教授として来ておりましたので、親しくしておりましたよ。ま、ある意味、私の恩師であるのです」

と、答えた。

どうやら、杜社長の耳には、文下名誉教授の自首の件がまだ届いていないらしい。

瓜生としても、この件をあえて伝えるつもりはない。

それから、さらに、延々と長電話になったが、結論を言うと、「新発明や新システムなど、イノベーションを繰り返して自己変革をしない国家は、やがて衰退するだろう」という趣旨であった。

「残念ながら我々日本人は、小さな改良、いわゆるモデルチェンジには優れているかもしれないが、世界システムそのものを、根底から変えてしまうような大きな発明は苦手ですからなあ」

とつづける。

むろん、杜社長のいつもの口癖だが、たとえば、その典型的な例がノイマン型コンピュータやパーソナル・コンピュータ、さらにインターネットの発明なのだ。

「なぜ、わが国で発明されなかったのか。しかも、これらが世界標準になったので、世界システムそのものが変わってしまった。ちがいますか」

ともあれ、瓜生も知っているが、杜社長が率いる〈杜技研〉というベンチャー企業は、上場会社ではないが、特許数では群を抜いているらしい。

また、入社試験に、社長自らが考えた探偵小説がらみの問題が出るのが、ミステリー・ファンの間では有名で、たとえば、密室・アリバイトリック・完全犯罪など諸々の課題に対する独創的な解答が求められるらしい。

つまり、杜社長が率いる〈杜技研〉の社訓は、〈仮説力と発見力〉である。

また、〈記憶力よりも発想力〉である。

なぜなら、ネット環境下、情報が共有されている二一世紀では、記憶力よりもネット検索力が重要だと言うのである。

瓜生自身も、上京の折りに中央線の吉祥寺（きちじょうじ）にある本社を訪問したことがあるが、古い言葉かもしれないが〈談論風発（だんろんふうはつ）〉とでもいうか、社内は明るく風通しがとてもいい。

瓜生とは波長が合うらしく、この日も杜社長はよく喋った。

「今はまだ人工知能つまり artificial intelligence ですが、いずれはＡＩという言葉が定着するでしょうな。自分が、今、考えているのは、おそらく二〇三〇年ごろには始まるはずのＡＩ時代における変形した資本主義の姿ですが、あのカール・マルクスが考えた資本家と労働者の対立という基本構図は、企業家とＡＩ＆ロボットの関係に入れ替わるだろうという確信ですがね……」

「杜さん。それってＳＦじゃないですか」

と、言うと、

「まさに、そうです。いわゆる〈ＳＦプロトタイピング〉の手法でしてな、すでに書かれているＳＦ小説のような世界が実現しているとして、そうした社会に何が必要になるか——を、考える未来予測法です」

「なるほど。これまでは、単なるエンターテインメントでしかなかったＳＦが、産業のイノベーションに貢献するわけですな」

と、驚いていると、

「すでにこの問題に、わが社は取り組んでおります」

と、応じ、上機嫌でふたたび持論を語った。

どうやら、ＡＩ技術がより高度に発達した未来社会は、スミスの『国富論』をベースにした〈新社会主義（ネオソーシャリズム）〉の時代になるらしいのだ。

「マルクスが考えたのは、資本と労働の二項対立で、やがて弁証法的発展によって社会主義になるというものでした」

と、杜社長が言ったので、

「一八六七年に第一部が、マルクスの死後、一八八五年に第二部、一八九四年に第三部が公刊された『資本論』ですね」

と、応じると、

「以来、一〇八年が経った今現在の視点で、あと二十数年後を見通すならば、一九世紀人のカール・マルクスが、まったく予想もしなかった〈労働なき社会〉が実現するということですな」

ひと呼吸してつづけて、

「つまり、〈デジタル社会主義〉と言うべき社会に、わが国はなるはずです」

など、小一時間もの長電話がようやく終わって、自分自身が話したことを瓜生は反芻（はんすう）したのだった。

4

杜社長が語った内容は、〈労働者なき資本主義論〉である。

たしかに、人間並み、いや人間以上の知能を持ったＡＩ機械が広く普及した社会が実現すれば、マルクスが大前提とした、資本と労働の対立が霧消するはずだ。

「生産価値に労働力が含まれて、余剰価値が生ずるというマルクス主義の大前提が崩れ、労働階級の闘争のエネルギーも失われるわけですか」

と、年代的にも、戦後、頻発した労働争議を見聞きした瓜生が応ずると、

「いや、先生。だからと言って、資本主義が社会主義に勝ったことにはならないと思うのです」

と、杜社長。

「どういうことでしょうか」

と、質（ただ）す、

「自分の考える〈仮説〉では……」

と、杜社長は、「おそらく、自由主義を基本とする高度ＡＩ型資本主義国家群と、これと対立する……国家権力がすべてを管理統制するＡＩ型専制主義国家群が、我々の地球を二分するような二一世紀型の〈二つの世界〉が出現すると予測します」

「いつごろですか」

と、ふたたび、質すと、

「二〇三〇年前後、いわゆる〈世界史上の特異点（シンギュラリティー）〉が起きて、しかも、もしかするとですが、核戦争になるかもしれない……」

「まさか。最終戦争が起きると言うのですか」

「はい。ハルマゲドンです」

「まさか」

と、繰り返すと、

「私の予知夢は当たりますからな」

つづけて、「私の脳は、未来側からの〈干渉波〉を受信する能力に優れているらしい」と、ＳＦじみたことすら漏らすのだった。

それから、瓜生鼎は杜社長から、〈杜技研〉の新入社員の教育プログラムの一環として、次のようなテーマで講演を依頼されたのである……。

「たとえば、『探偵小説と論理思考』のようなテーマで……いかがでしょうか。講演の最後に課題を出していただき、それを採点して初任給を決めるという、新しい制度を考えておるのです」

言い換えれば、〈企業の成長戦略の一環としての思考力テスト〉という問題になるだろうか。

5

だが、率直に言って、かなり難しい註文である。

しかし、瓜生がこれから書こうとしている『チャールズ・パースの密室』と、まったく無関係な課題ではない。

むしろ、密接に関連しているかもしれないのだ。

彼はコーヒーを淹れて、しばし瞑想……。

コーヒー独自の香りが、アイディアを産むからだった。

やがて、ひらめく……

（そうか。こんなのはどうだろうか）

と、思いつくままメモしてから、彼はコックピット状の執筆室へ移動して、PC(パソコン)を立ち上げた。

書き始めたのは、いわゆるレジメである。授業や講演に使う要約であるが、瓜生はいつもわりと詳しく書き、聴衆に配布すると同時に、このレジメに沿って話をするのだ。

たとえば、体裁を物語風にすると……

［物語］

あるとき、仲のいい、太郎、次郎、花子の三人が旅に出た。彼らは小学高学年の同級生である。

旅先は、中国西部の奥地である。

ある日、元気に先頭を歩いていた太郎が、道ばたの石を蹴飛ばしたところ、二つに割れて、風変わりな魚の化石が現れた。

「あれッ？」

太郎が叫んだ。「海から遠く離れたこんな山の中に、どうして魚の化石があるんだろう」

すると、次郎が言った。

「こんな山の中に魚の化石があるということは、ここが大昔、きっと海か湖水か川だったからにちがいない」

「どうしてそんなことが言えるんだい？」

と、訊ねた太郎に対して、次郎は、

「だって、魚は水の中に棲む生き物だもの、とすれば、ここが大昔、魚の棲める場所だったたってことにならないかい」

するると、太郎が、

「そうかなあ。信じられないや」

次郎が、

「花子さんはどう思う?」

花子が答えた。

「あたし、学校の図書室で読んだことがあるわ。太古の昔、テーチス海という巨大な大洋がアジアからヨーロッパまであって、今も残るその名残が地中海なんですって」

むろん、講演では、その他の諸々の具体例を挙げて、演繹法・帰納法・仮説法について説明するが、最後に出される課題は、
［設問I］この小さな話(ショート・ショート)から、論理学的に気づいたことを論述せよ。
である。

瓜生なりに想定している解答は、たとえばこうである。
(1) 次郎の答えが仮説的推論法、つまりアブダクションである。

前出のパースによると、仮説的推論法は、天文学や純粋物理学などの理論的諸科学、あるいは地質学や生物学などの仮説の科学に用いられる。

たとえば、天文学は望遠鏡で覗くことはできるが、直接、行くことはできない広大な宇宙に関する科学である。地質学も同じだ。タイムマシンなどによる時間旅行ができない以上、我々人間は地球という天体の過去の姿を、直接、観測することはできない。

つまり、こうした対象を扱う領域では、アブダクションに頼るほかないのである。

(2) 一方、帰納法推理はどうか。分類的諸科学の植物学、動物学、鉱物学、化学に適用される方法である。

[物語のつづき]

(承前)三人はやがて山越えをして麓の村に向かった。

今夜はこの西虎村(さいこそん)に泊まる予定だ。

村はずれまで来たとき、野良着姿の男に出会った。

「あのう、西虎村のかたですか」

と、太郎が訊いた。

「ああ、そうだが」

すると、花子が訊ねた。

「包峰（ほうほう）さん、旅籠劉邦（はたごりゅうほう）へ行く道は、まっすぐでいいですか」

「ああ、そうだよ」

と、村人は答えた。

太郎が訊いた。

「花子さん。初めて会ったのに、どうしてこの人の名前を知ってるの？」


［設問Ⅱ］この話から想像できる推理法を論じなさい。


瓜生が、期待している解答は、一応、次のとおりだ。

花子は事前に旅行先の情報を調べており、西虎村の住民は全員が包峰であることを知っていたのだ。

つまり、このケースは、

(1) 西虎村の住民は全員が包峰姓である（規則）
(2) この男は西虎村の住民である（事例）
(3) 故にこの男の姓は包峰である（結果）

であるから、演繹法である。

しかし、

（ちょっと易しすぎるかな。もう少し、考えてみよう）

と、瓜生は考え直す。

演繹・帰納・仮説の区別を、言葉だけで説明するのは、けっこう難しいのだ。

6

書斎の電話が鳴ったのはそのときだった。

受話器を取ると、ふたたび、杜社長からである。

開口一番、

「これからの時代は、武田信玄ですよ、瓜生先生」

「えッ？」

「〝人は石垣、人は城〟の時代が来ると思います」

「ああ、なるほど」

瓜生には杜社長の言わんとする意味がわかった。

要するに、武田家は息子勝頼の代になり滅亡したが、信玄の人材登用の経営戦略は、これから地滑り的な速度で始まるであろう二一世紀のＩＴ＆ＡＩ革命下の企業環境に、適応する唯一の手段だというのである。

「資本より人材資源の方針は、まちがっていないと思います」

と、瓜生は答えた。

杜社長独自の未来分析によると、人材への投資が企業価値を左右する時代が始まっているというのである。

「人材力を見極めるのは難しい。これまでの財務諸表には表れにくい。しかし、わが社が開発した代替データによると、若い社員の能力と開発を重視する企業の業績と株価は、相関するとわかった」

と、言うのである。

「納得できます。たしかに、我々の世代とちがってIT、AI環境の柔軟に適応しているのは、若い世代ですからね」

と、答えると、

「それで、わが社は年功序列を廃し、独自の給与体系を構築しているのです。今年四月に入った新入社員たちの基礎給与を決めるのに、今年は密室問題を出したいと考えているのですが、瓜生先生に協力してもらえないでしょうか」

と、頼まれた。

断る理由がないので瓜生は承知したが、その先はいつものように長電話となってしまった。

――ともあれ、瓜生が最初に杜社長に話したのは、江戸川乱歩(えどがわらんぽ)の密室の定義である。

乱歩によると、Locked Room は、

(1) 犯行時、犯人が室内にいなかったもの。
(2) 犯行時、犯人が室内にいたもの。
(3) 犯行時、被害者が室内にいなかったもの。

の三種に分類されるが、推理作家は、このパターン、もしくは組み合わせで、工夫を凝らすのである。

しかし、瓜生が、今、注目しているのは脱出トリックである。

たとえば、雪の広場に建っているチャペルへ足跡が一人分のみあり、翌朝、その中で人が死んでいたとする。

このケースでは、チャペルの扉に鍵がかかっていなくても、犯人が外へ出た痕跡がないので、密室の一種である。

で、たとえばの例だが、ヘリコプターや気球でやってきて、それから下ろされたロープに掴まって逃げたなどの方法が考えられるが、いかにも陳腐である。

他にも古今の作家たちが、竹馬の利用とか、雪の降る前に犯行現場に犯人が潜み、犯行後、被害者の靴より大きめの靴を履き、後ろ向きに歩いて脱出するなど、その他、もろもろすでに考えつくしているのである。

実は、瓜生は、最近、出版した本のなかでわざと脱出法を書かなかった。彼が考えたトリックが、だれにでも想像できる方法だったからである。むろん、ルール違反であるのは承知の上だったのだが、あえてそうしたのだ……。

瓜生は受話器に向かって杜社長に言った。

「自分が考えたのは、ある新興教団の祭室で、一人の私立探偵が死んでいた情況です。この祭室に入るためには、その前に小さな部屋があるのですが、この小部屋の床には体重計が仕込まれており、入室者体重が計測、記録される仕掛けになっているのです。ところが、記録されていたのは、被害者の体重のみであった」

「なるほど、床に足跡がつかないが、秤（はかり）がその代わりをするわけですね」

と、杜社長も興味を示し、つづけて、「むろん、ノックスの探偵小説十戒ではないが、他に抜け道はないのですな」

「建物はすべて鉄筋コンクリート、つまりＲＣ建築で窓はありません」

「ほう」

「これを問題にしては？　かなり難問ですが……」

「つまり、痕跡を残さずいかにして脱出するか、ですな」

「おそらく、既存の方法や陳腐な脱出法など、ピンからキリまで答えが出ると思いますが、もし独創的な解答があれば、その者に新しいプロジェクトを任せるべきです」

「うん、なるほど、おもしろい。早速、昇給試験用紙を用意しよう」

と、乗り気である。

やがて、長電話が終わり、瓜生はいささか疲れた。

(それにしても、企業価値が、資産やこれまでに蓄積された技術力ではなく、若手社員の能力や企業側の関心度や育成システムの評価で決まるという話はすごい)

と、彼なりに電話の内容を反芻（はんすう）しながら思った。

もしかすると、現在、年々、衰退をつづける文学全般の復興も、この話と関連するかもしれないのだ。

瓜生自身、薄々、感じていることだが、昔の編集者と今どきの編集者では、文学するという仕事に対する熱意がちがうような気がするのだ。彼自身が昭和の作家だから感じるのかもしれないが、偏差値重視教育で育った世代との乖離（かいり）である。昭和世代の編集者は泥臭いかもしれないが、情念があった。だが、今の世代は、クールでスマートすぎるのだ。

(そのうち出版界の編集者は、人間からＡＩに入れ替わるかもしれない)

などと、つい考えてしまう。

なぜなら、最近ではビッグデータという経済用語が目につくが、要するに何がどうすれば売れるかを、従来型の人間の経験値や勘で探すのではなく、膨大なデータから探し出すという情報技術である。

(であれば、ＡＩでも、十分、まにあうはずだ。いや、ＡＩのほうが優れているはずだ)

今や、斜陽産業になり始めている出版界にとって何が必要かと考えたとき、彼の答えは明白だ。

文学をイノベーションするには、どうすればいいか——である。

(文学、いな芸術全体の価値を決めているこれまでの規準が、〈人間〉であるならば、それが新世

紀にも生き残れるかどうか）

（少なくとも、『知の考古学』のミシェル・フーコーを読む限りでは否である）

今、人類がその足を踏み入れたばかりの二一世紀という未知の新世紀が、二〇世紀的なキーワードの選別を始めているのだ。

フーコーは『言葉と物』の最後で、〈人間の終焉〉を語るのだ。むろん、人類そのものが消えるわけではない。たとえば、〈主体性〉というような人間中心主義の価値観が、渚に描かれた砂絵のように、まもなく消え去るというのである。それは、戦後思想を、マルクス主義とともに席巻した実存主義から、社会システムの構造を重視する構造主義への転換であり、結果、一九世紀から始まった〈認識の台座〉が変わるという意味でもあるのだ。

とすれば、作家は何をすべきか。瓜生の専門はSFと推理小説だが、これらが、単なるエンターテインメントや犯人当てクイズでは生き残れない……。

瓜生が今考えているのは、いみじくも杜社長が目指しているのと同じで、それらを通じて訓練されるはずの〈論理する力〉を、産業界にも応用できないかという試みなのである。

第三章　霊界からのメール

――「ムッシュー・ポアロ、わたし、霊のおみちびきによってあなたの所にまいりました」
／『満潮に乗って』（プロローグ／恩地三保子・訳）

1

もとより瓜生は、自分が自分の実力以上のこと、実験を試みようとしていることを自覚しているのだった。二一世紀初頭の今現在より先、二〇年後から三〇年後の世界では、必ずＩＴやＡＩ時代に即応できるような〈学び直し（リスキリング）〉が、要求されるはずである。

しかし、自分がすでに、時代遅れになっていると、瓜生は自覚しているのだ。

たとえば、プログラムが書けない自分。

たとえば、既成のアプリを使いこなせない自分。

だが、反省もある。やはり、自分の老いに甘えてはいけないのだ。若い世代にはついていけないが、なんとか、新時代の触りだけでも理解したいと思っているのだ。

とにかく、想像もつかない世界が、彼自身の人生の末期に待ち構えているのだ。そんな時代をうまく生きていけるだろうか。

たとえば、杜社長から教えてもらった知識だが、機械と機械が人間を介さずに互いに連絡しあって効率よく仕事をこなす〈ＩｏＴ〉の技術が実現するらしい。

ガソリン車に替わって電気自動車が普及し、しかも自動運転になるらしい。

大空を飛ぶのは、水素を燃料とする飛行機になるらしい。

あるいは、仮想現実の空間に自分の身代わり（アバター）が入り込み、自由に行動できる〈メタバースの技術〉が、前世紀最大の発明の一つだった映画に代わるらしい。

その他、諸々、人間大失業時代の到来とか……

（果たして、すべてが根本的に変革されるそんな社会環境に、老いた自分が〈適応（アダプテーション）〉できるだろうか）

などと、妄想して、ふと目をあげると、卓上時計が六時を回っていた。

冬季のアカシア市では午後四時には日没が始まるが、六月の今はまだまだ外は明るい。

（そう言えば、そろそろ夏至のはずだ）

と、つぶやきながら、携帯で妻を呼び出すと、

「今、展示が終わったところ。これから片づけをして、七時ごろには帰れますわ」

〈ファリントン・ギャラリー〉は、来週から始まる企画展の準備で忙しいのだ。

「了解」

と、応じて、瓜生は台所へ行き、用意しておいた炊飯器のスイッチを入れる。

それから、ふたたび、仕事場に戻り、地元のタウン誌に頼まれた原稿にかかる。

題名は、「風景画鑑賞法」。副題は「探偵小説と絵画の構造について」としたが、今はまだ仮題である。

内容は、小説には起承転結という構造があるが、絵画にも前景（起）・中景（承）・遠景（転）があり、さらに画面全体（結）があるというもの。

瓜生の考えでは、普通、絵画の鑑賞者は、画面下部の前景から観始め、次に視線を中景に移し、さらに風景画であれば地平線の山並みなどの遠景、あるいは水平線上の空を眺める。

そして、最後に、何歩か下がって画面全体を見るものなのだ。

従って、優れた風景画家は、戦略として鑑賞者の視線を、前景→中景→遠景へ誘導する仕掛けをする。

たとえば、前景と中景の境に塀や柵があれば、その一個所を扉にして開けておく——などの工夫をするのである。

これは、小説作法で言う〈伏線を張る技術〉と同じである。

また、こうした、視線の誘導は、画面の中の乗り物の向き、動物や鳥の向き、煙突の煙や雲の流れ

る向き、樹木の傾きなどを用いて矢印の代わりにするのだ。

小説も同じである。読者を飽きさせない関心の誘導、たとえば〈それからどうなるの?〉と、思わせる伏線の張り方などである。

さらに、安定した画面割りは、縦に二本、横に二本の黄金分割が使われるなど……。

こうした基本は、造形心理学の視覚理論で裏づけられるわけだが、実際に現場で絵画を鑑賞しながらでないと、なかなかうまく説明できない……。

小説の場合は、小説の結末が冒頭に回帰するような仕掛け、つまり、循環の技術である。

などなど、下書きを終えたとき、ちょうど妻の霊子が帰宅した。

2

大根を千切りにした味噌汁は彼が作ったが、霊子は中心街のデパ地下で総菜を買い求めてきた。

昔とちがって、今は便利である。

食卓に向かいあって座って食べながら、瓜生は、今日、杜蛙亭書房の杜社長と電話で話したことを妻に語った。

彼女は興味を示す。

「大学の授業で論理学は必修科目だったけど、可でしたわ、あたし」

と、告白した。

学生時代の彼女は、都内某所で易者のバイトをしていたので、あまり授業に出なかったためらしい。

話を聴きたいと言うのでテーブルを片づけ、新たに考えていた準備をした。

テーブルに並べられたのは、異なる豆を入れた幾つもの紙袋である。

「あなた、何が始まるの？」

と、妻に訊かれたから、

「講演の予行演習なので、付きあって」

と、瓜生は答え、Aの袋の口を開いて中身を見せる。

「中身は全部、大豆」

と、伝えてから、この袋からひと握りの大豆を取り出し、握った掌を差し出し、

「ぼくが握っているのは何？」

「むろん、大豆でしょ。それとも、あなた、これ手品？」

「いや手品じゃなく、あくまで論理学の授業……」

つまり、⑴大豆だけが入っている紙袋Aがあり、⑵紙袋Aからひと握り取り出したものを、⑶大豆だと判断するのが、演繹推理なのである。

「でも、これって当たり前だわ」

「うん、そのとおり。では、つぎの問題」

と、瓜生。

彼は、袋Bを取り上げたが、今度は中身を妻に見せずに、手を入れてひと握りの豆を取り出して、妻に見せた。

「これは？」

「小豆」

「じゃ、袋Bの中身は？」

「多分、小豆でしょ」

彼は、

「これが帰納法推理です」

つまり、(1)袋Bの中身がわからないとき、(2)Bからひと握りのサンプルを取り出し、(3)袋Bの中身は小豆と判断するのが帰納法なのだ。

ただし、直接、袋Bの中身を確認したわけではないので、中にわずかの大豆が混じっているかもしれない。つまり、帰納法の判断はあくまで確率的なのである。

「これが、ホームズのやりかたさ。つまり、確率的帰納法なので、犯人の当たりをつけてから、たとえば自白とか、物的証拠を見つけるとかして、裏づけを取る必要があります」

と、瓜生は付け加えた。

「あなた、だんだん、わかってきたわ」

と、彼女。「で、帰納法と仮説法はどうちがうの」

「じゃ、君、ちょっと眼をつむって」

と、言うと、新たにＣＤＥＦＧと記された五つの袋をテーブルの上に用意し、ひと握りの黒豆を脇に置いた。

「眼を開けて。この黒豆はどの袋からこぼれたと思う」

「そうね」

「袋の中を調べていいよ」

彼女はＦに黒豆が詰まっていると気づく。

「Ｆでしょう」

「それは、あくまで推論でしょ」

「そうね。テーブルの黒豆は、別の場所から運ばれてきたのかもしれないわね」

「ええ、そう。君は、今、making a hypothesis したのです」

3

それから、食器を片づけ、到来物の夕張メロンを賞味しながら、ふたたび、会話をつづける。

「実は、こういう例はどうだろう」

瓜生は、ドイルの『赤髪組合』についての彼の考えを語る。

この短編は、濃い赤毛の質屋の主人が、自分の店を留守にするよう仕組まれたことに気づいたホームズが、隠された大きな犯罪を想定する話である。

この場合、店の地下室と主人の留守がヒントになるのだ。

そして、ロンドンの建物の位置に詳しいホームズは、ほとんど、直感的に、通りの反対側に銀行があることに気づく。

「この推理過程は仮説推理（アブダクション）だと思うんだ」

と、彼は言った。

給料半分でいいと申し入れた新しい店員、カメラマニア、地下室で現像する、などから、ホームズは驚くべき犯罪計画（結論）を導く。

先に述べた山中の古代魚の化石の例のように、仮説推理は、常に驚くべき事実〈あり得ないと誰もが思った結論〉に至るのである。

「あたしも大好き、あの短編は」

と、彼女も言った。「第一、『大英百科事典』を筆写するだけで週四ポンドも支払うこと自体が不自然ですもの」

彼女はつづけた。「だって、一九世紀の終わりごろの一ポンドは、今の価値で仮に五万円とすれば、週二〇万円、月で八〇万円、三ヶ月なら二四〇〇万円ですもの、破格なくらい多すぎますわ」

「霊子さん。探偵小説というものは、そうした不自然さに探偵が気づくことから始まるんですよ」

と、言うと、

「あなた。文下さんの自首も不自然だと思いませんか？」

「確かに」

瓜生はうなずく。「一色君が文下氏を連れてきたときも、何か唐突で不自然だったかも」

すると、

「今日の午後、一色さんが画廊の事務所に見えられたのよ」

「その後、何か、進展があったの？」

と、訊ねると、

「いいえ」

彼女はかぶりを振って、「被害者たちが、なぜ〈手宮冷蔵倉庫〉へ行ったのか、その理由すらはっきりしないみたいでしたわ」

「一番、情況に通じているはずの一色圭治君にもわからないんじゃ、困ったものだね」

「あなたはどうなの？」

と、言われたから、

「原稿の仕事が詰まっているからね、ぼくの一つしかない頭には今のところ余裕がないのでね。でも、君は別だろう」

むろん、半ば冗談のつもりだが、霊子の頭蓋骨のなかに脳が二つあって、別々に働いている異星人の一種かもしれないと思うことが、ときどきあるのだ。

こんなとき、霊子がすることは決まっているのだ。入浴後、シャワーで、十分、水を浴びて身心を清め、自宅の四畳半の祭室に籠もって香をたき行なう易である。

瓜生との結婚を決めたときだって、やはり、自ら易にお伺いをたてたと、後から聞いたのである。

彼女が行なうのは擲銭法という方法。特殊な方法で清めた陶銭を使い、筮竹は用いぬ簡便法らしいが、原理はまったく同じである。

しかし、祭室から出てきた彼女に結果を質したが、黙って首を横に振った。口には出さないが、易神の示した上経下経の意味が、うまく解釈できないらしい……。

だが、夢をみたらしい。

――一夜が明けた翌朝、

「わかったわ。でも変だわ」

と、彼に告げた。

人によっては擲占法とも表記するが、擲銭法は三枚の硬貨を投げ、裏表の数で占う。

唐の『儀礼正義』に記されている原則に従えば、

二枚表で一枚裏ならば少陽

二枚が裏で一枚が表なら少陰

もし三枚とも裏ならば老陽

三枚とも表ならば老陰

となる。

普通は、陽は横棒、陰は横棒の真ん中を欠いて二つにした記号で表すが、パソコンにはない記号なので、陽→○、陰→●で代替えすることにする。

なお、少陽も少陰もそのままでよいが、老陽と老陰は変爻（へんこう）と言ってそれぞれ□と×であらわす。

つまり、裏は陰なのだが、三枚揃うと逆転して陽に変ずる。

また、三枚が表なら、当然、陽であるはずなのに、陰に転ずるのだ。

理由は神意としか言えず、筮竹法でもやはり方法はちがうが、変爻がある。

「これよ」

と、言って、霊子は紙片を見せた。

六回、陶銭を投げて、下から順に記録した結果である。

「変爻が一つあったわ。それが、これ」

「変爻を直したのがこれ」

〈雷沢帰妹〉というらしい。

「つまりね、被害者三人が〈手宮冷蔵倉庫〉へ行った理由を念じつつ行なった結果がこれ。〝往けば凶。利するところなし〟と出たわ」

「なるほど」

瓜生は軽く声を上げた。「当たっているね。殺されたんだから」

「問題は上卦つまり上三つの震よ」

彼女は言った。

「というと?」

「震は雷や地震の象意ですけれど、人象は長男だったり、電気とか楽器とか、つまり騒がしさよ。それに不義の象意が出ているけど、どうもよくわからないわ」

「不義密通の不義ですか。つまり正しからざる結婚ということか」

瓜生は首を捻りつつ、「いずれわかりますよ」

と、応じたが、たしかに、天意は答えを暗示していたのである。

彼女は、さらに言った。

「難しいけれど変爻の状態、つまり直す前の卦にも、実は隠された意味があるらしいの。つまり、こう」

「この卦は〈震為雷（しんいらい）〉よ。易の世界では、天が下す罰と考えられ、己を恥じて自戒すれば災害から救われるけれども、過去に罪が大きく、反省もしない者には天罰が下るという暗示なの」

「なるほど」

瓜生はうなずく。「過去に何かよからぬことをやらかしたのに、反省しないのであれば、という暗示はなんだろうね」

「上卦の●●○は、父を表す○○○と母を表す●●●が交わって生まれた、最初の男子を指すの。つまり、長男よ」

彼女はつづけた。「でも、被害者の輪郷（わのさと）代議士は、浮き名は流しても結婚はしていないし、子供もいない。なのに、なぜ、長男の暗示が顕れるのか、それがわからないの」

このときはわからなかったが、この霊子の卦には隠された真実が暗示されていたのである。

4

その後、瓜生鼎（うりゅうかなえ）は、旧作の電子出版化など、複数の出版社との打ち合わせで上京する用事があったり、取材旅行のため多忙だった。

彼が、文下睦夫（ほうだしむつお）の訃報（ふほう）を聞いたのは旅先、携帯に一色圭治（いっしきけいじ）からの連絡が入った。

命日とされる日は、七月二日。彼は、入院していた入船（いりふね）総合病院から密かに失踪（しっそう）し、そのまま旅立ったのである。

出張から戻ると、瓜生はすぐ一色と会った。

彼によると、死後のこと一切は家主に託されており、市内の火葬場で焼かれたあと、遺骨は故人の遺志で、すでに小樽湊沖に散骨されたという。

その翌日の六日午後、立合を一色に頼まれた瓜生は、彼と共に小樽湊へ赴くことになった。

戦後は、北洋の漁業を失って沈滞していた小樽湊は、運河が公園として整備され、観光客で賑わいを見せている。

むろん、それも悪くはないが、綺麗（きれい）になりすぎた景観は、地元在住の画家たちにとっては、絵のモチーフになりにくいらしい。

瓜生なりの印象では、今の小樽湊は外出着だが、昔の小樽湊はむしろ汚れた下着を着けた女のような街であった。塵が浮かび、黒く澱んだ運河、なかば腐り始めた廃船。倉庫群のトタンはところどころ錆（さ）び、窓枠とか手すりとかは完全に赤錆びている。そんな港街のほうが、馴染（なじ）んだ肌着のようで安心できたのである。

だが、港の空は、心変わりが当たり前の酒場の女のように、信頼できない。

車で来たので、駐車場付きのレストランを探すうちに、岸壁に出た。

海面にはまだ光線が踊り、防波堤に白波が砕けていた。

瓜生はレイモンド・チャンドラーになった気分である。ドイルやクリスティー以外では彼の好きな作家の一人だが、なぜかと言うと、本格物とはちがい、ハードボイルドのほうが情緒豊かな心理描写ができるからだ。

ともあれ、小樽湊は斜面の街だ。チャンドラーなら、家々が、くしゃみでこぼれ落ちるほどだ——などと、書くにちがいない。

土曜日のせいか、運河地区はじめ観光客で賑わっていた。彼らは、ようやく一軒を見つけて入ることにしたが、平地の少ない小樽湊では、駐車場だって車庫入れがぎりぎりの狭さである。

二階の窓際の席で、彼らはポーク・ソテーを食べる。コーヒーはまずかったが、ショートケーキは美味(おい)しかった。

瓜生の思い出は、戦争前の小樽湊である。北海道一おしゃれな街で、昔はそう呼んでいた洋食(ようしょく)が旨(うま)かった。

そんな話をしながらランチをすませ、車に戻り、鉄道駅の裏手へ急な斜面を上った。

山の斜面に張り付いているような場所、富岡(とみおか)町の小振りのマンションの部屋が、文下氏の借家であった。家主との手続きが、多少、残っていたのでこれにも立ちあったが、文下氏はすでに死期を悟っていたものか、家具も蔵書もあらゆるものが処分されていた。

警察が家中をひっくり返した跡もあったが、なにも発見できなかったようだ。部屋に残されていたデスクトップ・パソコンも押収され中を調べられたそうだが、記憶媒体（メディア）は一切なく、パソコン内のハードディスクも故人の手で物理的に壊されていたらしい。

「結局、何だったんでしょうね」

瓜生は一色に言った。

「さっぱりです」

一色も言った。

部屋のベランダに立つと、港湾の全景が見える。

すべて、子供時代を送った瓜生自身の記憶のとおりである。

眼下に、家々の屋根とビルの数々。赤と白の灯台のある防波堤。海原の位置がここからは高く見える。

つい、感傷に浸っていると、一色が、

「ぼくは一階の大家さんのところに行き、部屋の鍵を返して、契約書にある原状回復の費用はじめ、最後の精算もしてきます」

と、言った。

「ぼくはここで待っています」

と、瓜生は応じる。

一人になった瓜生は、正常ではない最期を遂げた文下睦夫（ほうだしむつお）のことを思った。

（いったい、彼は何を考えていたのだろうか）

そのとき、気づく。襖（ふすま）の開けられた押し入れに、縁の欠けた石膏額（せっこうがく）に入れられた一〇号Fサイズの絵がしまわれていたのだ。

瓜生はそれを手にする。上手（うま）いとは言えないが、描いた者の性格を表すように、律儀（りちぎ）に描かれていた。

この部屋から俯瞰（ふかん）した港の絵だと、すぐにわかった。一般的に、上から下を見下ろす構図は遠近がとりにくく難しいが、文下（ほうだし）氏は無難にこなしていた。

ベランダの光に翳（かざ）して眺めるうちに、瓜生は、あることに気づく。

上部は灰色の空、その下に水平線、防波堤、港湾、それに被（かぶ）さるようにビルや倉庫の屋根。初心者にありがちな、絵具が生のまま重ね描きする段階はすでに卒業して、下地を作って塗り重ねていくマチエールの技術も及第点であった。

また、瓜生が小樽湊美術館で話した講演をきちんと聴いていたらしく、水平線の切り方や、塔や煙突などの位置に、構図の基本理論どおり黄金分割が使われていた。

むろん、瓜生が気づいたのはそれだけではないのだった。画面の左手にある旧製缶工場の脇にある、トラス橋、これが問題の〈旭橋〉だ。

港湾に通じる運河にかかっている橋だが、なぜかまわりの暗い色調に比べると、そこだけが意識的に明るい。あたかも、そこが、特別な場所であるかのように暗示され、灰色の空の一個所からオレンジがかった金色の光線さえ引かれていた。

このあたりは、瓜生がまだ小樽湊にいたころ、家から近かったのでよく遊んだ場所でもある。

瓜生は、急に、なにか恐ろしい記憶を呼び起こしかけている自分に気づく。

と同時に、この絵こそが文下氏が彼に残した何かのメッセージだと直観したのだった。

そこへ、一色が用事を済ませて戻ってきた。

「終わりました。引き揚げましょうか」

「これね、記念にもらって帰ります」

と、言った。

「どうぞ、どうぞ」

一色が言った。「そう言えば、今、思い出しました。文下さんは瓜生先生にもらってほしい絵があると言ってましたよ。小樽湊の港の絵だと言ってましたから、きっとこれですね」

つづけて、「実は私も文下さんからもらってくれと言われて、港の風景を描いた六号のMサイズを一点預かっているんですよ」

二人は、エレベーターで一階へ降りる。家主が玄関に出て彼らを見送ったが、瓜生が抱えていた絵を見て、

「ああ、それ、文下先生から預かっておりましてね、今日、あなた方が来られるとわかって、戻しておいたんですよ」

と、告げた。

「そうだったんですか」

瓜生は、家主のどことなく意味ありげな顔に気づく。

「やはり、文下さんは、美術評論家でもある先生に、この絵を鑑て欲しかったんですね」

と、言った。

「生前、一度だけしか会っていないかたでしたが、不思議な縁を感じています」

と、瓜生は答えた。

すると、

「文下さんからのお礼のメールが、先生に届くかもしれませんよ」

と、家主が言った。

「冥土からですか」

と、瓜生は笑って応じたが、むろん冗談で言ったつもりだ。

ところが、家主は大真面目な顔で、

「ええ。〈霊界通信〉ですよ」

と、応じたが、瓜生はさして気にも留めずに、狭い道にぎりぎりに停めておいた車のトランクに絵を入れ、乗り込む。

窓を開けて挨拶すると、家主は、

「私は、文下さんとちがって、絵画にはあまり興味がないのですが、小樽湊美術館で行なわれた先生の講演に誘われたんですよ。というのは、うちに盛本一郎の絵があるのを文下さんが覚えておりましてね、先生に一度鑑定していただけたらと思うんですが、よろしいでしょうか」

「ええ、かまいませんよ」

驚きながら聞く。

盛本一郎が生前住んでいた借家の跡地に、この六戸建ての小マンションが建てられたというのだ。

会釈で挨拶して、車をスタートさせ、勾配のきつい坂道を下る。

高速を使って小一時間後に帰る。妻の画廊〈ファリントン・ギャラリー〉に寄り、隣の画材店〈オーク〉で新品の額を探し、文下睦夫の港の絵を入れた。

そのとき、また、彼は気づいたのだ。

絵を額から外したとき、木枠にキャンバスを貼るため釘を打つ耳の部分に、マジックペンで書かれた数字に……である。

3732623
作品番号だろうか。電話番号だろうか。

しかし、この番号に掛けてみたが、使われていないものだった。

とすると、何かを知らせる暗号数字なのだろうか。

画廊を六時に閉め、創成鮨で妻と夕食を摂り、家に帰った。

瓜生は仕事場に文下睦夫の絵を掛ける。何かはわからないが、次第に気になりはじめたのだ。忘却の淵に沈んでしまった何かとかかわっているような気がしたのだ。

――翌朝、いつもの習慣でパソコンを開くと、メールが入っていた。差出人欄に、〝〈霊界通信〉**3732623**〟とある。スパムかと疑ったが、彼はこの数字を思い出した。例の絵の耳にあった数字だと気づく。多少の不安を抱きつつ思いきって開くと数字の羅列だ。

今度はウイルスを疑い、文字化けも疑った。

しかし、ちがうようだ。

パソコンに強い妻に診てもらうと、やはり、

「これ、文下さんの暗号鍵かしら。差出人の署名かしら」

と首を傾げる。

しかし、この七桁の数字からは何も思いつかない。

その後、ヒントすら掴めず、瓜生は仕事に追われた。久しぶりに、書き下ろしが出せることになったのだ。近年は、とみに刷り部数が少ないが、文句は言えない。本が出せるだけでも、十分に幸せな高齢作家なのかもしれないのだ。

5

数日後、書斎のＰＣに向かって仕事に集中していた瓜生に、妻から電話がきた。

「あなたが話していた小樽湊の大崎さんとおっしゃるかたが、こちらにみえられたわ」

「ああ。あの家主さんだね」

瓜生は、すぐタクシーを拾って画廊に向かった。

挨拶しあってから、はじめて名刺を交換した。大崎新吾（おおさきしんご）氏は不動産関係の仕事をしているらしい。

見せられた作品は、たしかに盛本一郎だった。

題名が『小樽湊俯瞰（ふかん）』（一五号Mサイズ）である。

最初の印象は、文下氏の絵がよく似た構図だったということ。模写したのかもしれないと思ったので、

「この絵を貸しませんでしたか、文下さんに」

すると、

「ええ。この四月だったかな、よく観たいので貸してくれと頼まれました」

つづけて、「どうでしょう、売れるでしょうか」

「保存が悪いですね」

「昔は石炭ストーブでしたからねえ」

「描かれたのは日米開戦前ですね」

瓜生は言った。「港湾内に駆逐艦（くちくかん）と海防艦（かいぼうかん）が描かれています」

「戦前の作品ですね」

「ええ。サインの横にあるアラビア数字は1935ですから、太平洋戦争勃発の前ですね」

「小林多喜二の『蟹工船』を読むと、当時がわかりますわ」

妻の霊子も言った。

「奥さん、ここにあるのは、北洋へ向かう漁船の船団です。昔は駆逐艦が護衛したんですよ」

つづけて、「ほら、このマーク、船腹のね、昔は文下先生の実家は大きな水産会社でね、これは文下さんの亡くなった父上が所有していた船団だったそうです」

「文下さんから……」

と、訊くと、

「いや、文下さんから聞く前に、私の親父からです。数年前に亡くなりましたがね、聞いたんですよ。親父は文下家が経営する〈北洋海産〉に勤めていたんです、戦前からね。親父は中学を出るとすぐ〈北洋海産〉に勤めましてね、経理の仕事を担当していたのですが、戦争も敗色が日に日に濃くなった昭和一九年になると米潜が近海に出没しましてね、持ち船が沈められたり、千島に物資を運ぶために徴用されたりね」

大崎氏は雄弁に語り、つづける。「ですから、敗戦の年の一九四五年には、船もなくなって、敗戦を迎えたってわけです。しかしね、親父は最後の最後まで〈北洋海産〉のお世話になり、あの事件のあとで会社が解散したとき、奥様の華代様から、この絵を貰ったって言っておりました」

「じゃあ、想い出の詰まった絵ですね」

妻の霊子が言った。「大事にされてはいかがですか」

「ですから、価値のある作品なら、小樽湊美術館へ親父の名で寄付するのもいいかなと思いましてね。つまり、この前いらしたときのお連れさんが、美術館の館長とうかがいましてね、あのとき思いついたってわけですよ」

「そういうことなら、話してあげますよ。これはまちがいなく盛本一郎の本物です。汚れをとり額装しなおせば立派になりますし、この時期の作品は少ないので史料的価値もあると思います」

それにしても、大崎は話し好きだった。辛抱づよく付き合ったのは、瓜生なりの予感だった。現に、彼から彼の父親の話を聴けたということで、間接的ではあるが、重要な証言者なのだ。


――肝心な個所だけ話そう。文下軍治(ほうだしぐんじ)氏が強盗殺人にあったころは、日本中どこも混乱期だった。アメリカ軍の行動もすばやく、北海道には終戦の年、昭和二〇年一〇月には進駐してきたが、小樽湊も例外ではなかった。おそらく、ＧＨＱは、ソ連（当時）軍の北海道上陸を警戒したのであろう。

「実際、アメリカ兵は大勢おりましたよ。あの製缶工場横の〈旭橋〉から、軍治さんが下の運河に放り込まれたとき、現場には大きな男の足跡があったことから、犯人は進駐軍(しんちゅうぐん)ということになり、捜査は打ち切られた――と親父が話していました」

よく知っている人の悲劇的最後だけに、大崎新吾氏の記憶は鮮明なようだ。

「軍治氏は泳げなかったのですか」

瓜生は訊いた。

「むろん泳げましたよ。しかし、司法解剖でわかったんですが、文下社長は泥酔状態だったのです」

「犯人はほんとうに進駐軍だったのですか」

「さあ、真相はわかりません。新聞は現場に十三文半の大きな足跡が残されていたと、暗示的に書いたが、それ以上は、ＧＨＱの検閲がありましたからね」

「十三文半ねえ」

と、瓜生は言った。「たしかに暗示的だ」

そう、応じながら、

（この十三文半は比喩表現のシネクドキだ）と思った。

和訳なら換喩のことである。

瓜生が比喩表現に関心を持つようになったのは、推理小説では隠語と同じように、比喩的表現もよく使われるからである。

わが国で十三文半の靴を履く者は滅多にいない。日本敗戦と進駐軍を経験した者ならだれにもそれが、アメリカ兵を指すのは常識であった。

「しかし、真犯人の偽装かもしれません」

と、大崎が言ったので、

「なるほど。しかし、日本人にもそういう大男がいたかもしれませんよ」

「そうかもしれません。とにかく、会計責任者だった親父も警察に連行されて取り調べられたのです。立場上、社長が出張先で運転資金を調達して戻ってくるのを知っていたので容疑を掛けられ、留置所に入れられたからよく覚えています」

大崎は暗い顔で溜息をついた。

「父上のお名前は？」

「新治といいました。警察の取り調べもあの時代はまだ戦前のやり方で荒っぽく、ようやく帰されたときは、あっちこっち殴られて、青痣だらけだったのを覚えています」

「拷問ですか」

「ええ。青春期のいやな思い出ですよ」

顔をしかめて、大崎はつづけた。「軍治社長が亡くなったので、親父も職を失いました。それからの生活が大変でしてね、なにせ、あの時代ですからねえ、私なんかも、闇屋まがいの手伝いを親父にさせられましたよ」

彼の話では、軍治氏が殺された夜に、手宮にある会社の冷蔵倉庫が荒らされ、大量の物資が盗まれたというのだ。鮭の塩引き、乾物、魚油などだが、食料不足だった当時は、いずれも闇市で高く売れた品物だったそうだ。

幸い、大崎の父、新治氏にはアリバイがあった。その日は紀元節で会社は休みだったが、当時は貴重品だった本物の清酒をだす闇営業の店で、取引銀行の担当者を接待していたのである。

「〈花川〉といいまして、今はありませんが、あの夜は殺された文下軍治社長も来て、合流するはずだったんです」

と、話した。

「ぼくは未成年でしたが、覚えています」

瓜生は話を合わせた。「当時は、工業用のメチル・アルコールで命を落とした人も大勢いたでしょ」

「ええ、困窮の戦後はそうでした。人間は賤しいもんです」

と、大崎は苦く笑い、「だから、清酒は左党には貴重品でした」

「銀行関係者というと融資の相談ですか」

「ええ。前年の二月から施行された金融緊急措置令で、どこも資金繰りが難しくなっていたのです」

他の社員も調べられたが、やはりアリバイがあった。当時、〈北洋海産〉は社員が戦地に取られていたので数が減り、全部で七人だけだったが、大崎新治氏を除く六人は賃上げ交渉の相談をしていたのである。

大崎はつづけた。

「日本全国の例に漏れず、小樽湊でも労働運動が急に盛んになりましてね、あちこちでストライキなんかもありましたしね」

「ぼくも記憶しています」

瓜生は話を合わせる。

「親父の日記にも、昭和二二年二月一日に予定されていた全官公庁労組の全国ゼネストが、ＧＨＱ

の命令で中止になったことや、新興宗教の爾光尊事件で、信者とともに、囲碁の呉清源や名横綱の双葉山までが逮捕されたとか」

「覚えています。ぼくらの世代に共通する記憶ですよね」

「軍治社長はどこへ出張したんですか」

瓜生は訊ねた。

「釧路です。当時、釧路は漁業のおかげで、それなりに潤っていたそうです。それで、軍治社長は、付きあいの長い水産加工業者を訪ねて海産物を買い付けし、同時に封鎖預金を担保に、奥さんの実家で、現金を融通してもらったはずです」

大崎は、父親から聞かされた当時を思い出すようにつづけた。「終戦の翌年、わが国でもインフレの抑止かどうか知りませんが、預金封鎖があったでしょう。ああ、そうそう、華代奥様の実家が釧路の網元だったんです、当時は。軍治さん自身も、若いころは、釧路で商売の修業をしていたはずです」

「なるほど」

瓜生は筋が通っていると思った。子供ではあったがあの時代の雰囲気はそれなりにわかっていたからだ。

「それで思い出しましたが、今話した花苑町にあった〈花川〉ね、あれも、たしか、華代奥様の一番下の妹さんがやっていた店のはずですよ」

つづけて、「それにしても、軍治社長は、帰りの列車が大幅に遅れたのが命取りになった」

「人間って、ちょっとした巡り合わせのせいで命を落とすことがあるんですね」

と、瓜生が言うと、

「いや。それがですね、親父の日記には、たとえ列車が遅れても駅から真っ直ぐくれば、宴席に間に合ったはずだと書いてあるんです」

大崎は言葉を途切らせた。「遅れたとしても、釧路発の列車は夜の九時には小樽湊駅に到着しているのです。それなら花苑町まで歩いても間にあったのに来なかった。軍治さんの水死体が、〈旭橋〉下の運河で発見されたのは、翌日の朝です」

「死亡推定時刻なんかは、わかっているんですか」

「正確には、そうね、親父が書き留めた後日の日記ではね、夜の一一時ごろだったはずです」

「列車が着いた九時すぎから一一時までが空白ですか。謎の時間ですねえ」

瓜生は考え込んだ。「たしかですか」

「親父は容疑者として取り調べを受けましたからね、しつこく夜の一一時のアリバイを訊かれたそうです」

「大崎さん。もし気を悪くされたら、なかったことにしてください。軍治さんの溺死体（できしたい）から、解剖したらアルコールが検出されたんですね」

「ええ」

「胃袋に？」

「そうです」

「その酒が、あなたの父上がいた〈花川〉で飲んだ闇の酒ではないかと、警察に疑われませんでしたか」

「むろん」

大崎はあっさりと応じた。「それが、親父が犯行に加担した一人ではないかと疑われた根拠の一つでした」

大崎は肩を竦めて、「警察には当時の鑑定書があると思いますが、それがね、胃の中に残っていたのは日本酒ではなくウィスキーだったそうです。当時の日本でそんな酒が手に入るのは進駐軍関係者だけですからね」

瓜生の記憶でも、日本人は、合成酒の他、どぶろくなんかを密造して飲んでいたのだ。

「当時の日本人にはウィスキーとバーボンやブランデーの区別だってつかなかった。みんな洋酒でひとくくりにしていましたでしょ」

と、瓜生が言うと、

「ええ。私も覚えているが、洋酒は高嶺の花でしたね」

「しかし、軍治さんが、どこでウィスキーを浴びるほど飲んだのか、警察は確かめなかったんですか」

「犯罪が多発した時期ですからね」

つづけて、「第一、親父に言わせると軍治社長は下戸だったそうです。華代夫人も警察でそう証言しているはずですよ」

「そうですか」

「とにかく、それで事件はうやむやになりました。むろん、警察発表を疑わなかったですよ、そのときはね。しかし」

大崎は言葉を切り、その後を重々しくつづけた。「昭和六一年に起きた、問題の〈手宮冷蔵倉庫事件〉の被害者三人が、なんと、親父が残した記録では、みな〈北洋海産〉を辞めた社員だったと知ったときは驚きましたよ」

父親は、経理屋らしく几帳面な性格だったようだ。大崎は、屋根裏に保管されていた古い資料を、この絵と一緒に見つけたらしい。

「親父は、九〇歳まで生き大往生を遂げたのですが……」

「じゃあ、生前はそのことを言わなかったんですね」

「ええ、ほとんど。むろん、〈手宮冷蔵倉庫事件〉は知っていたはずです」

「ひょっとすると、文下さんは、あなたの父上が〈北洋海産〉に勤めていたことを知っていて、あなたに近づいたんじゃないですか」

と、瓜生は訊ねた。

「かもしれませんが、生前はおくびにも出さなかった。しかし、そう言えばあの部屋を借りに来たとき、小樽湊商科大学を定年退職したときですが、港を眺めて『あれが……』と指したのが、事件のあった〈旭橋〉でした」

ともあれ、絵は預かり、小樽湊美術館にはこちらから連絡することにした。

6

大崎新吾を、画廊の外まで送りながら訊ねた。

「ああ、そうそう、あなたがおっしゃっていた〈霊界通信〉が届きましたよ。心当たりがおありですか」

「いや特に」

大崎は肩を竦(すく)め、「私のところにも、ちょくちょく入る迷惑メールですよ」と言った。

瓜生は、ちょっと違和感を覚えたが、彼を送りだす。

画廊の事務所に戻ると、妻が、

「今のお客さんの忘れ物かしら」

と、言って、テーブルの上の茶封筒を指さす。

「だと思うけど」

と、言って手に取ると、紙袋の中は……。

「あの人、意外と文学青年なんだ」

と、言って霊子に文庫本を見せる。

彼も学生時代に読んだ記憶が薄らとある志賀直哉（しがなおや）の『暗夜行路』である。表紙を開くと蔵書印が押してあるが、大崎氏ではない。文下睦夫の印である。ページをめくると、かなり読み込んだらしい形跡があった。

「あとで、大崎さんに確かめるよ」

と、瓜生は妻に告げると、改めて盛本一郎の絵を眺める。

Mサイズだから横長である。

道内画壇には小樽湊派という呼び方があるが、溶（と）き油の使い方が特徴の艶っぽいマチエールで、しっかり描かれていた。

特徴的なセザンヌの構図も見られた。一色圭治に電話して事情を話すと、美術館館長会議で近くまで来ているのでこれから来るという。

待つことしばし、画廊の事務所に現れた一色は、

「美術館はいま予算不足なので、買い取ることはできませんが、寄付なら喜んで引き受けます」

と、眼を細めた。

妻の入れたコーヒーを飲みながら、大崎が話したことを伝えると、

「調べてみましょう。もし昭和六一年の事件が昭和二二年の事件に関係があるなら、古巣へ行き資料室を漁ってみましょう。あそこなら昔の新聞が読めます」

ほとんど戦災にあわなかったのが小樽湊だから、新聞社には戦前の資料が残っているらしい。

約束をして送り出すと、すぐ一色が戻ってきて、

「この絵のいたんだ額を替えようと思って、隣の画材店へ行って外したら、見てください、これです」

「ああ、前に話していた文下さんの絵ですね」

「そうです」

一色はうなずいて、「ここです、見てください」

キャンバスの耳のところに、マジックで数字が書かれていた。瓜生がもらったのと同じだ。

「七桁ですね、やはり」

「ええ。意味がわかりません」

「私のとは、ちがいますね」

3763519
である。

「先生のは幾つでした？」

「3732623です」

「電話番号でしょうか」

「多分、ちがいますね」

「とにかく、一つより二つのほうが手がかりになります」

と、瓜生が言うと、妻が近づいてきて、

「おもしろそう」

「君は数字に強かったね」

「暇を見つけて調べてみるわ」

と、応じた。

第四章 〈父親殺し〉の問題

——「この犯罪はずっと以前に計画されました——おそらく前の冬にまでさかのぼるでしょう。細部にいたるまで綿密に計画が立てられました。目的はひとつ、たったひとつです。」／『ゼロ時間へ』（三川基好・訳）

1

連日、真夏日がつづく。

俳句なら朱夏。瓜生の大好きな季語である。

あれ以来、書斎に籠もって電筆に励んでいるが、ものは例の『チャールズ・パースの密室』である。もとより、本格でも変格でも、またハードボイルドでもない、実験作である。だが、順調に進んでいるわけではなかった。

新作の性質上、どうしても理屈っぽくなり、序章まで戻って書き直しているところだ。〈物語内世界〉の中にも時間が流れなければならないのだが、どうしても論文調になっているのだ。同じことが前にも起きた。日に三〇本以上も吸っていた喫煙を止めたときである。いつもは見えている前頭葉の窓が上映禁止になり、真っ暗になったものだ。

しかし、今回は、何度も書き直すうちに、この小説の創造主である書き手の意識が登場人物たちに同化しはじめ、結果、次第に会話体が多くなると、〈物語内世界〉に大気が満ち、風も流れ始めてきた……。

もとより、新作テーマは、推理小説の王道である密室物だが、主人公の大学生が使う探偵術が、〈仮説的推論（アブダクション）〉なのである。

一週間後、序章と第一章の書き直しが終わり第二章に入ったところだが、無意識のうちに〈手宮冷蔵倉庫事件〉をモデルにしている自分に気づいた。

文学理論では、いわゆるジュリア・クリステヴァのインターテクステュアリティの手法である。彼女によれば、すべてのテクストは、これに先行する何らかのプレテクストからの引用であり、そのモザイクであり、デフォルメであるというのである。

このプレテクストは、わが国の和歌の例で言えば本歌取りだが、ジャンルを越えて行なわれるのだ。単に言語テクストだけではなく、絵画や写真、音楽などだけではなく、地図もあれば都市もあるのだ。たとえば、都市の一例を挙げれば、ロバート・ルイス・スティーヴンソンの『ジキル博士とハイド氏』

（一八八六年）である。

先に、文下睦夫（ほうだしむつお）が瓜生宅を訪れたときにも話題になったスコットランドのエジンバラであるが、かつてのこの街は、新市街と旧市街に分かれ、その貧富の差、生活環境の差などが歴然としていた。

つまり、こうした二律背反的な都市構造がジキルとハイドという両極端な性格、言い換えれば人間の理性とイドに反映されているのである。

同じく一九世紀のエジンバラで育ったアーサー・コナン・ドイルの作品に共通する善と悪の対立も、もしかすると、この街の光と闇を表徴する新市街と旧市街からなる、二層の都市構造に起因しているのかもしれないのだ。

そして、悪の中の悪として表徴されるのが、他ならぬジェイムズ・モリアーティ教授である。

と、そのとき、彼の脳裏でその絵がひらめく。他でもない、ＤＶＤ『最後の事件』で観た、ライヘンバッハの滝の映像。

もはや誰もが知っているように、ホームズは宿敵モリアーティ教授と決闘して、共に滝壺に転落するのだ。

ホームズ物語はこうしていったん終結したが、愛読者の強い要望でやむなく復活するのである。

瓜生の考えでは、コナン・ドイルは心底、ここで打ち止めにしたかったのだと思う。

なぜか。ホームズ物語は〈父親殺し〉の物語だからだ。瓜生自身の経験からわかるのだが、まさにモリアーティこそが、代替えされたアーサー・コナン・ドイルの父親だったのではないだろうか。

アーサーの父、チャールズ・アルタモント・ドイルは、エジンバラに住む測量技師補で、かつ挿絵画家でもあったが、祖父や三人の伯父たちとはちがい、人生の成功者とはならず、のちにアルコール依存症になり、精神病院に送られた。

ために幼少時の生活は苦しかった。そんな父親をアーサーは嫌っていたのではないだろうか。彼をエジンバラ大医学部へ進ませたのは伯父たちであったが、奨学金を得ようと勉強するアーサーに適切な助言をしてくれたのは、アーサーより六歳年上のブライアン・チャールズ・ウォラーという医者であった。

で、瓜生なりの想像ではあるが、この人物が年の離れたシャーロックの兄、マイクロフトのモデルではないかと推理するのだ。

心の中で、瓜生はつぶやく。

〈モリアーティとの最後の決闘の舞台に巨大な滝を選んだのも、彼が無意識で行なった〈父親殺し〉の大罪を瀑布の大量の水で流したかったからではないだろうか〉

むろん、それは瓜生の想像にすぎない。しかし、「最後の挨拶」では、ホームズ自身がドイルの父の名、アルタモントを名乗り、密偵として活躍するのである。

これは、何を意味するか。一度は意識下の〈父親殺し〉を行なったドイルが晩年になり、今は亡き父親を受け入れたことを意味するのではないだろうか。瓜生自身もよく自覚するが、作家という存在は大量の作品を書くことによって、無意識界に沈殿している様々な悪しきものを昇華しているものなのである。

〈そう言えば、あのガストン・ルルーの『黄色い部屋の秘密』も〈父親殺し〉の物語だ――という話を、どこかで読んだ記憶がある〉

と、彼は思い出している……。

この〈父親殺し〉とは、いわゆるエディプス・コンプレックスである。どういうものか、あまりにも有名で説明する必要はないだろうが、メモしておこう。

――提唱者のフロイトによれば、エディプス・コンプレックスは、三歳から五歳の間に頂点に達する男根期に体験される。その後、このコンプレックスは潜伏期に入り、思春期にふたたび復活する。しかし、程度の差はあるが多くは克服されて、男児は成人するのだ。

だが、意識化されずに、本人自身でも気づかぬうちに意識下に沈床するケースもままある。

フロイトは、この精神病理的モデルを、ギリシア神話に求めた。それがエディプス王の悲劇である。

テーバイのライオス王は、「いつか、お前は息子に殺されるだろう」というアポロンの神託を無視して、イオカステと婚姻し、男児をもうけた。だが、王は神託を恐れて、男児の踵をピンで刺し、従者に預けた。

まもなく、男児の踵が赤く腫れ上がったことから、〈腫れた足〉を意味するオイディプスと呼ばれるようになった。

一方、この従者は、哀れに思ったのか、王の言いつけを守らず、コリントスの王家に男児を預ける。やがて、男児は立派な青年に成長するが、彼も「お前が故郷に帰るなら実父を殺し、実母である女性を娶るであろう」と、アポロンに予言される。

彼は恐れおののき旅に出るが、三叉路で道を譲る譲らないで争いになった老人を殺してしまう。さらに、彼は、その老人が自分の父とは知らずに旅をつづけ、テーバイの人々を苦しめていたスフィンクスの謎を解いて退治し、その功績で母イオカステと結婚するのだ。

だが、やがて真相がわかって母は自殺し、オイディプスは自ら両眼を潰して荒野を彷徨(さまよ)うのである。

要約は以上だが、実はこのフロイトの仮説は、今日では賛否両論があるので、瓜生としてはどちらとも言えないのである。

なお、フロイトは自説の普遍性を考えていたらしいが、近年の学説は否定に傾いているそうだ。

しかし、個々のケースではあり得るのだ。たとえ実行されなくとも、意識下での〈父親殺し〉は起きているのではないか。

子供は、成長の過程で身近な壁である父親を無意識で殺し、一人前の大人に成長していくものなのだ。

瓜生自身の読書経験でも、対象が代替えされた父の身代わりを殺していると窺わせるケースはままあるのだ。いわゆる成長過程の反抗期も、その一例である。

——その日の夕食の際、妻の霊子にこの話をしてみると、

「エディプス・コンプレックスの反対がエレクトラ・コンプレックスね。娘が父親に好意を持ち、同性の母親を殺すというケースだったかしら。新婚旅行で黄金のマスクで有名なミケーネへ行ったとき、あなたから講義を受けたわ」

と、応じた。

「そうだったね」

と、うなずきながら、ギリシアの青く晴れわたった空の下の丘のオーカー色をした遺跡の記憶を脳裏に描く。

アガメムノーンの物語は、アイスキュロスによる有名な悲劇である。物語はトロイア戦争に勝利した総大将のアガメムノーンが、ミケーネの王城に凱旋するところから始まる。

だが、彼は王妃クリュタイムネーストラーに暗殺されるのである。

理由は、出征する際に神託を受けて、娘のイーピゲネイアを女神アルテミスへの生け贄に捧げたからである。

「それで、父親を愛する娘のエーレクトラーが、弟のオレステースと協力して母を殺して復讐を果たすのね」

妻が言った。

つづけて、「でも、あたしには当てはまらないわ。あたし、父を知らないから」

「うん。学徒出陣で出征したまま帰らぬ人となったんだったね」

と、瓜生は言った。

彼女の母親は未婚の母なのである。霊子を出産したあとは母親と暮らし、自分は霊子の祖母と同じ占いの仕事をして、彼女を育てた。霊子の軀にも、代々つづく霊能の血が流れているのである。

つい、何となくしんみりとした空白の時間が、夫婦の間に流れた。ほんのわずかであるが、真夏の日が暮れ始めた〈逢魔が刻〉の空白の時間……。

と、突然、霊子が、つぶやく……

「あら、だれかしら……今、だれかに、心を覗かれているような気がしたわ」

「だれだろう」

と、瓜生も言った。

彼もなぜか、神話的な時間が流れているような感覚にとらわれていたのだった。

ギリシア悲劇を話題にしたからだろうか。むろん、合理的な説明などはつかない……

2

そしてまた暑い日がつづき、終戦記念日が今年もやってきた。盂蘭盆もである。小樽湊の御盆は八月なのである。

だが、〈ファリントン・ギャラリー〉は画廊企画の「新鋭マニエリスム作家展」を開催中だ。

従って、霊子は忙しく、瓜生も夏休みは取らず、普段どおりである。

その日、昼食は冷やし素麺(そうめん)で涼しく済ませ、午後も書斎に籠もって執筆に励んでいると、手元に置いた携帯が鳴る。

相手は、〈杜技研〉の杜社長だった。

開口一番、

「今、北海グランドホテルです。会社を連休にしたので、北海道へ避暑にきました。先生の都合がつけば、ぜひお会いしたいのですが」

一も二もなく承知したのは言うまでもない。

早速、家の戸締まりをし、表通りへ出てタクシーを拾う。

乗り込んで、

「北海グランドホテルへ」

タクシーは市の中心部へ向かって走る。

下車したのは駅前通りだ。ここの中央分離帯の街路樹が偽アカシアで本物ではないが、樹々は真夏の陽光を浴びて、光合成の真最中である。

アカシア市民なら両者のちがいを知っているはずだが、〈偽〉というのは人間が勝手に付けた汚名である。もともと、アカシア属のアカシアとは別種の落葉高木で、和名は針槐、ハリエンジュ属である。

彼は回転ドアからホテルの中へ。なぜか、感覚的には回転ドアというのは、彼にとって子供のときから特別である。彼には、異次元への通路のように錯覚するのが回転ドアである。

むろん、扉の中は表と同じ次元であった。

彼は、レセプションのあるロビーの前を通って、一番奥の喫茶室へ。

杜社長は窓際の席に陣取って、ショートケーキを頬ばっていた。

元気そうである。

日焼けした顔は体育会系である。

瓜生に向かって、半袖の腕を挙げて手招く。

青白いインテリゲンチャの正反対で、日焼けした四角な顔から白い歯がこぼれる。

学生時代は弓道部だったはずだ。

瓜生は向かいあって座る。

杜社長はまだ四〇歳前後のはずだから、彼の息子と言ってもよい。

「こちらへは飛行機で?」

と、訊ねると、

「いや、本社から自家用のキャンピングカーで新潟まで走り、昨日の朝、フェリーで小樽湊に着き、今度、業務提携する会社の社長に会ってきました」

と、言った。

社名を〈3D（スリーディー）電研工業〉というそうだ。

「3Dと言うと三次元ですか」

と、いかにも、素人っぽい質問とは思いながら訊ねると、

「ええ。〈仮想現実空間（バーチャル・リアリティー）〉の実用化を研究しているベンチャー企業です」

と、教えてくれた。

「仮想空間ですか」

「ええ、我々の世界では〈メタバース〉と呼んでいます」

「いや、〈メタバース〉はSF用語ですよ」

と、瓜生は遮る。

「たしか、metaverse は、meta + universe の合成語で、一九九二年に発表されたアメリカのSF作家、ニール・スティーヴンスンの『スノウ・クラッシュ』が初出のはずです」

「ええ、読みました。アバターも同じ本に出てきますね」

と、杜社長。

このSF小説の世界では、アメリカの連邦国家はすでに機能を失い、郊外都市国家（バーブクレイヴ）と呼ばれる小さな区画で仕切られたフランチャイズ国家の集団で分割されているのだ。

「むろん我々が携わっているメタバースは、VR（ヴァーチャル・リアリティー）ですが、実用化まではあと何年かかるか。しかし、先行投資をしないことには、単に一企業の問題ではなく、わが国自体が世界に遅れをとりますからね」

「なるほど」

そのとき、ウェイトレスが註文を取りにきたので、瓜生はショートケーキは断り、アイスコーヒーを頼む。

「で、社長、今日、ここにお泊まりならば、夜、付き合いますよ」

と、誘うと、

「いや、これから道東方面へ向かいます。途中、支笏湖あたりで姫鱒(チップ)釣りをして、のんびり日高方面へ。襟裳岬を回って帯広へ。さらに、阿寒、摩周と観光地を旅しながら、〈灰色の脳細胞〉のクリーニングをするつもりです」

と、答えた。

「羨ましい」

と、言うと、

「いえ、人材探しの仕事ですよ」

つづけて、「実は、〈3D(スリーディー)電研工業〉社長の一条寺智也(いちじょうじともや)君とは大学が一緒でしてね、私のほうが先輩になりますが、彼の紹介で一緒に小樽湊市役所を訪れ、務台優人(むたいゆうと)市長とも会って来ました」

「と、言いますと、どんな用事で？」

「ええ。小樽湊は、港はあるが坂の街です。つまり、平地の少ないのが小樽湊の発展を阻む大きな要因なのです。一方、戦後のアカシア市が、人口一〇〇万もの大都市になったのは、石狩平野の広大な平地があるからです。ならば、小樽湊の弱点を克服する手段として、デジタル空間に第二の都市を創造したらどうか。これが、最初の着想です。まだ、秘密にしていただきたいが、先生を信用してお話しします」

「わかりました」

瓜生はうなずく。

「この計画は市役所も加わった大規模なもので、十数年前に第一段階が着手されました」

「十数年前と言うと？」

と、聞き返したのは、なぜか気になったからである。

「一六年前だそうです」

「では昭和六一年ですね」

「そうですか」

「もしかすると、社長、一六年前からという話は、だれから……」

「一条寺君と務台市長と会ったときです」

「じゃあ、市長室で」

「そうです。ずっと以前に計画されたプロジェクト、小樽湊市の持続可能な発展を目指すプロジェクトを実行しようとしているのです」

杜社長は眼を輝かせてつづけた。「今回の旅は、この計画への積極的な参加を一条寺君から求められたからです」

「で、参加されるのですか」

「むろんです。自分は務台市長や一条寺君の理念に賛同しましたからね」

「その計画に名称はあるのですか」

「あります。〈湊フロンティア計画〉です」

「第二のフロンティアを創造するわけですね」

「そのとおりです」

「具体的には、どんな計画ですか」

「先生ならば、プラットフォーマーという、最近、言われ出した言葉をご存じでしょう」

「ええ、一応は。経済関係の新聞等で、最近、よくお目にかかります。たとえば、アメリカのAGA、アップル、グーグル、アマゾンのような企業はプラットフォーマーだそうですが」

瓜生が語尾を濁し、「しかし、詳しいことはまだ……」

「今現在、二一世紀初頭のわが国では、まだ珍しい経済用語ですからね」

以下、杜社長の説明を要約すると、大企業だけではなく、国家も都市もプラットフォーマーなのだそうだ。

「水道、電気、電話、交通網、紙幣や金融、警察、消防、国防など、もろもろの機能を持つ国家はプラットフォーマーです。国民はそうした便利な生活空間に住んでサービスを受けられる代償として、税金を徴収されます。同じことが、地方自治体にも言えます」

「なるほど。しかし、そうした既存のシステムは実体ですね」

「ええ。その象徴が土地です。我々は自分名義の土地なのに、固定資産税を払います。なぜだと思います?」

「そうですね」

首をひねると、

「名義は個人でも、真の保有者は国家だからです」

「で、我々は、税金という名の地代を、国家に支払うわけですか」

「ですから、土地のない国家を創ったらどうでしょう」

「なるほど。イスラエル建国の事情でもわかりますが、国家の基礎は土地です。しかし、わが地球では、すでに土地の分割は完了していますね」

と、瓜生。

「そうです。ですから、新国家を作ろうにも、戦争でもして奪いとるか、買うしかないのです」

「だが、仮想空間なら可能だ——という発想ですね」

瓜生にも、だんだん、〈湊フロンティア計画〉の意図がわかりかけてきた。

「ええ。それがメタバースの世界で、将来、一〇〇兆円規模、いや二〇〇兆円規模の事業になるという予測もあります」

「具体的に、どんなシステムなのですか」

「その前に、我々が新たに創ろうとしているデジタル・シティーですが、まだ名前がないのです。それで、先生にお会いしたかったのですが、いいアイディア、ありませんか」

「そうですね」

　瓜生が答えるまでに、一分もかからなかった。

「小樽湊とデジタルには共通点があります。わかりますか」

「なんでしょう？」

「オタルミナトのタルとデジタルのタルです」

「なるほど」

「ところで、トポスと言えば古代ギリシアの〈場所・空間〉です。さらに、アリストテレスなどは論述の場、討論の場の意味に使った、けっこう由緒ただしい言葉なのでこれも使って、〈トポタル〉いや、〈ポスタル・シティー〉はどうですか」

　と、思いつくまま提案すると、

「なるほど、気に入りました。〈ポスタル・シティー〉ですか。しかし、自分としては〈タルポス・シティー〉とした方が言いやすいように思いますが」

「ああ、たしかに」

「じゃ、〈タルポス・シティー〉で提案しますが、命名委員たちも納得すると思います」

と、乗り気だ。

つづけて、

「我々は〈タルポス・シティー〉を、商業都市にするつもりです」

「ゲームなど、エンターテインメントが主体の空間ではないのですね」

「ええ。もしかすると、カジノなどもできるかもしれませんが、第一段階では、いわゆるフリーマーケットのVR（ヴァーチャル・リアリティー）版と言えばわかりやすいかも。このデジタル・マーケット〈タルポス・シティー〉には、小樽湊市民だけでなく、北海道民も日本国民も、いや世界の人々もだれでも入場できるのです。また、このデジタル空間には区割りした土地もあり、小樽湊市民なら一区画ずつ所有できる。どうです、先生はアカシア市民ですが、このデジタル都市の命名者として、特例でメインストリートの一画に土地を所有できる資格を与えるよう委員会に進言しますから、先生の著作を売る書店を開いたらどうですか」

そう言われて、なんだか楽しくなっている瓜生だった。

どうも〈湊フロンティア計画〉の基本構想には、小樽湊市民に小さな店舗を持たせ、各自が工夫した様々な商品を販売させるという狙いがあるらしい。

「老いも若きも、セカンド・ビジネス業で、ささやかなお金儲けができれば、必ず脳は活性化し、人々に生きる活力を与えるはずだと、務台市長も語っていました」

と、杜社長。

つづけて、「〈湊フロンティア計画〉が実現すれば、個人を〈エンパワーする〉だろうと、市長は言われるのです」

このエンパワーは、〈湧活〉と訳されているらしい。人々に夢や希望を与えて勇気づけること。また、人が、本来、持っている生きる力を湧き起こさせることなのだ。

「商売が行なわれるなら、当然、決済システムも必要です。我々は銀行の設立も考えていますが、〈タルポス・シティー〉で使える通貨単位を、オタルミナトとデジタルの共通点〈タル〉としましょう。むろん、シティー内のトポス銀行へ行けば、実世界とこの世界の通貨は両替ができます」

「なるほど、ネットで物品を購入するシステムと同じですね」

「電子本とかゲームソフトとか、その他のアプリケーションとか、実体のない情報商品のみならず、実体のある物品も実体空間に住むアバターの本人へ配送されます」

さらに、この街には古代ギリシアのアゴラと同じ名前の、友人らと待ち合わせる渋谷の忠犬ハチ公前のような広場もあるし、ここで自論を演説したり、議論を戦わすこともできるらしい。

「ここでは異性婚のみならず同性婚も可能です。もとより、アバター同士の婚姻ですがね」

つづけて、「店舗でも別荘でも、お望みならば、設計事務所に設計を依頼することも可能です。実世界であれば、設計図に基づき建設業者が施工するわけですが、デジタル・シティーではそうはいきません。しかし、ご安心を。小樽湊商科大学電子工学科の学生さんたちが、バイト感覚で、低料金でやってくれますよ」

3

こうして、一時間ばかり話したろうか……

「そうそう」

と、杜社長は急に話題を転じ、

「先に、先生に創ってもらった問題、例の密室からの脱出問題ですが、新入社員の資質がよくわかりました」

と、言った。

つづけて「今の話で肝心な報告を思いだしました。デジタル・シティーの設計事務所は今のところ候補が一社で、このプロジェクトのメンバーでもある作事（さくじ）建設設計事務所の作事宗雄（さくじむねお）氏、事業の発足後、施工業務を束ねる責任者は稲葉俊郎（いなばとしろう）君で、彼は小樽湊商科大学の卒業生ですが、わが社に、今年、就職しているのです。その彼がですね、問題の建造物がRC構造なら、必ず床のスラブの下に配管などを収めるピットがあるはずだ、という答えを出してきたのです。どう思いますか」

「配管用ピットが隠された出入り口ですか。むろん、正解の一つだと思います」

瓜生はうなずく。

「しかし、ノックスの探偵小説十戒に抵触しませんか」

と、問われたので、

「ああ、第三項ですね。〝犯行現場に、秘密の抜け穴、通路が一つ以上あってはならない〟ですね。あれは、実はわが国の翻訳家の誤訳らしく、正確には事件の舞台になる建物に付帯する構造物（設備）がある場合は除外されるはずです」

と、伝え、つづけて、

「他の解答は？」

と、訊ねる。

「ええ。私の印象ですが、受験校の偏差値教育で著名大学に入ったと思われる者たちは、概して発想が平凡ですね。彼らは法曹界に入るべきです。法律家は、前例に頼って犯罪を調べ、前例の記憶に頼って答えを出すから、意外性は必要ありません。もっとも、裁判官が個性的でありすぎるのは問題ですがね」

と、言って笑った。

杜社長はつづける。

「わが社が欲しいのは、単にペーパーテストの成績だけがいい新人ではありません、我々が欲しいのは……」

と、言って次の五項目を挙げた。

(1)　独創性と好奇心

(2) 子供のような想像力
(3) 越境思考
(4) 不活性的な既成制度に対する、クリエイティブな挑戦
(5) 他者への説得力、すなわち人間力

「ホームズのような天才ですね」

「そうです。むろん、社会不適応型の彼には、ワトソンのような常識人が補佐役として必要ですが、社員全員がワトソン博士では企業はやがて競争力を失い停滞します」

「つまり、シュムペーターの言うイノベーションできる人材ですね」

「そのとおりです。新機軸です」

「たとえば、天井に張ったロープにぶら下がって脱出するとか」

「ええ、ありましたよ。しかし、まあ、誰もが思いつく案です。中には天井を支える梁の部分に手をかけて脱出するとかの案もありましたが、さすがに竹馬に乗ってというのはありませんでした。とにかく、江戸川乱歩の分類に載っている例が目立ちましたね」

「いわゆる、コピペ・タイプですね」

と、瓜生。

現代用語辞典に載りそうな言葉だが、コピー&ペーストの略語である。

つづけて、

「しかし、今回の問題は床に体重計が仕込まれているという設定ですから、ちょっと難しかったのかもしれません」

と、言った。

他にも、密室からの脱出路が足跡の付くような外であれば、竹馬の使用以外にも気球とか、後ずさりで脱出するとか、いろいろあることはある。しかし、彼なりに思うのだが、我々人間の思考は、往々、思い込みに縛られるものだ。そうした常識的人間を代表する典型が、ホームズ物語のワトソン博士なのである。

パターン認識とでも言おうか。たとえば、銅貨をひとつかみ床に撒いて、数えずに数を把握できるのは、七個までである。

実は、人が一時的に記憶できる項目は七個までらしい。七個が短期記憶の限界なのである。

だが、人間の認識がおもしろいのは、パターン化する能力である。麻雀のピンズとかソウズは一から九まであるそれぞれが図形化されているので、人はまとめて一個の記号として認識できるのである。

おそらく、こうした習性が、常識という枠にはまった考えにとらわれる原因なのであろう。しかし、ホームズのものの見方はちがう。彼には犯罪に関する膨大な知識のストックがあるが、それ以上に常識人とは異なる角度から事象を見て、分析する独特の思考力があるのだ。

また、それが人々を驚かせるばかりか、読者自身が己を啓発するのである。

だが、実際は、〝言うは易し、行なうは難し〟だ。

杜社長も言った。

「暗記優先の学校教育、受験のみが目標の偏差値教育では、アインシュタインは生まれません」

たしかに、のちに天才と呼ばれるような人たちの少年時代の成績は、往々にして、芳しいとは言えないのだ。

ともあれ、随分、話し込んだが、ようやく杜社長は席を立った。ホテル裏手の立体駐車場まで彼を見送る。彼は真駒内(まこまない)経由で裏道から支笏(しこつ)湖へ行くつもりらしい。

4

南へ向かって走り去る黄色いキャンピングカーに、手を振って見送ってから、瓜生は踵を返した。

市の中心部へ出かけたときは、必ず寄ることにしている隠れ家的な喫茶店に向かう。

ビルの地下にあり、店名は〈無限〉だ。

午後四時という時刻のせいか、客はまばらだった。

瓜生はお気に入りの店の隅に座る。

コーヒーを飲みながら、意識を漂わせる。瓜生のよくやる手だ。脳波がアルファー波に変わるのか、アイディアを思いつくことがままあるのだ。

最初に思ったのは、さきほど、杜社長が漏らしたひと言、一六年前である。つまり、一九八六年は例の〈手宮冷蔵倉庫事件〉が起きた年なのだ。

（もしかすると……）

と、瓜生の脳裏に、何か大きな背景のようなものが、浮かび上がった。

（ずっと前から、慎重に準備された犯罪だったのではないだろうか）

しかし、よくわからない。絵で言えば〈地と図〉の関係である。地はぼんやりしているために、図形を浮かび上がらせるのだ。

妻に頼まれて、ニューヨークまで行って画廊を見て回り、気づいたことがあるが、画廊の壁面はぼんやりとしているほうが、その壁面に掛ける絵を際立たせる。もし、壁面に目立つ模様などを入れると、絵は死んでしまうものなのだ。

（背景とはそうしたものだ。一六年前にあの手宮の事件が起きた背景があるはずだが、まだはっきりしない）

推理しようにも、まだデータが足りないのだ。

しかし、仮説は立てられる。

たとえば、〈かもしれない〉という思考である。

瓜生はまだ事件の断片、しかもばらばらな断片を知っているにすぎない。しかし、このばらばらなものが、なにか大きな事象の一部かもしれないと直感したとき、推理小説の名探偵は事件の全貌を知るのである。

言い換えれば〈ひらめき〉だ。〈ひらめき〉は意外なときに、ハラッとした感じて降りてくる。これが、仮説推理、すなわちアブダクションの〈結晶作用〉なのである。

瓜生は、この考えを雑記帳にメモすると、コーヒーの代わりを頼む。

彼は、砂糖を入れずに、ひと口飲んで、また考え込む。

やがて、ふと、〈自己言及的推理小説〉という言葉が浮んだ。

(〈メタフィクション〉とか〈メタSF〉とか言うが、〈メタ・ミステリー〉は初めてかもしれない)

つまり、推理小説の本質について模索しているようなミステリーという意味である。

彼が、今、書いている『チャールズ・パースの密室』を、無意識に〈メタ・ミステリー〉にしていたのだと気づく。

さらに、すでに書き上げている部分も設定を変えるべきだ、と思いつく。

物語の舞台を、さきほど杜社長が話したばかりのデジタル・ワールドにする案もあるが……

(おもしろいかもしれない。だが、可能だろうか。いや、できるかも……)

ひとり、彼は、ジェイムズ・ジョイスになったつもりで、意識の流れに身を任せる。そうすると、往々にしてアイディアが閃くというか、ポロッと落ちてくるものなのだ。

(そうか。さきに脱稿した三部作の舞台が、現世と来世の間にある〈中間の世界〉だ。キリスト教世界には煉獄という世界があるらしいが、生前の善悪を計る審判の場なのだろうか)

(一方、沖縄地方ではニライカナイと呼ばれる地でもあるが、〈中間の世界〉と〈メタバースの世界〉

は、ある意味で似ているのではないか）

5

それからまた日が経ち、八月も終わりに近づくと、いやでも北国の人々の肌は、秋の気配を感じる。自宅の庭では植物たちが入れ替わり、秋明菊（しゅうめいぎく）が蕾をつけ始め、ムクゲが白い花をつけた。庭に住み着いた蜥蜴も、そろそろ冬眠の場所探しをしているにちがいない。北海道では、盂蘭盆（うらぼん）を過ぎると、本州に先駆けて早々と秋が訪れるのだ。

そして、また月が変わった……

その日は二百十日（にひゃくとうか）――のはずだったが、秋の空は朝から透き通るほど晴れていた。

知り合いの個展をみるため妻の画廊に来ていた瓜生は、展示室で作品を観ていると、声を掛けられた。

振り向くと、小樽湊美術館の一色館長である。

「ちょっと、お知らせしたいことがありまして」

と、言われたので、エレベーターでオフィスへ上がった。

応接間へ通して、

「それで」

と、促すと、

「実は記事にならなかったのですが、差出人の書かれていない手紙が、当時、北門新聞社に届いていたのです」

と、言って、薄っぺらな茶色の封書を差し出す。

「どうも子供らしい、文字がね。昭和二二年紀元節の深夜、ぼくは〈旭橋〉で、数人の男たちを見たという内容なのです」

「まさか」

封書の宛名書きを見たとき、瓜生は目を疑う。

見覚えがあったのだ。

胸の鼓動を彼は感じた。

中の書面を見たときには、心臓が止まるほどの驚きに見舞われた。

「消印がアカシア市なので、編集部は子供の悪戯と考えたのでしょうね」

一色が言った。

「ぼくですよ、これは……それにしてもよく、五五年前の手紙が今まで」

瓜生の絶句に、反応したように、

「えッ、先生の悪戯?」

「いや、悪戯じゃありません。〈旭橋事件〉の翌日、ぼくはアカシア市に引っ越したので、殺人事件のことは新聞に出るまでは知らなかったのです。実は、小樽湊には貫治君という幼馴染みがいたのですが、最後の別れを言うために夜も更けてから彼の家に行ったんですよ。彼とは玄関の前で会って、長い間借りっぱなしだった山中峯太郎の本、たしか『大東の鉄人』と『亜細亜の曙』を返したんです」

「よく覚えていますね、そんな昔のことを」

「ええ。忘れられない恐怖を経験したからでしょうね」

「と言いますと、先生……」

「ええ。貫治君は、名残惜しいからと途中まで送ってくれたんです。このことを黙っていたのは、危険な夜間外出、しかも深夜外出がばれると、お袋に叱られるからですが、引っ越してから貫治君から手紙がきたんです。『帰り道で何か見なかったかい』とね。『実は、ぼくは見たんだ、旭橋の上で君と別れたすぐ後に。ぼくは、橋のたもとで、運河に向かって立ち小便をしていたんだ。股引のボタンがなかなか外れなくってさ、手間どってさ、それでやつらに見つかったと思う。ぼくは、ちょうど、黒いものが運河に放り込まれるところ見てしまったんだ。連中が怪しいと気づき、必死で逃げた。竜宮橋から竜宮通りへ全力疾走してさ、あとは君とよく遊んだぼくたちだけの塀の隙間とか、秘密の抜け道を抜けてね』という内容だったな」

瓜生はちょっと息をついた。

「それで」

一色が訊いた。「先生もなにか見たんですね」

「実は見たんです。〈旭橋〉から、男たちが駆け下りてくるのをね。暗がりではっきりはしなかったが、ちょっと変な感じがした」

「駆け下りる？」

「ええ。運河なので船を通すため橋桁を高くしているんです、昔から今でもね。その分、道路からのすり付け部分を急な斜路にしているのですよ」

「ああ、そうでしたね。詳しく思い出せますか、もっと」

「自分は〈旭橋〉の手宮側にいた。ちょうど、取り付け道路から一段下がった大きな倉庫の間に入って、やはり立ち小便をしていたんです。今でも残骸がありますが、北海製罐の大きな倉庫です。そのとき、カーキ色の外套を着た数人が手宮方面からやってきて、〈旭橋〉へ向かって行った。そして、罵声（ばせい）と叫び声がして、何かが運河に落ちた水音がした……」

改めて、長い間忘れていた恐怖心が湧き起こってきた。実際、うまくは言えないが、本当に怖かったのだ。まして人が殺されたのだ。自分が多少でもそれにかかわっていると考えると、いたたまれない気分に落ち込む。

「よかったですね、先生。先生は見つからなかったんですね」

明るい一色の声で救われたような気がした。

「と、思う」

「ほんとうに危なかったですねえ。数秒のちがいで連中とでっくわしていたら」

「ええ。あんな時代ですからね、ぼくも確実に運河に放り込まれていたにちがいない」

「運命ってそんなもんなんですね」

一色はうなずいて、「で、その貫治君という友人の名字は?」

「本馬君です」

「北門新聞にも同じ名字の記者がいたんですよ」

「ええ。彼の父親は新聞記者だったと記憶しています」

「先生。この記者が、当時、自分の息子の証言を根拠にしてこの事件について記事を書いたんです。ですが、検閲で削除されたファイルに、いや当時はファイルなんてしゃれた言葉はなく、元原稿が社名入り茶封筒につっこまれて保管されていましたよ」

ほんとうに忘れたのか、忘れようとしたのか、瓜生自身にもわからなかった。

しかし、自分の字体は覚えている。むろん、ぼんやりとして思い出せない部分が多かったが、肝心なことはこれではっきりしたのだ。

「文下睦夫さんは、先生が当時の目撃者の少年だったって、気づいていたんじゃないでしょうか」

一色が言った。「むろん、単なる憶測ですが」

「貫治君は、文下さんと付き合いがあったのかな?」

すると、

「ええ。家が近所で先輩後輩の間柄で、共に伊名穂中学に通っていたはずです」

「ぼくも、一年生のときだけ、伊名穂中でしたよ。となれば、ぼくの名も当然……」

「ええ。先生も目撃者かもしれないと気づいて、近づいたんですよ、きっと、文下さんは」

6

しかし、その後、新事実は現れず、瓜生は忙しさに紛(まぎ)れて、この問題に取り組む時間がとれずにいた。

だが、全部を忘れたわけではない。

文下睦夫は、死を意識するようになって自首したが、一方では事件当時、彼には歴としたアリバイが成立しているのだ。

いかに死期が迫っていたとしても、彼は学者である。不合理な行動をとるはずがない。

（とすれば、必ず理由があるはずだ）

それがわからないから、もやもやするのだ。

もう一つは、文下氏が描いた油絵のキャンバスの耳の部分に、秘密めかして書かれていた数字〈3732623〉である。

あれこれ捻って、〈ミナミニムキフミ〉つまり〈南に向かって文〉と読んだものの、それ以上はさっぱりである。

一方、一色宛の数字〈3763519〉は読みようがないが、一応、〈皆郎さん碁行く〉と読めなくもない。

とにかく、何の進展もなく、一色を含めて瓜生らは文下睦夫の意図がまったく読めずにいた……。

ところが、突然、一通のメールが入った。

しかも、死人つまり文下睦夫氏からである。文面は数字だらけであった。

さっぱりである。まるで霊界から文下睦夫がクイズを出して、彼らをからかっているかのようだ。

というのも、メールは一色氏にも届いたからだ。

そのメールが一色氏から転送されてきた。二人分を列記すると次のとおりだ。

瓜生に届いたメール

88376767567695061469445966740612761061276175232365101187477257708621188103136564049407
96396493301608543860925907092010809181750212630

一色に届いたメール

8910828763035506197824634722061783306178337585508514341148120810869254817020856871820
802988497384808614580933571092772409257750214390

ともに一三三桁であった。

妻に相談すると、

「これって、第二次大戦中に使われた日本海軍のD暗号みたいだわ。単位になる数が幾つか、割り切れる数がヒントになるんじゃない？」

と、女性らしからぬ一面を見せる。

「そうか。君がミリタリー・ファンだってことを忘れていたよ」

「計算機あるでしょう」

早速、計算機で桁数一三三の約数を探してみると、七が候補にあがった。

「で、どうする?」

「気がついたけれど、全部じゃあないけれど、0からはじまる数列は七個の数字よ。一応、七個ずつ区切って並べてみたらどうかしら」

「わかった」

並べ替えたのは以下のとおりだ。

瓜生に届いたメール

8837676 7567695 0614694 4596674 0612761 0612761 7523236 5101187 4772577 0862118
8103136 5640494 0796396 4933016 0854386 0925907 0920108 0918175 0212630

一色に届いたメール

8910828 7630355 0619782 4634722 0617833 0617833 7585508 5143411 4812081 0869254
8170208 5687182 0802988 4973848 0861458 0933571 0927724 0925775 0214390

瓜生は妻に言った。

「この数字の意味は、今までのいきさつから、我々が貰った絵と一色さんが貰った絵の耳に書かれていた二つの数字、〈3732623〉〈3763519〉に関係があると思う」

しかし、何の進展もなく師走（しわす）に入った。

[第二部]

第五章 〈旭橋〉の記憶

――「あなたの記憶は犯罪の巨大な貯蔵庫のようなものでしょうね。しかし、あなたでもその全部を想いだすことは不可能なのではありませんか?」/『複数の時計』(第十四章/橋本福夫・訳)

1

書き下ろしの仕事『チャールズ・パースの密室』は一二月の初めに脱稿した。

折り返しのメールが〈杜蛙亭書房〉から入り、初稿が出るのは来春だという。

むろん、承知した。

他に急ぎの仕事がなくなった瓜生鼎は、改めて文下氏の事件を調べ直してみようと思いたった。

正義とか義務感からではない。若いころは思いもつかなかったことだが、世間との乖離である。だから老いて気づく空白の時間の埋め方を考えるのである。特に七〇代の過ごし方が八〇代以降の最晩年を決めるらしい。瓜生は来年は七〇代に入り、その先には、後期高齢者という屈辱的なレッテルが待ち構えているのだ。具体的には運転免許証も特別の講習を受けることになる。

老いとは、人生一〇〇年時代を迎えようとしている人々の誰もが、必ず経験しなければならない試練なのだ。

老いとは、生命体としての機能が衰えるという、死への前触れなのだ。瓜生なりに思うが、人生という時間をかけて学んできた価値観、結局、それが、日々のものの考え方や行動の原理のベーシック・プログラムになるのだが、それらが時代遅れとして世間様から受け入れられなくなる。

言い換えると、これこそが、多分、高齢者(エルダリー)の日々を浸す空(むな)しさの原因である。だが、思い詰めると鬱病(うつびょう)にさえなりかねないから、できるだけ他のことを考えるようにしているだけなのだ。

それにしても、世間様と対峙(たいじ)するのは精神エネルギーの浪費だと、内心では考えている自分が滑稽(こっけい)である。

などと考えるうちに、今は鬼籍入りした文下睦夫(ほうだしむつお)の本当の意図が、少しはわかりかけていた。

ともあれ、根(こん)を詰めた長編執筆の後は、気分転換も必要だと考え、思いきって小樽湊に滞在することにしたのである。

予約した〈クラリッジ・ホテル〉は、運河沿いにあり、こじんまりしていた。

界隈(かいわい)は少年時代に縄張りだった地区だが、昔とかわらない独特のにおいが残っていて、港街特有の何かが感じられ、昭和初期の流行歌が聞こえてきそうな気分になれるのだった。

ここに泊まるのは初めてだが、昔はなかったはずだ。建物の雰囲気が銀行を思わせるので、最近、ホテルに改装したのかもしれない。

チェックインを済ませ、ルーム・キーを受け取り、お仕着せのボーイに案内されてエレベーターへ。絨毯（じゅうたん）敷きの廊下を進んだ。

シングルの部屋は広くはないが、インテリアも調度品も昭和初期の雰囲気があり、瓜生自身が、彼の少年時代にタイムトリップしたようである。

小さく開けられた窓辺に立つと、この建物の壁体の厚さがわかる。ここから、軟石倉庫群の屋根越しに海が見え、倉庫と倉庫の隙間から赤灯台も見えた。

小樽湊は不思議な街だ。港町だからそうなのかもしれないが、言いしれぬ旅情をそそる。

彼は旅行バッグを開ける。入れてきたのは着替えと資料、ノートパソコンとデジカメなどである。

かすかに、防波堤に当たり砕けているらしい冬の海の雄叫びを聞きながら、部屋に籠もる。

最初にしたのは、一九〇〇年（明治三三年）からの年表作りだった。とりあえず、彼は、一九〇二年（明治三五年）文下華代（ほうだしはなよ）誕生と書き込む。

次に記入したのは一九四五年（昭和二〇年）だ、この年の八月一五日、日本は戦争に敗れ、戦後が始まるのだ。瓜生が満で一二歳のときである。翌年、小学校を卒業し、すぐ伊名穂（いなほ）中学に進んだ。

瓜生は、まだ空欄ばかりの年表をしばらく眺める。自分の年齢を順次書き込み、次いで文下軍治（ほうだしぐんじ）氏が強盗に殺害された例の〈旭橋事件〉を一九四七年（昭和二二年）二月一一日（紀元節）に記入した。

（早いものだなあ）

今年が二〇〇二年（平成一四年）だから、敗戦年（一九四五年）から五七年が経った。あれから長い長い日本の戦後があり、日本は経済的に繁栄したが、一九九〇年代からは停滞期である。

これといったヒントは浮かばなかったが、あと三年後には敗戦六〇年、還暦などというとおり、物事が一巡することを意味するのだ。

瓜生は、思い立って一色の携帯に電話したが、あいにく全国美術館館長会議のため東京へ出張中であった。しかし、用件を言うと柳田勇治氏を紹介してくれることになった。

彼は〈手宮冷蔵倉庫事件〉が起きたあと、小樽湊商科大学の研究室に文下睦夫を訪れ取材した例の記者である。今は出世して、北門新聞の編集局長らしい。

折り返し出張先の一色から電話があり、明日、社に行って受付に名前を言えば資料室へ入室できる、と伝えてきた。

感謝して電話を切り、夜は電気館通りを散歩し、リバイバルの映画を観た。

映画館を出てぶらぶら歩きをしながら、外観がいかにもレトロなバーを見つけ、思い出した。ここが、文下睦夫が話していた店らしい。

店名は〈バー帝国〉だ。

瓜生が、少年時代、この港町に住んでいたころの匂いがある。

驚いたことに、敗戦直後に流行った曲が流れていた。『リンゴの唄』である。瓜生はタイムトリップした気分である。

止まり木に就くと、ハイボールという張り紙が目に入る。若い人は知らないかもしれないが、ウィスキーのソーダ割りが、往時は定番であった。

「懐かしいなあ」

と、瓜生は主人に言って、

「あれを」

と指さす。

「ぼくらの学生時代が、ちょうど、旧勢力のハイボールが新興勢力の水割りに切り替わった時期だった……」

すると、

「ひょっとすると、お客さん、瓜生先生じゃありませんか」

「そうですけど」

「ああ、やっぱり。お忘れでしょうねえ、国民学校と言った時代のね、私は伊名穂小学校の同級生ですよ」

「え?」

「尼野です。尼野哲雄」

「ああ」

おぼろげに昔の顔が甦った。

「うちの向かいに住んでいた、哲ちゃん？」

「そうです」

「一緒に遊んだから覚えていますが、我々とはクラスのちがった弟さんがいたでしょ。君とそっくりで、よくまちがえた……なんという名前だったかなあ」

「哲司でしょ」

「ええ、そう」

「弟は一〇年前に亡くなりました」

「そうですか」

瓜生はうなずいて、「あなたは本州の会社に勤めていたんじゃありませんか」

「ええ、そうです。帝都設備という会社の埼玉支店長で定年を迎えましてね、ここは薬屋を廃業した親父が始めた店ですが、亡くなり、後を引き継いだってわけです」

それから思い出話になったが、話が文下睦夫の自首に及ぶと尼野は思いがけないことを話した。

「実は私もね、〈文下奨学会〉の世話になって、私は小樽湊工科大学に、弟はアカシア市の北海薬科大学へ進学できたのです」

「この街には大勢、〈文下奨学会〉からの受給者がいるそうですね」

瓜生は相槌を打つ。

「ええ。口さがない連中が、勝手に〈湊シンジケート〉なんて名づけていますが、毎月一一日に親睦会を開くなど、結束は固いですよ」

「へえ、そうなんですか」

瓜生の知らなかった事実である。

「ですから、我々は、未亡人になった華代夫人の百歳記念祝賀会を、今年の春にオタモイの竜宮閣で行ないましてね、盛大でしたよ」

「未亡人は長生きされているんですね」

「ええ、お元気でしたよ」

(未亡人は、夫を失った敗戦後の混乱期をどうして暮らしてきたのだろうか)

「直接は知りませんが、一度、お会いしてみたいな。今どこに?」

と、訊ねると、

「アカシア市です。伏見町にある高齢者施設です」

と、尼野は答えた。

2

このとき気づくべきだったと悔やまれるのだが、ともあれ、翌日、港に近い坂道にある北門新聞社へ出かける。

小雪のちらつく風の強い日だった。

海鳴りの音さえ届く。

戦前の面影を残す五階建てのビルは一階の床が高く、数段の石段を上る。受付がすぐにあり、中に定年後に雇われたらしい初老の男がいた。無愛想(ぶあいそう)であるが、話は通じていた。

「どうぞ」

真っ直ぐ地下の資料室まで案内された。

古い建物に特有の湿った黴(かび)の匂いがした。しかし、清掃は念入りになされていて、ところどころ欠けている研(と)ぎだしの床は、丁寧(ていねい)にモップ掛けがされていた。

建て付けの悪くなったガラス戸の真鍮(しんちゅう)製の枠や、ノブの感じもいい。

ここの受付は、若い女性だ。啄木(たくぼく)の歌にでてきそうな健康そうな雰囲気がいい。

受付嬢に断って席に就く。パソコンにはセキュリティが掛かっていたので、彼女を呼んで解除してもらう。

建物は古いが、パソコンは新しかった。瓜生の期待以上である。戦前からの北門新聞の電子データ化はすでに完成していた。

つまり、年月日を使って呼び出せば、発行された日付の紙面がすぐに検索できる。検索者は画面を見ながら必要な記事を切り取って自在に拡大し、プリントアウトすることもできた。

真っ先に、彼は昭和二二年二月一一日以降の記事を探す。この年の二月一一日が火曜日と知ったのも、新聞の日付のおかげである。

例の〈旭橋事件〉当時は、紙不足で紙面そのものが貧弱だった。しかし、一三日の新聞の、

旭橋事件の謎
目撃された不審な男たち
十三文半の足跡

という小見出しが気になる。

米兵を暗示させる表現である。

しかし、詳しく書くことは、当時、GHQ命令で行なわれていた検閲にひっかかる。

一応、捜査本部が立ち上げられたようだ。特ダネらしい数日後に出た記事が気になった。

北洋海産社長、溺死の謎
華代夫人は多くを語らず
真相は闇の中

検閲で真っ白になった記事もあった。瓜生の世代は戦時中の教科書に墨を塗って使ったから、どんな圧力がかかったか、だいたい、想像がつく。

いわゆるプレスコードである。昭和二〇年九月二一日付けで布告、ＧＨＱのＧⅡ（参謀２部）の手で実施され、サンフランシスコ講和条約発効（一九五二年四月）までつづいた検閲制度である。

時代と言えばそれまでだが、〈旭橋事件〉には、進駐軍の影がつきまとっているように瓜生には思われた。

むろん、真の姿は何も見えてこない。

画面を見詰めながら、瓜生はひたすら記事を追う。

やがて新たに気づく。一九五八年（昭和三三年）二月一一日に起きた自動車水没事故である。〈旭橋事件〉から数えて一一年目である、さらにその六年後の一九六四年（昭和三九年）二月一一日にも、同様の自動車水没事故が、小樽湊埠頭の前と同じ場所で起きていた。

この二つに関連があるのだろうか。しかし、小樽湊では、港湾地区の岸壁からの自動車転落と水死事故は、しばしば起きている。停泊している船の明かりをドライバーが街灯と見誤り、錯覚するのではないか、と言われている。

とにかく、共通点は二月一一日という日付だ。つまり、文下軍治氏の命日と同じ日である。たまたま、そうなっただけかもしれないが、瓜生は新聞の日付から意外な事実に気づいた。

なんと、昭和三三年二月一一日の自動車事故も昭和三九年二月一一日の自動車事故も、ともに、昭和二二年二月一一日と同じ火曜日なのである。

瓜生の胸が騒ぐ。

（これが、偶然の一致のはずがない。必ず何かがある……）

瓜生は、この二件の自動車事故の水死者を調べることにした。警察発表では共に深夜一一時ごろの事故だったらしいが、翌日の夕刊に小さく載っていた。

昭和三三年の水死者は、岩那商店の長男、岩那承兵（三三歳）、昭和三九年のそれは肝地商会の次男、肝地重雄（三九歳）である。

二人とも酒酔い運転で、アイスバーンでブレーキが効かず、海中に転落したという。

さらに、彼は〈手宮冷蔵倉庫事件〉の記事を探す。目的は昭和六一年二月一一日の曜日である。

彼の予想は当たっていた。

やはり火曜日である。

ここまで一致する以上、何者かによる明確な意図というか、計画性があったとしか思えない……。

まだ、漠然とではあるが、ぼんやりした絵が見えてきたのを感じながら、瓜生は、さらに北門新聞の職員名簿を検索した。

よくできたシステムだったので、〈旭橋事件〉当時、記者でいた者を探し出すのは容易だった。

数人の候補の中に本馬姓を見つけたとき、彼は自分の勘が当たったことに、むしろ驚く。

一色から教えられたとおり、本馬貫治の父親が〈旭橋事件〉について記事を書き、しかも、それがなぜか没になったのだ……。

瓜生は資料室を出て、柳田局長に会いに行った。

「お役にたちましたか」

「ええ。よく整備されていて感心しました」

と、礼を述べたあと、訊ねる。

「御社には本馬という記者がおりましたね」

「ええ。本馬貫一郎は大先輩でしてね、戦前からの古参記者でしたが亡くなりました」

「お歳で？」

「うちは、当時は五五歳定年でした。その直前に事故で亡くなった。いや、正確には行方不明でした」

「社員名簿には昭和二二年、事故死で退社とありましたが」

「五五年前の出来事で、今年、定年を迎える私はよく知りません」

「亡くなった原因をご存知ですか」

「彼は大の釣り好きだったらしくてね、防波堤から転落死したそうですが……うちの先輩に聞いた話です」

「その事故死に不審な点はなかったのですか」

「あると言えばあるし、ないと言えばないらしい。要するに、はっきりしなかったそうです。なにせ、二月ですからね、凪の日もあるが冬は天候が急変しますからね」

柳田局長は言葉を選ぶように、ゆっくりとつづけた。

「ただね、本馬記者が、『とんでもないネタを掴んだ』と、社内で漏らしていたそうです」

「どんな？ 気になります」

「さあ。それ以上は知りません」

だが、なにかを深刻な顔付きで隠しているような口ぶりだったそうだ。

「本馬記者には息子さんがいたはずです。小学生のころの親友で貫治君、彼はどうしているでしょうか」

「亡くなりましたよ」

「いつ」

「旭橋事件からまもなくですよ」

瓜生の胸を激しく動悸が満たした。

「先輩に聴いた話ですと、本馬記者の自慢の息子さんは、〈旭橋事件〉のあと、だれかに呼び出されたまま帰宅せず、翌日、港湾内で水死体で発見されたというのです」

「じゃあ、殺人？」

「さあ、事故か殺人か、今となっては調べようがない」

「知りませんでした。今の今まで」

瓜生はショックが収まらなかったが、それ以上は柳田編集局長からは聴き出せなかった。

それ以上は想像するしかない……。

〈旭橋事件〉の真犯人に消されたのだろうか）

戦慄が走る。もし、瓜生自身が北門新聞社宛に出した手紙が紙面を飾ったら、彼はどうなっていたか。

貫治君のように殺されていたかもしれないのだ。

想像がふくらむ。

（もし、あの日、あの夜更けに貫治君の家へ行かなければ、彼は死なずにすんだはずだ）

「実はですね」

瓜生は質した。「文下軍治氏の善行という戦時中の北門新聞の記事が、データ・バンクにありましたが、文下氏は多額の奨学金を出されたかたとして有名だったそうですね」

「ええ。私も恩恵を受けた一人です。父が敗戦後の困窮時代に亡くなりましてね、その後、母一人子一人の生活が大変でした。私が小樽湊商科大学へ行けたのは、〈文下奨学会〉のおかげです。たしか、本馬記者もです」

「文下軍治さん亡き後も奨学金はつづいたのですね」

瓜生は訊いた。

「ええ。奥様の華代さんが理事長をされていた〈財団法人文下奨学会〉にかなりの不動産が遺贈され、それが売却されて、奨学資金に当てられたからですよ」

と、柳田局長はつづけた。「戦争直後のインフレはすごかったですからね、そう長くはつづかず、私たちが最後だったはずです。しかし、数年してまた有志たちが浄財を出し合って〈文下奨学会〉は復活しましたよ」

「一時、中断したのは、いつごろですか」

「昭和四〇年ごろだったと思います」

「失礼ですが、何年のお生まれですか」

「戦時下の昭和一七年です」

「一九四二年ですね」

「ええ、さきほども言いましたが、今年が六〇歳で定年です」

もとより、まだまだ、朧気（おぼろげ）でしかないが、一連の事件の全体の構図が見えてきた。

3

翌日、瓜生は入船（いりふね）総合病院を訪ねた。昨日調べたことで、確認したいことがあったからだ。院長の原靖友（はらやすとも）氏と、昨日会った柳田局長が、小学校、中学校、高等学校が同窓と聞いたからだった。柳田勇治氏は小樽湊商科大学へ進んだが、原靖友氏はアカシア市の北海医科大学に入った。ともに〈文下奨学会〉の恩恵に預かった仲間だそうだ。

柳田氏に聞いたところでは、〈文下奨学会〉から奨学金を貰った仲間は大勢いるということだった。

最上階にある院長室から港が見渡せた。窓辺に立つと、ここからも紅殻（べんがら）色の錆止めが塗られた〈旭橋〉が見えた。

型どおりの挨拶のあと、すぐに瓜生は訊ねた。

「お時間がなさそうなので、率直に質問する非礼をお許し願います」

「どうぞ」

「院長さんも北門新聞の柳田局長も〈文下奨学会〉の援助を受けられたそうですね」

「ええ。そのとおりです」

「この街には一〇〇人ぐらいおられるとか」

「ええ。この街の出身者は地元志向でして、多くがこの街で就職したり事業を営んでおります」

「噂によると、〈湊シンジケート〉と呼ばれているそうですね」

「ははッ、否定はしません」

「結束が固いとか」

「と言うよりは、親睦会というか、同窓会というか」

「なのに、文下睦夫さんの葬儀は、なぜ、行なわれなかったのですか」

「本人直筆の遺言があったので、故人のご遺志を尊重したのです」

「遺骨は、小樽湊沖で散骨されたとか」

「ええ」

原院長の目が、なぜか戸惑(とまど)っていた。

「大崎不動産の大崎さんが、自家用のモーターボートで港外に出て散骨をされたそうですね」

「ええ。誤解されるかもしれませんが、葬儀を密葬にしたのも、すべて、ご本人の希望であったとご理解ください」

原院長の眼の奥に浮かんだ、かすかな揺らめきを瓜生は見逃さなかった。

この時点で、ほんとうは気づくべきだったのだ。だが、彼は、まだ密葬の件を常識の範囲で考えていたのだった。

「院長、ここからも〈旭橋〉が見えるんですね」

院長室から見下ろす小樽湊の眺めは、素晴らしかった。

大気が冷たいせいか諸物の輪郭がはっきりしていた。

「〈旭橋〉は、我々〈文下奨学会〉の受給者全員にとって、恩人の墓碑とも言えるランドマークでして、新しい建物が建って視界が遮られぬことを祈っているんですよ」

瓜生はそう話す院長の表情をじっと観察していたが、気づかれそうになったので、

「ごく最近わかったことですが」

と、打ち明ける。「実は、私自身も少年時代に〈旭橋事件〉にかかわっていたと知りましてね、気にしているのです」

「先生のことは、私も文下さんから聞きましたよ。作家をされておられるそうですね。先生のご自

宅に咲いていたライラックのことを話しておりました」

「ええ。突然、美術館の一色館長と見えられたのが、発端だったのです」

瓜生は応じて、「ところで肺癌末期の診断は先生が下されたのですか」

「ええ。発見が遅すぎました。肺癌は、自覚症状が出にくく、怖い病気です」

看護師が来たのはそのときだった。

「お時間です」

「手術（オペ）があるので失礼します」

「こちらこそ」

長い時間ではなかったが、彼はこの院長が嘘のつけない人柄であることは見抜いていた。判断は微妙だが、何かを隠しているかもしれないと瓜生は思った。いや、感じたのだ。

言葉では言えないのだ。

だが、なにかがある……。

大きな背景のようなものがあると、彼は確信していた。

港街は、本来、開放的だと思うが、小樽湊にはある種の保守性があるのだ……。

4

引きつづき、瓜生は大崎新吾を訪ねることにした。すでに会っているので三度目になるが、自宅ではなく事務所へ行った。

大崎不動産は鉄道駅の近くである。衝立で仕切られた応接間に通される。布張りの壁にセザンヌっぽい構図の果物の版画が掛かっていた。

瓜生は、真っ先に、例の絵が美術館に入ることになったと告げた。

「選定審査会があるので正式には来年ですがね」

「難しいものですなあ」

「何でも収蔵されるわけではないのです」

「ごめんどうをおかけします」

「実は今日うかがったのは、少し体があいたので、文下さんが遺された例の問題を考えようと思いましてね」

と、切り出すと、大崎の目に、なんとなく戸惑う翳りらしきものを感じた。

「単なる仮説ですが、大きな絵のようなものを感じるんです」

と、瓜生は言った。

「何をおっしゃっておられるのか」

「いや、ごめんなさい。まだ、はっきりとは言えないのですが、文下睦夫氏がなぜ時効前に、わざわざ自首などしたのか。本人が亡くなったのでせっかくの自首も、いわば尻切れトンボの扱いになったようですが、大崎さん、あなたはどう思われます」

「どうもこうもさっぱりですが、その後、進展がありましたか」

「警察のことでしょうか」

「いや、先生のほうですが、なにか新事実でも……」

「ええ、まあ」

瓜生は言葉を濁した。「そうですね、北門新聞の柳田勇治局長も入船総合病院の原靖友院長も、ともに〈文下奨学会〉の受給者であるとわかりました」

「ええ、そのとおりですが、それがなにか」

「お二人とも、奨学金の趣旨どおり立派に出世されて、全額返済された優等生ですが、大崎さん、あなたは?」

「実は私も」

大崎は答えた。「戦後のある時期、父が困窮(こんきゅう)したことがあり、〈文下奨学会〉理事長の奥様に頼んで助けていただいたことがありました。もっとも、幸いにも父が比較的早く立ち直りましてね、借りた分は早々にお返ししましたよ」

「そうだったんですか」

瓜生は言った。「この街には文下軍治さんの遺徳を忍ぶかたが大勢いるんでしょうね」

「いますとも」

大崎の眼が明るくなった。「華代奥様は、未亡人になられてからも立派でした。生活を切りつめて質素に暮らしながら、夫軍治氏の遺志を守りつづけたのです」

「〈文下奨学会〉からの援助を受けられた人たちの名簿のようなものはあるでしょうか」

「いいえ、秘密です。華代奥様の時代も守られました。ですから、当人自身が話さないかぎり、だれも知らないのです」

瓜生は、大崎の強い視線を感じた。

「ところで、実はね、大崎さん、昭和六一年の〈手宮冷蔵倉庫事件〉ですが、犯人を探すよりも被害者自身を調べるべきだと考えているんですが」

「たとえば」

「むろん、輪郷(わのさと)代議士です」

瓜生はつづけた。「彼の経歴を調べれば、なにかが見えてくるんじゃないかとね、本能が教えるんですよ」

「さすがですね。作家はちがいますね」

「作家はいろいろ考えますからね。しかし、まだ、裏づけがないのですが……」

瓜生は相手の目を見ながらつづけた。「あなたはなにかご存じではないですか」

「輪郷氏のことですか」

「何でもいいんですがね、地元の有力代議士にまつわる非公式の情報です」

「裏の顔ってことですか」

「そうです」

「私は政治には無関心ですが、父は大嫌いでしたね、特にああいうタイプの政治家は。とにかく、あのシベリア帰りは灰汁が強い。もっとも、政治家は、ああでなくっちゃ、仕事もできないし、出世もできないんでしょうがね」

「権謀術数ってわけですね」

「〝水清くして魚棲まず〟です」

「大臣になりましたものね」

　瓜生は大崎の表情に嫌悪感以上のものを感じていた。最初より二度目、二度目よりも今度と嫌悪がつのっているようにさえ感じられた。

「水産関係や建設業界はじめ地元は応援しておりましたね。しかし、裏を知る者は大勢いた。私の父なんかは昔を知っておりますからね、口にすることさえしませんでしたね」

　一九八六年（昭和六一年）二月一一日、建国記念の日に、手宮の倉庫で凍死したとき、輪郷納太は満七三歳であった。

　彼が当選を果たしたのは満三四歳。一九四七年（昭和二二年）四月二五日に行なわれた第二三回衆議院総選挙では無所属で立候補、のちに保守自由党に入党、若くして頭角を現したそうだ。

「それにしても、無名の新人が、よく選挙に勝てましたね」

　瓜生は言った。

「むろん、噂になりましたよ、彼の資金力がね。これがかなり謎でしてね、若いのに違反すれすれの買収はじめ、いろんな不正もあったようだと、うちの父が店の客に漏らしていたのを、傍らで聞いたことがあります」

　と、大崎は応じた。

「その話、文下睦夫さんにしたことがありませんか」

「ええ、そうでしたよ。たしかに訊かれました。隠すことではないのでいろいろ教えてあげましたよ」

「やはりね」

　瓜生は、なんとなく想像していたことが当たったので、むしろ驚いていた。

　大崎はつづける。

「実はね、私も中学生でしたから、同級生たちから聞きかじった話を覚えています。つまりね、私も誘われたんですが、親父が止せというので止めたんですがね、選挙運動の手伝いですよ。いい日当だったそうです。それに、駅前の選挙事務所には、よくＭＰ（エムピー）の車が駐車していたっていうのです」

「ＭＰですか」

「ええ。我々の世代ならだれでも知っているとおり、いわば憲兵ですよ、米軍のね。親父にそれを話したら、やつはシベリア帰りだから、進駐軍にマークされているのかな、なんて言っておりましたがね」

「そんなことが」

初耳だった。

瓜生はつづけた。「他にありませんか。なんでもかまいません、お願いします」

「そうですね、本人が漏らしていたそうですが、彼は一五歳で家出し、北海道へ渡ったのはいいが、行き倒れ寸前だったところを、文下軍治社長に救われた運のいい男だったと、当時はみなで噂しておりましたよ」

「じゃあ、命の恩人じゃないですか、軍治氏は」

「まったくです」

大崎はつづけた。「しかし、人の運命はわからない。戦争が大きく彼の運命を変えたんだろうというのが、うちの父の見解でしたね」

「他にはありませんか。とても参考になります」

「そうですね。彼は、シベリア抑留からまっさきに復員できた一人でして、輪郷が最初に身を寄せたのが、軍治さんの会社だったのです」

「というと、いつ？」

「たしか、一九四六年の一二月だったはずです」

「昭和二一年師走ですね。ぼくの知り合いもソ連に抑留されていたのですが、かなり遅れたと記憶しておりますが」

「短期抑留者と言われる人々は、昭和二五年、つまり一九五〇年四月になって、やっと全員が復員できたのです」

「理不尽にも過酷な環境で重労働に従事させられ、生きて帰国できなかった罪なき日本人が、五万人もいたと聞いておりますが」

瓜生はつづけて、「さらに、思想上反動というレッテルを貼られ服役した人もいたそうですね」

「残留組の彼らがやっと帰国できたのは、日ソ共同宣言があった一九五六年一二月から翌年にかけてでした」

「昭和二〇年から三二年まで一〇年以上も、さぞ心細かったでしょうね」

瓜生は言った。

「密告で仲間を裏切った者は、ソ連当局に認められ、第一陣として舞鶴に上陸できたってことじゃあないでしょうか」

大崎はつづけた。「そうそう、輪郷氏の死後、後釜に座って衆議院議員になったのが、知内勇気さんですが、彼はこの昭和三一年帰国組ですよ」

「そうですか。ところで、輪郷氏には、家族はいなかったのですか」

「故郷の係累は死に絶えたようです。赤紙が来たとき、彼は文下家から出征したほどですから」

「じゃあ、親同然だ。大恩があるわけですね」

「と、考えるのが世間様でしょうな。しかし、彼自身は別なことを考えていたのかもしれない……

理由はわからないのですが、過去に何かあったらしく、軍治社長は彼を千島の国後島にあった出張所に派遣し、召集が来るまで小樽湊に帰さなかったのです」

「なにがあったか、父上もご存じなかったのですね」

「いや。知っていたと思いますが、口の堅い人でね、とうとう語らずじまいでしたね」

瓜生は訊いた。

「日記にも？」

「ええ」

瓜生としては気になるところだが、それ以上突っ込むわけにもいかない。

大崎はつづけた。

「復員後、彼は〈北洋海産〉の寮に身を寄せていたのですが、年も押しせまったころ、行き先も告げずに、突然、いなくなったのです」

とにかく物資が不足し、国民はみんな困窮した時代だった。瓜生自身も当時を振り返ると灰色の記憶しかない。ただ、戦災の被害が全体としては軽微だった北海道には食糧があった。米はなくても南瓜(かぼちゃ)や馬鈴薯(ばれいしょ)があった。彼は米の代わりにザラメが配給になったことがあったのを思いだした。進駐軍放出のパイナップルの大缶が配給されたこともあった。

市中いたるところ、ほじくり返されて畑になっていたが、瓜生の家でも庭を畑にして砂糖大根(甜菜(てんさい))を栽培、秋に収穫して薄く切り、煮詰めて黒いどろどろした砂糖をつくり、小豆と混ぜてお汁粉にした記憶もある。

「輪郷氏と一緒に怪死した側衣珠世はどういう女性か、もし知っていたら教えてください」

「彼女ですか」

大崎は顔をしかめた。「よく知っています。経理部のタイピストとして、〈北洋海産〉で働いていた事務員でした」

「彼女をご存じなんですね」

瓜生は促す。

「ええ。輪郷はシベリアから帰国すると、どういうわけかいい仲になったらしく、彼が出奔するとね」

大崎は顔をしかめながら、「ほとんど同時に、彼女も〈北洋海産〉を退社し、連絡がとれなくなったんです。しかもね、結構な額の使い込みが発覚しましてね、犯人は彼女だろうと……が、結局、わからなかったのです」

「もう一人、赫猪勇夫ですが、ご存じでしたか」

ふたたび訊ねた。「二人とは、特別の接点はなかったそうですが」

「警察の当初の調べではね」

「じゃあ、あるんですか」

「赫猪は国後島にあった〈北洋海産〉の出張所でトラックの運転手をしていた男でしてね、終戦間近に運良く北海道へ引き揚げてきたのです」

「じゃあ、戦争中、国後島で輪郷氏とは同僚だったわけか」

「ええ。そのとおりです」

「やはり、文下睦夫氏が〈手宮冷蔵倉庫事件〉のあと、警察の事情聴取に答え、『被害者の三人は関係がある』と話した証言は、正しかったことになりますね」

「そうですよ」

大崎はうなずく。

「ついでにと言ってはなんですが、昭和三三年と昭和三九年にそれぞれ一人ずつ自動車事故で水死していますが、この二人はご存じですか」

瓜生はつづけた。「岩那承兵（いわなしょうへい）と肝地重雄（きもちしげお）です」

「よく調べましたね」

「北門新聞の資料室のおかげですよ」

「ええ。あの二人は輪郷後援会の幹部会員で、青岩中学では同学年の不良仲間でした」

「彼らの死について、なにか、あなたなりの疑問とか、世間の噂とかがなかったですか」

と、重ねて問うと、

「二人とも、文下軍治さんの命日と同じ日に死んだことが噂になりましてね、なにかあるんだろうか——と、私にも父と話した記憶があります」

「ええ、しかも共に火曜日なんです。もう少し詳しく、なにか覚えていませんか」

「そうですねえ。警察では簡単に事故死と断定したが、おかしな点もなかったわけではないのです」

と、慎重な言い回しである。

「と、言うと？」

「ええ。私も北門新聞の記事で知りましたが、二人とも泥酔(でいすい)状態だったんです。そこが文下軍治社長と一致するんですよ」

大崎はつづける。「これは、遺体を解剖しての所見で、疑いようがないんです。しかし」

大崎の眼が、突然、瞬(また)いたように思った。

彼は告げた。「我々仲間の間では、彼らが、いったい、どこで飲んだか噂になりました。青年会議所や商工会の集まりでよく顔を会わせるが足取りがわからなかった。小樽湊はそう広くはないから、飲み屋の数だって決まっています。で、警察では隣のアカシア市まで足を延ばしたのではないかと考え、聞き込みをしたんです」

「なるほどね。薄野(すすきの)とかね。で、捜査の結果は」

「ええ。岩那氏も肝地氏も、ともに昭和三三年と昭和三九年の二月一一日の夕方、薄野の歓楽街で目撃されているのです。しかも、同じ人物にね」

「同じ人物ですか」

瓜生は首を傾げつつ、念を押した。「大崎さん、その証言は確かなんでしょうね」

「確実かどうかわかりません。肝心の証人がすでに死んでおりますからね」

「だれです?」

「赫猪勇夫ですよ」

「えッ! 大崎さん、何か裏がありそうな感じですね」

「でしょう。しかし、本人が死んでしまった今となっては証明ができない」

大崎によれば、赫猪は、戦後は薄野で働き、まもなくラーメン店を開店、それなりに成功していたらしい。

「ご存じかもしれませんなあ、〈赤壁(せきへき)〉って店です」

「ああ、薄野のわりと老舗(しにせ)の……」

瓜生は思い出した。

「けっこう有名人の色紙があったでしょう」

「ありましたかね」

「輪郷氏の色紙もあったでしょう」

「あったかなあ」

「けっこう、〈赤壁〉には肩入れしていたらしい」

「しかし、あの〈手宮冷蔵倉庫事件〉のときは、無関係と思われていたのでしょう」

「らしいですね。しかし、事件の後に赫猪が〈赤壁〉のオーナーだったことがわかったのです」

「いやね、選挙後援会の関係でしょう。しかし、赫猪が死んでからすぐ、〈赤壁〉は人手に渡りましたが、借金のかたでとられたって噂でしたよ」

瓜生はもやもやしたものを感じた。しかし、臭うだけで、それ以上はなにもわからなかった。

5

大崎不動産の事務所を辞したとき、瓜生は大崎に忘れ物の本を見つけたことを告げて、

「これです」

と、『暗夜行路』を差し出す。

すると、

「これは、文下先生の形見ですが、私はこれを読む柄じゃないですから、先生、どうぞ」

「そうですか。読んだのは何十年も前で内容を忘れているので、読み返してみます」

と、言って、鞄に戻した。

小さなビルから通りに出ると、街は暮れなずんでいた。

小樽湊は坂の街だから、波止場へ向かう道は下り坂である。

瓜生はゆっくりと歩く。

戦災に遭わなかったので、少年時代に記憶した建物がいくつも残っていた。彼は、廃線になった旧

手宮線を越えたあたりで、なぜか、〈バートラム・ホテル〉というネオンが灯った石造りの建物を見たような気がしたが、勘違いかも……。だが、不思議な気がするのと同時に、自分が知らない街に来ているような不安を感じた。

やがて〈クラリッジ・ホテル〉に戻る。

レセプションでルーム・キーを受け取り、一階のレストランへ向かう。今朝もここで朝食を摂ったが、アール・デコ様式と思われる曲線優先のレトロ感がたまらなくいいのだ。

オーダーもヴァイキング形式なので、普段着感覚である。

食事を済ませ、部屋へ戻り霊子の携帯に掛けたが、特別の用事はない。それから、今日一日の取材をノートにメモしてから、『暗夜行路』ではなく、読みかけの『複数の時計』を読み始めたが、すぐDVDとはずいぶんちがうと気づく。しかし、DVDにはない発見をしたので、読書は無駄にはならない。

クリスティーは、この作品の中で、探偵ポアロの口を借りて、ガストン・ルルーの名作『黄色い部屋の秘密』を絶賛しているのだった。

瓜生は、〝**これこそまさに古典だよ！　初めから終わりまで文句のつけようがない。**〟という個所に、鉛筆で傍線を引く。

江戸川乱歩も『幻影城』の中の黄金時代ベストテン（一九四七年）で、フィルポッツ『赤毛のレドメイン家』の次に『黄色い部屋の秘密』を挙げているが、瓜牛も異存はない。

ひと口で言えば、密室物の名作と言われている古典であるが、反対意見もあるらしい。とにかく、黄色い部屋から悲鳴と銃声が。ドアを壊して部屋へ飛び込むと血まみれの令嬢が。犯人の痕跡はあるが、犯人の姿はない。犯人は、いったいどうやって黄色い部屋から脱出したのか。瓜生としては、機械的トリックではなく、心理の盲点をつくトリックに学ぶ点が多いと思っているのだ。

もっとも、彼の読み方は熟読するのではなく、速読法である。

しかし、『黄色い部屋の秘密』は速読法では手強い。論理的で、しかも緻密なのだ。文が堅牢なのである。

さらに『複数の時計』を読み進めると、ポアロ氏がドイルの『シャーロック・ホームズの冒険』を手にして、「巨匠(メイトル)だよ」と敬意を込めて言うシーンに出会った。

本来は一二の短編を集めたものだが、この中には新制高校生のころ、例の戸村熙に勧められて読んだ「赤髪組合」や「まだらの紐」も入っているのだ。改めて思うが、「探偵小説の面白さ入門書」とでも言うべき一冊なのだ。

とにかく、アガサ・クリスティーが、ホームズ物語を熟読したであろうことは推察できるが、彼女がホームズ物語からなにを学んだのだろうかと考えると、多少、首を傾げる。

ポアロ氏の推理法は、大きな天眼鏡で地べたを探し、足跡やその他の微細証拠を見つけるホームズとはちがい、独特の訊問法と物的証拠から複数の犯人候補を特定し、最後は〈消去法〉で真犯人を見つける探偵術である。

また、もう一人の探偵役、ミス・マープル女史の場合、彼女が住んでいるロンドン郊外のセント・

メアリ・ミードという小さな村で起きた小さな事件と新たな大きな事件を〈パターン認識〉で結びつけ、推理するのである。

(わが国流に言えば、温故知新型とでも言い換えられるかもしれない)

などと、考えながら、この独身女性は観察力と洞察力を武器とし、物的証拠からではなく、動機から真犯人を推理する、かなりユニークなタイプの探偵だと気づく。

さらに読み進めると、意外にも〈釘一本〉の寓話に出会った。原作はグリム童話で、馬の蹄鉄の釘が一本緩んでいるのを見過ごしたため、大変な目に遇う商人の話である。

むろん、ポアロが『複数の時計』のなかでつぶやいたのは、もしかすると彼自身が考えたパロディーかもしれないが、蹄鉄の釘一本が抜けたために、王国が滅びてしまうのである。

(クリスティーは、ポアロ氏に託して何を言おうとしたのか)

(人生に小さな落とし穴があり、人々を破滅させるものだ、と警告しているのだろうか)

だが、瓜生が気づいたのはそのことではない。

文豪森鷗外が、同じく〈釘一本〉の喩えをその小説作法に生かしているのである。

たとえば、『雁』という作品である。

囲われ者のお玉という女が、医科大学の学生、岡田に恋愛感情を抱き、その思いを伝えようとする。彼女は旦那が出張で留守の日に、無縁坂の中ほどにある家の前に立って岡田を待っている。

ところが、語り手の僕は、下宿先で嫌いな鯖の味噌煮が出たので、蕎麦でも食おうと岡田を誘う。

そのため、邪魔者の僕が連れ立っていたので、お玉の目的は永遠に果たせなかった。翌日、岡田が留学のためドイツに旅立ったからである。

つまり、ごく日常的な出来事、僕がたまたま鯖の味噌煮は嫌いだったという偶然で、お玉の運命が支配されるのである。

クリスティーの一冊を読み終えて、瓜生は思った。

(もしあの夜ではなく、前の日か、あるいはその日の昼に、彼から借りた本を返していれば、本馬君は死なずにすんだはずだ)

改めて彼は、〈釘一本〉の恐ろしさを実感したのである。

第六章　暗号は殺人予告

――「もうクリスマスの季節ですね。イギリスの田舎の古風なクリスマス」と彼は思わせぶりな言い方をした。／『クリスマス・プディングの冒険』（表題作／橋本福夫・他訳）

1

たいして成果のなかった小樽湊滞在を切り上げ、アカシア市に戻ると、今年も残り少なくなっていた。時期的に瓜生自身は暇な身分だが、霊子の暮れは多忙である。

毎年、クリスマスには、恒例のパーティが画廊で開かれ、美術家やジャーナリスト、コレクターを招くからである。クリスマスが終わると、〈ファリントン・ギャラリー〉も店仕舞いで、瓜生ら夫婦も旅に出るのが恒例である。

以前は海外が多かったが、最近では国内ばかりである。雪のない地方の隠れ里のような小さな湯宿が、今の好みだ。

　今年は神話の里の匂いのする南九州である。ふだんは手つかずの難しめの専門書を読むのが時間の過ごし方だ。霊子はもっぱら語学の練習である。

　だが、今年の彼女はちょっとちがった。例の問題、つまり文下睦夫から送られてきたメールの暗号に取り組んでいるのだ。

　実は、クリスマス・イブのパーティの客の中に、ＩＴ関連の少壮実業家がいて、暗号の話で盛り上がったのだ。瓜生もその場に居合わせたが、大きな桁の素数をかけあわせた数字から元の二つの素数を割り出すのは困難だということが話されたのである。

「つまり、素数への因数分解は数字が何百何千桁になれば、普通のコンピュータでは何百年もかかる。光子を使う量子コンピュータなら別でしょうがね」

　と、くだんの客は話した。

　ところが、この青年実業家が、八月に北海グランドホテルで会った杜社長が話していた一条寺智也だったのである。

　瓜生は改めて名刺を交換したが、肩書きには〈３Ｄ電研工業〉社長の他に、小樽湊商科大学電子工学科講師とあった。

　また、妻の霊子との会話からわかったのだが、隠れた美術コレクターでもあるらしく、

「郷土への恩返しに、小樽湊美術館に、毎年、一〇〇万円ずつ寄付することにしています」

などと漏らしていた。

さらに、一昨年、盛本一郎の回顧展に際し、画集の制作費を全額寄付してくれた匿名の篤志家も彼であったようだ。

「一色館長も出席される予定ですわ」

と、霊子が言うと、

「実は、一色館長に誘われて今夕は伺いました。我々の殺風景な職場とちがい、いい雰囲気ですね」

そこへ、一色自身がやってきて、改めて紹介された。

驚いたことに、一条寺氏は、マウリッツ・エッシャーの蒐集家でもあるそうだ。

「コレクションを、一度、ぜひ、拝見させていただきたいわ」

霊子が言った。「写真や複製では見ておりますが、オリジナルはめったに……」

「ええ、美しきオーナーの頼みとあれば、断れませんな」

と、如才なく応じる彼……。

「あたくしどもの企画で、エッシャー展をやらせていただけないでしょうか」

と、妻が持ちかけると、

「霊子さん。その話はうちの企画展が終わってからにしてください」

と、一色館長が遮り、

「ちょっと失礼」

と言って、女性画家たちの輪へ去るのを見届けた瓜生が、

「一条寺さんは、エッシャーのどこがお好きですか」

と、話題をつづける。

「きっかけは蜥蜴（とかげ）のモチーフです」

と、彼は答えた。「紙に描かれた模様から、本物の蜥蜴が這い出してくるやつ」

「ええ。あります」

「蜥蜴が三次元の世界を一巡すると、また二次元の紙の世界に入り込んで、静止するやつ」

「ええ、ありますわ」

と、霊子もうなずく。

「ああ、そうだ、マダーム。生前、文下睦夫さんから聞きましたが、オーナーは、蜥蜴（とかげ）を庭で飼っておられるそうですね」

「今は冬眠中ですわ」

霊子がいなす。

「心を引かれるのは、エッシャーの空間です。空間が実にミステリアスです」

「エッシャーは工業デザイナーでもありましたわ」

と、霊子が言うと、

「ですから、自分の仕事にも通じるのです」

「エッシャーは、あり得ない空間を我々に見せてくれますね、たしかに」

と、瓜生も言うと、

「わが社が、今、研究しているのが、平面のスクリーンに映像を映す映画やテレビではなく、もう一次元上の三次元の虚像世界を作り出す技術です」

「その話、杜社長から伺いましたよ。メタバースの技術ですね」

と、瓜生が言うと、一条寺氏は目の奥に気になる光を宿しながら応じた、

「SF小説も書かれる先生には言うまでもありませんが、奥様、この虚構のデジタル空間の中で、その人の身代わりとなるアバターが、自由に動き回り、遊戯したり買い物したり、恋愛したり、あるいは結婚したりできるのです」

「それって、ゲームですの」

と、霊子が驚きを隠さず言うと、

「むろん、メタバースの使い道を、ゲームのようなエンターテインメントと考える人々も大勢いますが、我々の目的はちがいます。それは、実生活の代わりをもしてくれる、第二の世界でもあるのです」

「杜社長からあらましは伺いました」

と、瓜生が言うと、一条寺氏の眼が、ふたたび、瞬(またた)く。

「杜社長から口止めされています」

と、笑いながら、瓜生は声を低める。

「先生が、この世界の命名者になられたそうですね」

と、相手が言った。

「思いつきを、杜社長に言っただけですが」

と、瓜生が応じる。

「先日、リモートで行なわれた委員会で、〈タルポス・シティー〉は正式承認されましたよ」

「光栄です。この小樽湊再生プロジェクトには、〈文下奨学会〉のメンバーが参加されているそうですね」

「はい。初期資金は、我々同志らがクラウドファンディングで集めています」

「すばらしい」

瓜生が言った。「で、成功しそうですか」

「ええ。務台(むたい)市長も我々の同志ですし、国との交渉は、我々の同志、衆議院議員の知内勇気(しりうちゆうき)さんが頑張ってくれています」

「いよいよですか。万難を排してと言うか、準備に長い時間が掛かったと聴いております」

と、言うと、

「ええ。我々の建設趣旨に反して、独占的に利権を得ようとする悪者がおりましたから……」

そのとき、話の輪に一色館長が戻ってきたせいか、急に、一条寺社長は話題を転じ、

「瓜生先生。エッシャーにヒントを与えたのは、ロジャー・ペンローズです。先生ならご存じですよね、当然」

「ええ。量子脳説とかね、何冊か翻訳をもっておりますけど」

「ええ、いや、タイルのほうです。有名なペンローズ・タイル」

「ああ、あれ」

瓜生はうなずく。

一種だけではなく、複数の図柄がすきまなく平面を埋め尽くす絵が、エッシャーの作品には数多くあるが、これは何歳も年下だった少年ペンローズが教えたものなのだ。

「先生はＳＦもミステリーも書かれるとか」

「はい」

「じゃあ、密室には関心がおありですね」

「むろんです」

「〈密室(ロックド・ルーム)〉は〈不可能犯罪(インポッシブル・クライム)〉に入りますが、先生のお得意は〈フーダニット〉ですか、〈ハウダニット〉ですか」

専門用語が飛び出したので、一色はきょとんとした。

妻は知っていた。

〈whodunit〉は〈who done it?〉の略、だれがやったか。つまり犯人探しだ。

〈howdunit〉は、〝いかにして〟だからトリック重視になる。

「両方好きですが、〈whydunit〉もいいですね」

と、瓜生は切り返す。

ホワイダニットは〝なぜ？〟である。

瓜生はつづける。「殺人事件の背景には、人間の深層心理というか、底知れぬ深淵、つまりイドがあります。そこからわき起こってくるリビドーが、殺人計画や殺人の実行に精神的エネルギーを供給するのです」

「なるほど。リビドーは純粋な精神的エネルギーで、倫理とか功利主義とかそんな方向性を持たない爆発する揮発成分ですか」

一条寺は、たいした詩人だ。

「実は……」

瓜生がつづける。「今言われたタイプの他に、これは私が今度の仕事で考えている、いわば私なりのイノベーションですが、〈自己言及的推理小説〉があると思うのですがね」

「なるほど、まさに新機軸ですね」

と、一条寺社長も話に乗ってきた。

「つまり、〈How to write a mystery story.〉です。作者自身がミステリーを書きながら、手の内を読者に明かすような推理小説です」

彼はつづける。「なぜかというと、こういう書き方をすると、小説の中に、推理小説についての本質論を、書き込めるような気がするものですから」

「だから自己言及的、つまりメタ・ミステリーなわけですね」

と、言って笑いながら、「しかし、きっと売れないでしょうね」

「だと思いますが、実は杜社長の要望でもあるのです。杜さんは、自社の社員教育に、〈ミステリー思考〉を活用しようとされている人ですからね」

と、瓜生。

「ああ、それならわかります。我々の日々は、毎日が壁にぶつかる仕事なので、その都度、解決策を探す問題解決能力が必要なのです」

一条寺社長は、真剣な眼をして、言葉を選ぶようにつづける。

「たとえば、空間がひん曲がっているエッシャーの作品世界では、塔の上から投げた物が塔の内側に落ちます」

「『物見の塔』ですね」

と、言うと、一条寺は、

「三次元世界ではあり得ないことが、二次元世界では起こり得る。こういう視覚のトリックは、ミステリーの密室トリックと同じです」

「なるほど」

「ミステリーも、エッシャーの作品も、騙し絵です。三次元では存在し得ない空間を二次元の絵で表現した作品が、エッシャー的宇宙の不思議さなのです」

「なるほど」

瓜生は、ついこのベンチャー起業家の弁舌に引き込まれてしまう。

「同様、インターネット環境も、密室なのですよ、瓜生先生」

「えッ?」

「だって、そうじゃありませんか。外部からの違法な侵入を守るという意味で、やはり鍵の掛かった密室です」

「つまり、外部からの侵入者はウイルスで、これを摘発消去するのがアンチ・ウイルスだというのですね」

「しかし、いかにファイアウォールで防御をかためても、敵が弱点を見つけて侵入するケースがまま起きる。たとえば、バックドアです」

「つまり、裏口ですね」

「そうです」

「それで、あなたも杜社長のように、密室に関心がおありなんですね」

「ええ。ご存じのように、我々は推理研の仲間でしたからね、私がメタバースの世界にのめり込んだのも、実は我々が日夜語りあった密室談義がベースにあるのです」

〈異業種の人の話はおもしろい〉

と、瓜生は思っていると、いつの間にか霊子が傍らにいて、

「世の中の人脈って意外なところでつながっているのね」

と、瓜生へ。

一条寺社長にも、

「あのう、バックドアって、ＩＴ用語なのに、建築のイメージなんですね」

と、話しかける、

「ＩＴはまだ抽象的ですからね、具体的に視覚化しやすい用語が使われているのです」

と、彼が応じる。

画廊での付きあいの画家たちとは、完全にちがうタイプである。

一条寺社長によると、画家たちは普通、キャンバスに向かって試行錯誤しながら絵を仕上げるが、人工知能を搭載したＡＩ画家は、まったく悩まずに、たとえばレンブラントの手法を下絵の段階から分析、取得して、レンブラントの模写ではなく、レンブラント風のオリジナルを描くことが、すでにできるのだそうだ。

「試作品は、すでにわが社でも完成しました。マダーム、そのうちこの画廊をお借りして、〈実演肖像画を描くＡＩ画家展〉という企画をやろうと考えているところです」

などと話した。

一条寺社長の繰り出す話題が、いずれも耳新しいので、瓜生はパーティが終わるまで付き合ってしまった。

むろん、思惑も少しあった。彼は、〈バー帝国〉の尼野が漏らした〈湊シンジケート〉の実態をもう少し詳しく聴きたかったのである。

だが、一条寺社長からは、彼が知っている以上のことは聴き出せなかった。

しかし、かえってそれが、よそ者にはうかがい知れないこの港湾都市の秘密の存在を彼に確信させたのである……

2

——以下、余談を戻して……

突然、霊子が、

「わかったわ」

と、電卓を叩きながら大声を挙げた。

瓜生は現実にひき戻された。

「ねえ、あなた。あなた宛と一色さん宛のメールは、数字の桁が同じだわ」

「しかし、数字自身はちがうでしょう」

「謎はコードよ。二人のコードがちがうだけよ、きっと」

彼女はつづける。「少なくとも、最後の数列は文の最後尾なら句点などの記述記号の可能性が高いわ。となると、あなた、〈0212630〉と〈0214390〉の関連を調べるべきよ」

「どうやって」

数字感覚では、彼女が遙かに鋭い。例の数独だって、彼女のほうが断然強い。

「あたし、一条寺さんに教えられて、ネット検索で〈ユークリッドの互除法〉という項目を調べたわ。二つの自然数の最大公約数を見つける方法よ」

「聞き覚えがある。いや、中学かな、高校かな、習いましたよ」

と、応じた瓜生。

「やってみるわね」

彼女が式を書く。

「計算はあなたよ。でも、電卓はだめよ。求めるのは余りだから、筆算で割ってみて」

瓜生は妻に従う。

結果は以下のとおりだ。

0214390 ＞ 0212630
（＊大きい数を小さい数で割る）
0214390÷0212630　上式の余り　1760

（＊数列最初の0は省く）

0212630 ÷1760　　上式の余り　1430

1760 ÷1430　　上式の余り　330

1430 ÷330　　上式の余り　110

330 ÷110　　上式の余り　0

割り切れる一つ前、110 が最大公約数だ。

妻の霊子が言った。

0214390÷110 ＝ 1949

0212630÷110 ＝ 1933

「驚いたな」

瓜生は叫んだ。

「ええ。1949 は一色さん、1933 はあなたが生まれた年だわ」

妻が言った。「しかも、二人とも素数よ」

「110 はなんだろう」

かった？」

「当然、コード表があるはずだわ。多分、0110だと思うわ。文下さんから、ヒントをもらっていな

「いや」

瓜生は首を傾げた。

「とにかく、全部をそれぞれ、1949と1933で割ってみましょう」

妻が言った。

「なぜ？」

「わけは聞かないで、直観よ」

まず8910828を1949で割った。

答えは4572。

次に瓜生宛の数列の冒頭8837676を1933で割ると、答えは4572。

同じである。

「解読に一歩近づいたね」

瓜生が言った。

この要領で計算をつづけると、瓜生と一色はまったく一致した。

結果は下記のとおりである。（ただし、三桁のときは冒頭に0を加える）

4572 3915 0318 2378 0317 0317 3892 2639 2469 0446 4192 2918 0412 2552 0442 0479 0476 0475 0110

（いったい、何を表しているのだろうか）

この時点で瓜生はまだ、その意味を解読できずにいた。

3

旅先で年が明け、彼らは平成一五年を迎えた。

西暦二〇〇三年である。

瓜生鼎は、何か起こりそうな予感がして、松がとれぬうちに、アカシア市に戻った。

暗号の件をメールで一色に送っておいたので、すぐ電話で連絡があった。

「わかりましたよ。あれはワープロ漢字辞典の句点コードでした。今、解読をつづけています」

瓜生は妻を呼んで、一色の発見を伝えた。

「まあ、どうして気づかなかったのかしら」

早速、パソコンをオンにし、コード入力を立ち上げ、〈句点〉に切り替えてから、4572 を入力すると〈来〉が出る。

順次つづけるうちに、二人は声を上げた。

来年2月11日最後の復讐が行なわれる！

ほとんど同時に電話が鳴った。

　一色からである。

「解けましたか」

「ええ。どういうことだろう」

「届いたのが去年ですから、今年二月一一日に復讐劇ってことでしょうか」

「と言うと、やはり、根っこは〈旭橋事件〉ですか」

「このメッセージが冗談でなければ、他に何が考えられます？」

　それから、長い間、二人は黙りこくった。

（だが、なぜ！）

　瓜生の頭の中で繰り返された。

「それにしても、よく気づかれましたね」

「家内にヒントをくれたのは、一条寺さんですよ」

「そうだったんですか」

「あの青年実業家が約束した寄付は、いただきましたか」

「昨年のうちに〈３Ｄ電研工業〉を訪ねて、一〇〇万円の小切手を受け取りました」

　一色はつづけた。「一条寺さんは、今、小樽湊商科大学を中心とするエリアに、新しい情報産業集積団地を計画しているのです」

「それは凄い。なんたって小樽湊は北海道の先進文化地でしたからね、戦前までは」

小樽湊出身だけに嬉しい気持ちだ。

「務台市長も協力的でしてね」

一色は打ち明ける。「あの〈文下奨学会〉が撒いた種が、何らかの形で今でも生きている。そんな気がしてならないのですよ」

「じゃあ、一条寺さんも」

「ええ。一八歳のときにね。身内に不幸があって進学を諦めたとき、〈文下奨学会〉に推薦されたのです」

「それで進学できたんですね」

「東京の国立大へね」

「ほう」

「数学の才能が抜群でしたから」

「身内になにかあったのですか」

「小樽湊市議会議長をされていた父親の友秀さんが脳溢血で倒れ、急逝されたのです」

「そんなことが」

瓜生は眉を顰めた。

「で、〈文下奨学会〉は、今は一条寺氏が資金を提供しているのです」

瓜生には初耳だった。

「なんらかの形で、他のかたたちも浄財を出し合い、故文下軍治氏の遺志を引き継いでいたのです。世間には知られておりませんけどね」

「なるほどなあ」

「たとえば、務台優人(むたいゆうと)市長の後援会と知内勇気(しりうちゆうき)衆議院議員の後援会の中心メンバーは、ほぼ一致しているんです。我々は、冗談にですが、〈湊シンジケート〉と呼んでいるくらいで」

「ああ、やっぱりご存知だったのですね、〈湊シンジケート〉を……」

と、瓜生が質(ただ)すと、

「ええ。今では公然の秘密っていうやつです」

「つまり、〈文下奨学会〉のメンバーで、固められているというわけですか」

小樽湊には、やはり、彼が想像したとおり、〈文下奨学会〉を中心とした人脈の濃密なネットワークが存在しているのだ。

彼は質す。

「一色さん、その実態を知りたいのですが」

「いや。知っているのは噂だけで詳しいことは何も」

「やはりねえ」

「ああ、それから」

と、一色館長はつづける。「一条寺氏の構想ですが、シリコン・バレーをもじって、〈ミドリマチ・バレー〉って愛称名も決まりましてね、印度はじめ東南アジアからも広く人材を集めようと計画中です」

小樽湊経済を支える知識の府、小樽湊商大が緑町(みどりまち)にあるからだ。

「素晴らしい」

瓜生は素直に喜び、さらに、しばらく話してから、例のキャンバスの縁に書かれていた数字のことを一色に質す。

だが、彼も、まだ、わからぬようだ。


ふたたび、一色圭治が妻の画廊に来たのは、その翌々日である。約束していたので、瓜生も自宅を出る。

画廊の事務所に着くなり、

「例のキャンバスの裏にマジックで書かれていた数字の件ですが、わかりましたよ」

と、一色が告げた。

つづけて、「先生は〈3732623〉で、私は〈3763519〉でした。試しに、それぞれが生まれた西暦年で割ってみたんです」

霊子が傍らで電卓を叩いた。

「まあ」

「でしょう、奥さん」

ともに、〈1931〉だ。つまり、文下睦夫の生まれ年である。

「そう言えば、彼が家に来たとき、言ってましたね。我々三人の生まれ年には共通点があると」

「ええ、言ってましたね」

一色もうなずく。「文下さんが言っていた共通点ってのは、先生、我々は三人とも生まれた西暦年が素数ってことです」

そのとき、画廊の客が来たので、応対は妻に任せ、駅前通りの珈琲(コーヒー)専門店〈ロック・ガーデン〉へ行く。

一番奥まった席に就き、一色から話を聴くと、例の解読文は、小樽湊署に届けたそうだ。が、話は、一応、聴いてくれたが、本気にはなってくれなかったらしい。

「でしょうね。わかっているのは、日付だけだからなあ」

と、瓜生も言った。

一色も困惑顔で、

「死人からの伝言というのも、信憑性を損ないますね」

一色同様、瓜生も浮かぬ顔で、

「となると、だれか、文下さんのパソコンを使ってる死者の代理人がいるってことですかね」

つづけて、「また行き詰まりましたね」

すると、一色が、

「実は北門新聞の関係で、小樽湊署を退職した元刑事とコンタクトがとれました。いかがでしょうか、会ってみませんか。直接、〈手宮冷蔵倉庫事件〉を捜査した一人ですよ」

「ええ。ぜひ」

瓜生はうなずく。

瓜生も、あの事件は、北門新聞の資料室で当時の資料を見ただけで、まだ詳細は知らないのだ。

4

――翌日の夜、創成鮨の個室を予約した。続き部屋ではないので話し声が漏れることはない。

午後七時、一色と連れだって創成鮨へ行くと、すでに元刑事は来ていた。

名刺を交換する。

彼の名は江戸村昭（えどむらあきら）、去年の春、定年を迎えたそうだ。

「なにせ、あれほどの重大事件ですからな、解決してから退職したかったんですがね」

と語った。

つづけて、「けどねえ、現場の連中はやる気満々でも、上層部がねえ」

と、不満げである。

「と、言うと？」

と、質すと、

「新聞発表にはない事情ってもんが、あるんですよ」

と、言って肩を竦める。

「去年、名乗り出たが死亡した、文下睦夫さんの件はどうなっておりますか」

と、訊ねると、

「なぜ名乗り出たのか、その理由すらはっきりしておりませんが、警察は事態を合理主義で判断しますからな、最初から容疑者リストから外しておりますよ」

こうして話が進んだが、一応の結論を言うと、警察の捜査は振り出しに戻ったも同然らしい。

「なにせ、ガイ者の一人が大物の国会議員ですからな、小樽湊署としても不名誉なことではあるのですが……」

と、言いながら肩を竦め、語尾を濁した。

「藁(わら)でも掴みたいっていうところですか」

と、言うと、

「まあ、認めたくはないが、否定できません」

最初は口が堅かったが、酒が回るにつれて対応がくだけてきた。

最初は、圧力は上から下へ順番にかかり、現場の刑事たちは昼夜をわかたぬ捜査に駆り立てられ、疲労困憊(ひろうこんぱい)して倒れる者が多かったそうだ。

「お話できる範囲でいいのですが、当時の事件の現場はどんなだったんですか」

瓜生は訊いた。「我々は新聞の報道記事でしか知りませんので、いったいどんな殺され方をしたのかを、まず知りたいのです」

江戸村元刑事はうなずく。

しかし、すぐには口を開かなかった。

「むろん、外に漏らすつもりはありません。警察には信じてもらえませんが、ひと月後に、新たな殺人が計画されているとなると、一市民として見逃せないのです」

一色も訊く。

「〈手宮冷蔵倉庫事件〉ですが、あれは事故ではなく、殺人事件と断定できる根拠があったのですか」

「むろんです。自分は長い刑事生活をしましたが、あれは単に異常というのではなく、どこか独創的でした。そんな印象を捜査員だれもが抱いた。普通の犯罪でない何か、知能の高さを感じさせられた事件でしたね」

「なるほど、知能の高さですか。今流の言葉を使えばですが、そういうプロファイリングだったわけですか」

と、瓜生は言った。

隣に座った一色は、定年で民間人になった元刑事に上手に酒を勧める。

「何を訊きたいのですか」

江戸村が言った。アルコールで顔が赤く染まるタイプらしい。

瓜生が、

「あの倉庫が、戦前に建てられた古いものだったことは知っています。しかし、今は取り壊され、敷地全部が駐車場になっていますね」

と言うと、一色がそのあとをつづけ、

「昔は〈北洋海産〉の所有だったが、会社が閉業し、その後、〈側衣(かわい)水産〉が買い取り使っていたんでしたね」

「ええ。輪郷代議士と一緒に死んだ女会長の会社です」

「しかし、事件当時はすでに、所有権の移転登記が終わっていたんでしたね」

「そうです。買い取ったのは、隣地の建設会社でした」

「錦(にしき)建設ですね」

「そうです」

「おかしいのは、なぜ、夜遅く三人で、すでに他人のものになった倉庫へ出かけたのか。いったいどんな用事があったんでしょうか」

と、瓜生。

江戸村が応じた。

「我々は、三人が集まったのが、花苑(はなぞの)町の〈汐留(しおどめ)〉って店だってことまでは突き止めた。しかし、別室で何が話されたかまではわからなかった」

「外からの電話があったそうですが」

「ええ。しかし、話の詳しい内容までは」

「警察なら相手を特定できたはずですよね。電話口で話したのは先方が一人。こちら側は、赫猪(あかい)勇夫(いさお)に次いで輪郷(わのさと)代議士が出ている」

「発信地は東京でした。新橋の公衆電話です」

「しかし、相手は特定できなかった」

「そうです」

「電話のあと、彼らは、側衣会長の運転で手宮方面へ向かったわけですね」

「女会長の車は外車でベンツでしたが、木曜になって、倉庫の手前の路肩で見つかった。すっぽり雪に覆われてね」

「当時の状態ですが、エンジンは切ってあったんですね」

　瓜生が訊いた。

「ええ。車のキイは、女会長の外套のポケットの中にありました」

「雪は？」

「降っていました。一日あたりの降雪量は二〇センチ程度です。日本海に面するせいで、小樽湊では当たり前の気象状況でした」

元刑事はつづけた。「最低気温は摂氏のマイナス一五度前後でした。特に翌一二日の明け方が冷え込みました」

「除雪は？ 司法解剖で判明した死亡推定時間は一一日の深夜から翌日水曜日の朝方に掛けて。遺体発見はさらに遅れて木曜日だったわけですね」

「ええ」

「足跡とかは、みな雪の下ですか」

退職した刑事はうなずき、

「錦建設のショベルカーが、前面の公道を除雪しましてね、ダンプに積み込む前の一時的堆積場として、倉庫前の空き地を利用していたのです」

「では、足跡は、消えたと考えるべきですね」

「重機はタイヤ式で、轍(わだち)は残ったが、足跡の採取は不可能でした」

「それにしてもよくわかりましたね、遺体の場所が」

「代議士の後援会や〈側衣水産〉の社員が懸命に探したおかげで、最初に、路上に放置されていた側衣会長のベンツを社員が見つけた。それで目の前の倉庫かもしれないということで、最寄りの手宮交番から巡査を呼んだのです」

「第一発見者は誰でした？」

「知内勇気(しりうちゆうき)さんや巡査、〈側衣水産〉の社員たちです」

江戸村が答えた。

一色が、

「知内先生は、当時はまだ道議会議員でしたが、地盤は輪郷代議士と同じ……同じシベリア抑留組ですからね、二人は、気分だけは同じだったんじゃないでしょうか」

「なるほど。しかし、どうか怒らないで聞いて欲しいんだが、知内さんは、輪郷代議士の死でもっとも利益を得た人物でもあるわけでしょう」

と、瓜生。「次の衆議院議員選挙で当選し、今も現役です」

「そうとも言えますね」

江戸村が答える。

「当然、参考人招致はしたんでしょうね」

「むろんです。しかし、あくまで形式上ということで。政治家ですからね。慎重にやるケースです。第一、疑う根拠がない」

元刑事はつづけた。「しかも完璧なアリバイが成立したんですよ、知内氏は……」

当日、つまり昭和六一年二月一一日の夕方の便で、知内道議会議員は、自分の後援会の幹部メンバーに頼まれ、一五名の団体客に同行して東京へ行っているのだ。

「千歳から飛行機ですか」

「ええ。一行は羽田からは、タクシーに分乗、新橋のDホテルに泊まりました」

「それで」

瓜生は促す。

「当日の知内氏のアリバイも完璧です。後援会のメンバーとホテル内のバーで深夜まで。で、翌日は午前一〇時にロビーに全員が集合し、バスをチャーターして茨城県の鹿島港と鹿島原発へ向かった」

「目的は？」

「彼らは当時、小樽湊と向き合う石狩新港との連携を模索していたのです。原子力発電所誘致もね」

「しかし、計画段階で立ち消えになったんですね」

「まもなく、日本経済自体、バブルが弾けましたからね、自然に沙汰止みになったのです」

と、一色が教えた。

5

さらに、知内勇気氏は、鹿島で輪郷代議士行方不明の電話を受け、水曜日の羽田発最終便で千歳に着き、タクシーで小樽湊に戻った。そのまま夜を徹して探し、翌木曜の昼すぎになって、ようやく三人の遺体を発見したのである。

もう一人、容疑者にされた文下睦夫も小樽湊に帰郷後、参考人招致されたが、やはり、アリバイが成立した。

スコットランドのエジンバラから帰国した彼は、二月一一日夕方、成田に着き、翌日に東京で開催される講演会主催者の出迎えを受けた。一方、死亡推定時刻は一一日深夜から翌朝にかけてなので、実行犯にはなり得ないのだ。

「文下睦夫氏が、参考人として事情を聞かれたのは、なぜです」

瓜生は訊く。「やはり、警察でも、睦夫氏の実父軍治さんが、昭和二二年に〈旭橋〉で殺された事件との関係を疑ったのですか」

「いや、そうじゃありません。事件を知った文下睦夫氏が、ご自身で東京から捜査本部に電話してきて、〈旭橋事件〉との関連を調べるように申し入れたのです」

「それで実際に調べたんですか」

一色が訊く。

「最初はあまり重要視していなかったのですが、捜査が手詰まりとなり、それではと考え、昭和二二年の事件を調べたのですが、当時の捜査資料は、事実上、占領下ですからね、破棄されていた。つまりね、捜査方針が大きな靴痕からはじまったので、報道が先走って書いた。結果、ＧＨＱのＧⅡから圧力が掛かりましてね、うやむやにされていたんですなあ」

「ああ、やはり」

瓜生は納得がいった。

ＧⅡは占領軍の情報担当の部署で、報道管制もここで行なわれていたのだ。

「つまり、敗戦国の特殊事情があったわけですね」

瓜生は言った。「私は子供ながらに記憶しているが、マッカーサーがわが国の実質的元首でしたものね」

「ええ。少なくとも警察の捜査資料は、全部ではないが皆無に等しいとわかったのです」

「〈旭橋事件〉の真犯人については、当時の警察は目星もつけなかったのですか」

「とっくに時効ですぞ」

江戸村元刑事は語気を強めた。「敗戦直後にはこうした未解決事件、いや事件にもならなかった殺人がごまんとあったんでしょうねえ」

「しかし、今回、文下さんが自首した」

瓜生は言った。「実質的時効期限前に」

「ええ」

「江戸村さんは取り調べに立ちあったそうですね」

「自分は去年の四月に定年を迎えたのですが、一〇月までは後進の指導名目で嘱託扱いでしたのでね」

と、江戸村は説明した。

「印象はどうでした?」

「それが、アリバイのことを訊いても、完全黙秘ですわ。雑談には応じるのですがね」

「出頭について行ったのですが、私にも、アリバイについてはなにも話さなかった」

一色も言った。

「それでね、自分は文下先生に言ってやったのです。『あなたが犯罪現場にいることができたという納得のいく説明をしない以上、あなたのアリバイが証明されているじゃないですか。従って、この件に関しては無罪だとね』」

江戸村元刑事は肩を竦(すく)めた。

「それじゃあ、立場があべこべですね」

瓜生も肩を竦めた。

「ええ。初めての経験でしたよ、あんな変な気分は」

江戸村は苦笑いした。

「矛盾ですね」

瓜生は首を傾げながら、「自首した理由は話しましたか」

「ええ。やったのは自分だ、と言い張るばかりで、それではと方法を聞くと、犯行の現状に全然合っていない。これでは、自首そのものを疑うほかないでしょう、とね」

「なるほど」

と、うなずきはしたが、瓜生は、文下睦夫のたくらみを探すべきだと考え始めていた。

「我々の知らない背景があるみたいですね」

彼は江戸村に言った。

「もちろん、できるだけ調べましたよ。しかし、どうも闇が深すぎてね。この事件は、いつも振り出しに戻るのです」

「と言いますと？　江戸村さん」

今度は一色が訊いた。

「当時の新聞記事によると、事件直前まで問題の倉庫内で、追悼式が行なわれていた。戦後まもなく亡くなった文下軍治さんのですがね、その出席者が全員、容疑者ってわけですか」

するると、

「ええ、そうですよ。ですから、だれもが、とっかかりは楽観視していた。ま、普通の犯罪では容疑者を特定するまでが苦労ですがね、いったん、特定できれば、事実上、捜査は終わりですよ。ところが、この事件では容疑者はすぐにわかった。しかも、大勢です、動機のありそうなやつがね。ところが、みな壁にぶつかり、先へ進めない……」

「ははッ、ヌリカベみたいですね」

瓜生が言った。

「なんですか」

「妖怪です。水木しげるのね」

「ああ、妖怪コミックのあれですか」

江戸村は苦笑いした。

「つづけてください」

瓜生はうながす。

「ええ。つまりね、我々が考えたのは動機です。いわゆる動機を持ったやつが怪しい。しかし、全員に動機があるのに、全員が完璧なアリバイを持っていたんです。本人は犯行を認めるような態度をとっているのに、小樽湊では、一、二と言われる法律事務所を率いる一位弁護士が直々現れてアリバイを主張するんですよ」

「有名人なんですか」

「一位盛邦です。この人は〈文下奨学会〉の顧問弁護士ですからね、地元出身の知内代議士とも務台優人市長とも関係が深い。で、上から圧力が掛かるもんだから、前線部隊は腰が引けてしまう」

「江戸村さん。それって〈湊シンジケート〉と、巷の噂で渾名されているグループですよ」

と、瓜生が教えると、

「ええ。知っています。彼らは、全員が小樽湊の経済界を支配する有力者ですからね、我々警察としては、もっともやりにくい容疑者でしたね」

「それで、容疑者の裏をとると、アリバイが完璧ってわけですか」

「そのとおりです。まるで、小樽湊市全体が結託しているような感じさえありましてね、しかし捜査会議でそれを言うと、我々下っ端だけじゃありません、署長の首だって飛びかねない。なぜって、次期市長候補までが容疑者リストにあがりかねない有様で、ほんと、事実上、我々はパニックでしたよ」

決してオーバーではなく、江戸村元刑事が真実を語っているのはまちがいなかった。

「あなたの口ぶりですと、死亡した三人は、ずいぶん、恨まれていたようですね」

「特に輪郷代議士はね」

江戸村元刑事は肩を竦めた。「味方もいるが、敵が多い。まあ、豪腕政治家の典型とでもいいますか。むろん、我々刑事はそうした先入観は持たない。ひたすら事実を追っていくとですね、ははッ、そのヌリカベってやつにぶつかり、前に進めなくなるのですなあ」

元刑事はつづけた。

「側衣珠世は関係者の間では有名ですが、輪郷代議士の、いわゆる裏組織の責任者でした。赫猪勇夫という男は、側衣の下にいた男のはずです」

第七章　容疑者は一〇人

――「（略）傷は何ヵ所ですか」「一二ヵ所です」／『オリエント急行の殺人』（第一部　見かけた事実7／中村能三・訳）

1

同夜、創成館での検討会議はさらに進み、改めて、江戸村元刑事から犯行現場の説明を受ける。

遺体には火傷の痕があったが軽く、これが死因ではなく、凍死による死亡と診断されたそうだ。

「その火傷ですが、最初から気になっていました」

と、瓜生が言った。「火傷そのものは死因ではないということですが」

「ええ。たいした火傷ではないのですが、我々捜査本部が悩んだのは火元です。冬期間ですから石油ストーブがあってもおかしくないが、なかった。解体工事で出た残材をドラム缶などで燃やすなんてこともよく見かけますな。しかし、そんなものはなかった」

江戸村は、言い回しを楽しんでいるようだった。

「じゃあ、真冬で屋内でも零下なのに、暖房はなかったんですか」

瓜生が訊いた。

「ちゃんとありましたよ。錦建設は内装を、一度、解体して改装するため、作業員を入れていた。だから、〈側衣水産〉のときにはあった冷房機を取り外し、中古の温風暖房機を設備しなおし、稼働させていたのです」

「調書にもそう」

瓜生が訊く。

「ええ」

江戸村が教える。「当時はまだ専務だった錦源一郎(にしきげんいちろう)氏が協力してくれましてね。これです」

と、図面を持参の大型封筒から出し、説明した。

まず寸法だが、道路に面する間口が一〇間、うち、向かって左側の八間が主構部(倉庫)。その右側が管理人室を兼ねた設備室である。

奥行きは主構部が六間。設備室は間口二間、奥行き二間。

「なるほど」

瓜生はうなずく。「主構部つまり倉庫の面積は四八坪、設備室は四坪ですね」

瓜生は設備の図面も見る。倉庫の天井近くに吊られている長方形のダクトの数ヵ所が温風の吹き出し口であった。倉庫正面の向かって右手の張り出した部分が設備室であるが、中古の灯油ボイラーもここにあったそうだ。

「照明は?」

「遺体が発見されるまで、奥の照明はつけっぱなしでした」

「外には?」

「ええ。夜でも明かりは漏れていなかった」

「火災があったなら、火災報知器が鳴ったじゃないですか」

「いや。改修中なので取り外されていました」

「現場に入ったとき、倉庫内の煙は?」

「すでに扉が開放され、換気は終わっていました。しかし、第一発見者の巡査や知内さん、〈側衣水産〉の社員たちは、煙は倉庫からある程度は抜けていたが、焼け焦げた臭いや煤はあったと証言し、全員の答えに矛盾はなかったです」

「とにかく、火災はあったのですね」

「ええ。倉庫内に保管されていた数十枚の筵(むしろ)、それと路盤改良用の生石灰も燃えていました」

「で、倉庫本体と設備室の部分は、壁で仕切られていたのですね」

「そうです。モルタル壁でね」

「設備室とは、ドアで行き来できたのですか？」

「普通サイズのスチール製のドアがありましたが、少なくとも現場検証のときには鍵は掛かっていなかった」

「その点は確認したのですね」

「むろん、第一発見者たち、さらに現場に入った関係者を聴取したが、鍵が掛かっていたかどうかはだれも覚えていなかった」

「気づいた可能性があるのは、当時、道議会議員だった知内さんではないですか」

「かもしれませんが、本人も気が動転して覚えていないというのです」

江戸村元刑事は、首をひねりながらつづける。

「話を訊こうにも相手が相手ですからね、物的証拠もなしでは引き下がる他ないのです」

「やはり、着火の原因がもっとも重要です。少なくとも火元がなにかくらいは、わかったのでしょう」

「被害者の誰かが吸った煙草の火が筵に引火したのでは、という説も出ましたが、痕跡は見つかりませんでした」

「それは大きな謎ですね」

と、瓜生。

「出火の後、スプリンクラーが作動しました」

と、江戸村。

「火事が発生すれば当然ですね」

と、一色。

「いや、実は、ここにも謎があるのです」

と、江戸村。

「と言いますと？」

と、瓜生。

「このスプリンクラーも、前の所有者が、昔、付けたものだったそうですが、故障したままだったといいます」

「それが、作動したんですね」

「スプリンクラーには幾つか種類がありましてね、この倉庫の場合は、通常は配管内が空の開放式でした。これだと、冬季に配管内の水が凍結するおそれがない。火災感知装置は天井などに別に設置されていて、これが火災の熱を感知すると、設備室の制御盤へ信号がとどいて、自動止水栓が開き、水道水が天井の配管を走ってヘッドから噴射される仕組みです」

「それが直っていたというのですか」

「ええ。なぜ作動したのか見当もつかないと……」

「そう、錦氏が説明したわけですね」

「ええ。念のため改装工事の作業員からも聴取しましたが、事件当日の朝には故障していたそうです」

「外からは操作できないのですか」

「我々もその線を疑って、慎重に調べましたが、倉庫の外からは操作できないと結論づけられました」

江戸村元刑事はつづけた。「結局、我々には解明できなかった。事件現場に捜査員が入ったとき、設備室にある制御盤のメインスイッチが切られていたのです」

「となると、だれかが事前に主電源を入れ、また切ったことになるじゃありませんか」

と、瓜生。

「そういうことになりますね」

「いったい、だれです？ 可能性なら真っ先に倉庫へ入った知内議員でしょう」

と、一色が質す。

「いや。本人は記憶にないと言っているし、指紋もないので証拠不十分、それ以上は追及できなかったのです」

と、答えて、江戸村は肩を竦めた。

一色はさらに、

「駐車場に面した正面の両開き戸が開かなければ、倉庫全体が密室ですものね。冷蔵倉庫という用途からも、倉庫本体も設備室も無窓建築ですから。となると、もう一人、つまり出火やスプリンクラーの作動にかかわった四番目の人物が、被害者の遺体が発見されたときに、倉庫内にいなかったとすれば、いったい、この仮定のXはどうやって外に出たんでしょうね」

「なるほど。この事件は密室からの脱出法が問題になるわけですね」

と、瓜生。

まさに江戸川乱歩(えどがわらんぽ)が分類した、例の密室から脱出法の問題である。

つづけて、

「窓が一つもないとしても、脱出口になりそうな床下の配管ピットはなかったですか」

「ありません。床スラブはがっちりした鉄筋コンクリートの打ちっ放しで、木鏝(きごて)仕上げでした」

「ならば」

瓜生はつづける。「もしXが中に居つづければ、たとえスプリンクラーの水を被らなくとも、必ず彼も凍死したはずですね」

「ええ、むろん。北海道の寒さは本州とはちがいますからな」

江戸村も同じ意見である。

「Xらしい人物は、追悼式の出席者の中にはいなかったのですか」

「ええ」

「証明されたのですか」

「編集された形跡のないビデオで」

「撮影者は？」

「錦源一郎と大崎新吾です。彼らは、それぞれがビデオカメラを持ち、しかも、撮影者同士、お互いが映るようにして、出席者全員が倉庫を出て外で待機していたバスに乗り込むまでノンカットで、しかもバスが走り出しても撮影しつづけていたのです」

「むしろ、怪しい」

一色が言った。

「わざとらしい」

と、瓜生も言った。

「むろん、我々も追及しましたよ。しかし、芸術作品を制作したのだと言われれば、それ以上はねえ」

江戸村元刑事は、肩を竦めてみせた。

2

ともあれ、厳冬期の北海道では、マンションの屋上に出た本州からの転勤族の子供が下に戻れなくなり、凍死する例がある。

大雪に見舞われて動けなくなった車に閉じこめられた者が、排気ガスで死亡する事故も多い。排気筒が雪で塞がれるためだが、同じことが、排気筒を屋外に出す方式の灯油ストーブでも起きることがある。

「瓜生先生」

一色が言った。「ミステリーには、氷雪のトリックが多いんじゃありませんか」

「けっこうあります」

瓜生が応じた。「すでに書かれたミステリーの中には、凍死や氷雪などを使うトリックが無数にあります」

つづけて、「〈密室トリック〉の一種に〈雪の密室〉と呼ばれるものもありましてね、これは砂浜や雪面に犯人の足跡が見つからないケースです」

「そういう〈密室〉もあるんですか」

一色が言った。

「宙を行かぬかぎり地球には重力がある以上、足跡はつきます」

瓜生が言った。

「一人乗りヘリコプターがあります」

一色が冗談で言った。「ハンググライダーも」

江戸村元刑事は、一色の冗談を無視、

「我々がゲソコンとよぶ靴痕ですな」

「しかし、肝心の足跡が、錦建設のショベルカーで消されたんでしたね」

一色がつづけて訊く。

「ええ、外はね。しかし、倉庫内部のコンクリート床にはありましたよ」

「それが、犯人の特定にはつながらなかったのですね」

瓜生が訊く。

「あまりにも足跡(ゲソコン)が多すぎて、証拠にはならなかったのです」

と、江戸村が言った。

「なるほど。多すぎるのも困りものですね」

「つまり、繰り返しになりますが、輪郷代議士らが問題の倉庫へ行った直前に、昭和二三年の紀元節に死んだ彼らの大恩人を追悼する式が、同じ倉庫で行なわれた。この事実は変わりません」

と、一色が言った。

「ですから、参列者は一人一人、聴取を行ないました」

と、江戸村。

「捜査本部が、有力容疑者と考えた人たちですね」

と、瓜生。

「みな、〈文下奨学会〉の援助を得た者たちです」

と、江戸村。「彼らは、手宮の元冷蔵倉庫の所有権が〈側衣水産〉から〈錦建設〉に移ったのを記念して、当日、つまり、故文下軍治氏の祥月命日に、倉庫内で追悼式を行なったのです」

3

〈手宮冷蔵倉庫〉は、運河地帯にあるような軟石積みの旧式倉庫であったそうだ。もし残っていれば歴史的建造物に指定され、小樽湊観光に一役かっていたかもしれない。

　が、忌まわしい事件の舞台となった以上、撤去もやむをえなかったのだろう。

　資料によると、正面の出入り口も、今ならば、当然、電動式の重量シャッターにするだろうが、図面では両開きの引き戸である。左右を一杯に開けば幅二・四間になる。

「昔の図面なので、尺貫法で表記されておりますが、わかりますね」

　と、江戸村が言った。

　因みに、一間は約一・八メートル。一坪は約三・三平方メートルである。

　戸は防火を兼ねた総トタン張りなので、かなり重量があるが、大の大人が力一杯押せば動かせる。

しかし、溝が凍り付けばびくともしない。寒冷地ではよく起こるケースである。

「外からの鍵は？」

「大きな南京錠ですが、外れていました」

「となると、一一日夜に、両開き戸が凍り付いたんでしょうか」

「誰かが外から引き戸のレールに水を撒いても、ほとんど一瞬にして凍結します」

と、江戸村。「しかし、故意か自然に凍ったかは判別できんのですよ」

「引き戸の氷を分析すれば、たとえば水道水とか天然水とかは判別できたのではないですか」

と、瓜生。

「いや。鑑識が着く前に錦建設の連中がバーナーで溶かして除去しましたからね、分析できなかったそうです」

「子供のころの話ですが、昔は、銭湯の帰りに手拭いを縦に巻いて凍らせ、それでチャンバラをした記憶がありますよ。たしかに厳冬期ではお湯でも一瞬で凍りますからねえ」

と、瓜生はうなずく。

一色が、

「発見されたのは翌々日でしたね」

「ええ。一三日木曜日の昼ごろです」

舗装工事などで使うバーナーで溶かす作業は〈錦建設〉の社員が行ない、段取りを入れて小一時間はかかったそうだ。

「当日の気温はどうだったんですか」

瓜生が訊く。

「連夜、マイナス一五度前後の気温だったと記録にあります」

「倉庫内の温度は？」

「当然、零下でしょう。風がないくらいで、外とあまり変わらなかったはず」

「空調式暖房ボイラーは停まったままだったんですね」

「ええ。燃料タンクが空でした。給油量も錦氏に確認をとってあります」

「つまり、もともと満タンではなかったわけか」

「要するにガス欠していたってわけです」

「倉庫の広さは、設備室の四坪を加えると五二坪でしたね」

「敷地は、間口が一二間、奥行きが一六間で、一九二坪あります」

「敷地は今も隣地の錦建設の所有ですね」

「ええ。敷地はそうですが、建物の現物がもうない以上、謎の解明は、まず不可能でしょうね」

「でしょうねえ」

瓜生としても、うなずくほかない。

江戸村が、

「倉庫は軟石造り平屋建て。屋根の骨組みは鉄骨のトラス構造。耐火材を敷き、長尺トタン張りです」

「固定電話は？」

「買収後は切ったままでした。当時はまだ、携帯電話が一般まで普及する前ですからね、援けを呼べずに凍死したんでしょうね」

「錦建設はどんな会社ですか」

「錦建設は宅地開発と砕石業、土木工事が専門の小樽湊では中堅の優良企業です」

元刑事が言った。

「源一郎氏の妻は市長の娘さんですよ」

一色が言った。

「一条寺智也さんの奥さんもですね」

と、瓜生も言った。「うちの家内が情報源です」

「ええ。たしか一番下の娘さんのはずです」

と、江戸村も言った。

瓜生は、酒が足りなくなったので、帳場へインターホーンで追加を頼んだ。

「ところで」

瓜生は訊く。「今までのところは、一見、不運な事故死のようにも思われますが」

すると、

「ええ、たしかに。しかし、決定的な不審点があった」

と、江戸村が言った。

「と言いますと」

「三人の一人、赫猪勇夫（あかいいさお）にだけ扼殺痕（やくさつこん）があったのです」

「ほんとうですか」

一色が叫んだ。「それが本当なら、この事件はがらりと見方がかわりますよ」

「どうか、内密に。〝犯人しか知り得ない情報〟の一つというやつでして、公開されていない隠し球なのです」

「我々二人は、貝になります」

江戸村が瓜生と一色を見ながら言った。

「ぜひ、そうしてください。実はね、公表できなかったわけはもう一つあり、上からの圧力でした。なぜかはおわかりですな。閉ざされた倉庫、つまり密室の中に三人がいて、一人が扼殺(やくさつ)されていたとなれば、自ずと犯人は残る二人になる」

「たしかに、輪郷代議士か、側衣珠世か、それとも両方かということになりますね」

瓜生が言った。

「万が一にも、代議士が殺人犯の一人なんてことは、絶対にあっては困るってことです」

「なるほど。それが裏の事情ですね」

と、一色。

「なにせ、政権党ですからね、保守自由党は……」

江戸村元刑事は、憤懣(ふんまん)を隠さず言った。「お偉方は自己保身のための大人の判断というわけで……ハハハッ」

むろん、空虚な笑いだ。

「むしろ、迷宮入りのほうがありがたいわけですね、上としては……」

瓜生にも、この事件をとりまく、黒い霧のようなものが強く感じられた。

輪郷納太(わのさととうた)は、総理大臣にまで上り詰めると、目されていたそうだ。アクは強いが実行力があり、集金力もあり、当選回数も子分の数も多い実力者であったらしい。

「噂ですがね、汚職すれすれの金集めは当たり前、逆らう者は密かに消してしまう闇の実行部隊もいたらしい——という噂まであって、容易に手が出せない相手だってことは、警察内部で常識でしたしね」

と、江戸村。

「強い支持者もいる反面、反対勢力も多かったんでしょうね」

と、瓜生。

「ええ。だから、我々捜査陣は、壁にぶつかったのです」

それにしても、なぜ赫猪勇夫は、扼殺(やくさつ)されたのだろうか。

殺されるような理由があったのだろうか。

それは何だろうか。

4

江戸村元刑事の証言はつづく。

「むろん、追悼式に参列した一〇名の証言は、それぞれ細かく付き合わせたが、各人の話に矛盾はありませんでした。つまりですね、彼らには、もっとも濃い動機がありながら、結局、それがアリバイになったのです」

「それで、式にはだれが参列したんですか」

瓜生は訊いた。

「安易には言えません。警察は辞めましたが、元警察官ですからね」

「そうですね。あなたのお立場もあることだし」

瓜生は引く。

「いずれも有名人なので、下手に扱うと名誉毀損（めいよきそん）で訴えられかねんのですよ」

「わかりました」

瓜生は応じた。「江戸村さん、我々は、絶対、口外しないと約束します」

「確約できますか」

「ええ。誓います」

「じゃあ、言いましょうか」

江戸村元刑事は、懐から手帳を取りだして名前を挙げた。

メモを取りながら、瓜生は驚くばかりだった。たしかに、小樽湊市の著名人ばかりである。

「これで全部です」

江戸村が言った。

「もう少し詳しく、お願いします」

瓜生は頼む。

江戸村の答えは、完全に納得のゆくものだった。

「……今までは市内のホテルなどを使って、戦後、毎年、追悼式を行なっていたそうですが、事件の起きた昭和六一年のときは、かつて〈北洋海産〉が使っていた倉庫が錦建設の所有になったので、そこでやろうという話になったのだそうです」

「で、さきほど言われたように、彼らの証言が、矛盾なく一致したのですね」

「ええ。全員が追悼式の通知を持っていましたよ」

「それには、場所と時間が明記されていたわけですね」

「むろんです」

「幹事役は？」

「当時は〈錦建設〉の専務だった錦源一郎、大崎不動産営業部長の大崎新吾の両名で、文下華代さんの挨拶文が載っていました」

江戸村はつづけた。「年齢も近く、錦氏と大崎氏は市の商工会議所でもね、いろいろと親交の厚い仲だった。今もでしょうね」

　瓜生は、容疑者らに同志的結束の強さを感じていた……。

「現地へ行った手段ですが、それぞれにですか」

「バスですよ、鉄道駅の前で待ち合わせ、全員が乗り込んだ」

「バス会社のバスですか」

「ええ、〈湊バス〉です。当夜の乗務員から裏もとれております」

　江戸村によると、ＪＲの小樽湊駅を夜七時三〇分に出発して、八時に〈手宮冷蔵倉庫〉に到着し、錦建設所有のタイヤ式ショベルカーで除雪された前庭の駐車場に停車。全員が降りて倉庫内に入った。

「これがそのときの写真です」

　と、江戸村は、倉庫の前に湊バスが停車している紙焼きを見せてくれた。錦建設が撮ったものだそうだ。

　ショベルカーの強い投光器の光で、降雪が小ぶりになった倉庫の前庭がはっきりと写っていた。

　両開きの引き戸は、人が一人入れるだけの幅、開いていた。瓜生は手にとってじっと見詰めていたが、

「江戸村さん、引き戸の外側に貼られたトタンですが、地面に接触した個所が一部錆びていますね」

「ああ、なるほど。気づきませんでした」

「ここ、拳くらいの孔があいていませんか」

「ああ、よくあることですよ。穀物や海産物などをしまうと鼠どもが侵入するのです」

「なるほど。チュー公の仕業ですか」

と、一色。

「これが、内部です」

と、別の写真を江戸村が見せる。

式典の準備は錦建設で行なったそうだ。

「式典は、仏式ですか、神式ですか」

と、瓜生が訊くと、

「無宗教だったそうです」

と、江戸村は答え、「こんなふうに」

持参していた大型封筒の裏面に略図を描いた。

瓜生はそれを受け取り、写真と見比べた。

奥の壁に沿って、長机で創った祭壇があり、文下軍治氏の胸像が置かれていた。

「これが当時は〈錦建設〉の専務だった錦氏が撮影した写真ですが、我々警察が撮った現場写真とくらべるとちがいがわかりますよ」

と、江戸村が説明する。

これは記念写真で、後日、紙焼きして全員に配ったそうだ。

「追悼式の写真では等身大の石膏像が立っていますね、しかも大きな靴を履かされて……」

と、瓜生。「しかし、警察の現場写真には、文下軍治氏のブロンズの胸像はありませんね」

と、瓜生。

「ブロンズ像は華代さんのものなので、持って帰ったそうです」

「警察の現場写真のほうは、石膏像が倒され、破壊されていますね。しかも煤（すす）がついている。椅子もひっくり返っているし」

「ええ、そのとおりです」

「追悼式の出席者にも訊ねましたか」

「当然です。参列者一〇名を参考人で呼び、事情聴取したが、倉庫を出たあとのことは知らないと、全員が……」

「一〇名がですか」

「ええ、そうですが」

「椅子が一二脚ありますが、参列者一〇人では数が合いませんね」

瓜生は考え込んだ。

「たしかに数が合いません。写真に写っていた椅子は一二脚、人数は一〇人。我々はその理由を参考人全員に訊ねましたが、二名が欠席したという同じ答えを得ました」

「だれだったんですか」

「道議会議員の知内勇気（しりうちゆうき）氏と帝都設備埼玉支店勤務の尼野哲雄（あまのてつお）氏です」

「当時の職業では……ですね」

「そうです」

「欠席の理由を質しましたか」

「ええ。知内氏は後援会の付き合いがあり、原子力発電所の視察が目的で、茨城の鹿島へ行っていたのです」

「尼野さんは、ぼくの小学校時代の友人だったんですよ」

「ええ。〈バー帝国〉を、今は……」

江戸村元刑事も応じた。「自分もあのレトロな雰囲気が好きでね、よく行きます。彼の父親は色内町で薬局をしていたのですが、次男が病気で死ぬと店を廃業し、自分は電気館通りであのバーを始めたんですよ」

「くわしいですね」

「ええ。〈帝国薬局〉は、子供のころの家の近くだったのです」

「尼野さんは、当時、埼玉にいたそうですが、彼についても確かめましたか」

「いや、彼は、この法要のために小樽湊に戻っていましたよ。しかし、急性腸炎に罹って緊急入院したんです。入船総合病院にね」

「ああ、なるほど。原靖友先生の病院ですね」

「ええ。むろん、我々は確認しました。我々は事件発覚後、直ちに入船総合病院へ行き、病室で寝ていた尼野氏を確認、二月一一日のアリバイも医局で確認しました。完璧(かんぺき)です」

「なるほど。で、もう少し」

と、瓜生。

「まだ、なにか」

「ええ。当日、〈手宮冷蔵倉庫〉で追悼式をした理由はたしかにあるでしょうが、しかし、なぜ手宮の倉庫が選ばれたのか。不自然といえば不自然と思いませんか」

傍らの一色も、

「捜査本部ではどう理解したんですか」

と、訊く。

「我々は、個別に、何度も事実を聞き出そうとしたのですが、証言は一〇名全員が、言い方はちがいますが、基本的には一致しておりました」

だが、瓜生は割り切れなかった。

(目撃情報も、伝聞情報も、現実という現象面に現れたものだ。しかし、真相というものは、往々にして現象の裏側に潜んでいるものなのだ)

と、彼は思った。

「江戸村さん、再度、訊きます。しつこいと思われるでしょうが、教えてください。除雪の時間と回数です。調書に残っておりますか」

「ええ。二月一一日も雪が降っており、あの地区の道路の除雪を請け負った錦建設は、午後は夜八時前に倉庫前庭の駐車場の除雪をすませた。そこへ、さきほど写真をお見せしたように、追悼式の一行を乗せたバスが到着し、駐車場に停車した。それから、故文下軍治氏追悼式が、後片づけを含めて約一時間半。九時三〇分には前庭駐車場で待っていたバスに乗り込み、出発したのです」

「それからどうしました?」

「除雪の件ですか」

「ええ」

「作業員は前庭を一時的に雪の堆積場にするため、駐車禁止の工事用ロープを張ったそうです」

「それで、後から現場にきた側衣珠世のベンツは、公道脇に停まっていたんですね」

瓜生はつづけた。「で、追悼式の一行はそれから……」

「先生は、鉄道駅の近くに鰊御殿を移築した和風キャバレーがあったのをご存じですか。生バンドつきで、いかにもレトロなのに、名前は〈現代〉というのがありまして、ここへ全員で繰りだし、貸し切りにしましてね、明け方まで騒いで解散したそうです」

「なるほど、完璧なアリバイだ」

と、一色が言った。

「途中で抜けだした者はいなかったのですか」

瓜生が訊いた。

「いません」

「確実ですか」

「ええ。ここのホステスは全員が還暦過ぎでね、これがまた名物なんですが、おばさんたち全員の証言を得ております」

江戸村はつづけた。「しかもビデオ撮影までしている。延々とね、開始からお開きまでね」

「わざとらしいですね、むしろ」

瓜生が言った。

「いや、これは芸術なんだとか。わざわざ映像作家を雇って、ありのままを撮影させたんだそうです。もっとも、自分も見ましたがつまらないし、退屈きわまりない作品でね、前衛芸術かどうか知りませんが、まったく理解できません」

「無理もない」

笑いながら一色は言った。「そのビデオはうちの美術館にあります」

「それは凄い」

瓜生が叫んだ。「小樽湊のアンディ・ウォーホルだ」

「江戸村さん、ニューヨークのエンパイアステート・ビルを約八時間、固定カメラで延々と映した有名な実験映画があるのです」

と、一色が教えた。

「どうも、先生がたの話にはついていけませんや」

つづけて、「意図があってしたのかもしれませんが、このビデオは編集した痕跡もないし、完全なアリバイ証明になっているのはたしかです」

と、瓜生は訊ねる。

「それから、もう一度、除雪の件に戻りますが、それからどうなったのですか?」

「ふたたび、錦建設の社員が、前面の公道の除雪を行ない、一時的堆積場として倉庫前庭の駐車場を使った」

「じゃあ、雪の山になったわけですね」

「そうです」

「社員は、倉庫内部に人がいるとは、気づかなかったわけですね」

「そうです」

「翌日も除雪したのですか」

「水曜日の早朝、駐車場に堆積した雪の山をショベルカーでトラックに積み込み、排雪したそうです。小樽湊には海がありますからね、市内の雪は港に運んで岸壁から海中に投棄するのです」

5

瓜生は改めて江戸村元刑事から渡された容疑者のリストを眺めながら、

「たしかに一〇人ですね」

「小樽湊が地方都市とはいえ、そうそうたる顔ぶれですよ」

と、一色。

「お二人とも、この名簿のことは、絶対に口外されないように」

「わかっています」

と瓜生。

一色も、

「ご心配なく」

一覧表は次のとおりだ。


参考人氏名と昭和六一年当時の職業と現在の職業

氏名	昭和六一年当時の職業	現在の職業
務台（むたい）優人（ゆうと）	小樽湊市役所第一助役	現・市長
文下（ほうだし）華代（はなよ）	財団法人文下奨学会理事長	引退
柳田（やなぎだ）勇治（ゆうじ）	北門新聞社会部記者	現・編集局長
原（はら）靖友（やすとも）	入船総合病院内科部長	現・院長
大崎（おおさき）新治（しんじ）	大崎不動産代表取締役	鬼籍
大崎（おおさき）泰男（やすお）	小樽湊市生活環境部課長補佐	同市葬祭場場長

大崎(おおさき)　新吾(しんご)　大崎不動産営業部長　現・社長
錦(にしき)　源一郎(げんいちろう)　錦建設専務取締役　現・社長
盛本(もりもと)　一郎(いちろう)　画家　鬼籍
一位(いちい)　盛邦(もりくに)　一位盛邦法律事務所所長　同上

瓜生自身が会った人物も含まれているリストだが、犯罪などに、もっとも縁遠い人たちの名簿とも言えた。

「鬼籍に入られた方が二人おりますね」

と、一色が言った。

「華代さんも出席されたのですね」

と、瓜生が訊いた。

「ええ。今は一〇〇歳ですが、当時は八〇代で頭も体もしっかりしておられました」

と、江戸村が答えた。

つづけて、「歳月は記憶も証拠も薄れさせ、このまま迷宮入りするんでしょうなあ」

江戸村は諦観(ていかん)の心境らしい。

この日の会合はここまでだったが、江戸村元刑事とは来週また会うことになった。

江戸村の希望である。彼は、今夕、久しぶりで昭和六一年の事件を話すうちに、問題点を幾つか思いだしたようだった。

　江戸村は、定年退職したとはいえ、まだ家のローンが残っているので、刑事時代の手づるでアカシア市の探偵社に再就職するつもりらしい。

「通勤圏ですし、決めました」

「なんという探偵社ですか」

「なんと、それがね、チャンドラー社っていうんです」

「しゃれた名だ。ハードボイルドですね」

「ま、浮気だの素行調査だのつまらぬ仕事でも、自分は出歩くのは好きですから。しかし、自分はそのつもりでも、フィリップ・マーロウにはなれませんねえ」

　改めて江戸村元刑事の一面を、瓜生は見た気がした。

第八章　宅配された醤油と酒

――「……わたしが驚いたのは、レイモンド・ポイントンはあまりにも容疑者の条件がそろっているからです」／『死との約束』（第一部第三章／高橋豊・訳）

1

その翌日……まるでタイミングを計っているように、まったく心当たりのない人物から宅配便が届いた。

包装を解くと、なんと醤油と酒だ。

すぐ一色の携帯に電話すると、

「ええ。うちにもきました。心当たりがないので早速調べましたが、差出人の電話番号も住所も氏名もデタラメでしたよ」

「やはり、醤油と酒ですか」

「ええ」

「キッコーマンと千歳鶴でしたか」

「そうです。暗号でしょうかね、この霊界からの宅配便は」

と、一色は冗談を言った。

「だとしても、〈贈り物暗号〉とはね、かなり変わっていますね」

「たしかに」

二人で考えたが、まったく謎が解けなかった。

宅配業者に問い合わせると、光越デパートからの依頼だそうだ。光越デパートに依頼者を問い合わせると、たしか高齢の女性というのみではっきりしなかった。

翌週、江戸村元刑事に会ったとき、土産にと問題の千歳鶴を渡して、わけを話した。

「謎解きはともかく、晩酌にどうぞ」

と、言うと、

「やあ、恐縮です。古巣に頼んで指紋を調べてみましょう」

と、さすが元刑事だけあって、具体的なことを言った。

「多分、犯罪の予告だと思いますが、起こってから、(ああ、これだ)と気づかされるのかもしれませんね」

と、瓜生は言った。

「来月二月一一日ですね、予告された日は」

と、江戸村が言った。「で、気がついたのですが、この日は火曜日ですよ。明らかに明確な意図があると思います。しかし、場所がわからなければ手の打ちようがないし、警察も動けませんな」

「ですね」

「小樽湊だと思いますか」

「これまでの経緯から推定すると、そうでしょうね」

「千歳鶴だから千歳かな」

「余市に日帰りで行ける鶴亀温泉というのがありますよ」

「なるほどなあ。つまり、千歳鶴は鶴、キッコーマンは亀甲萬で亀ですか」

「ああ、キッコーマン醤油のマークが六角形の真ん中に萬ですものね」

などと、半ば冗談まじりで言いあうばかりで、その先へ進まないのだった。

「ところで、お願いした件は」

瓜生が切り出す。

「これです」

江戸村元刑事は手帳を開いて応じた。

「文下華代さんは一九〇二年五月の生まれです」

「と言うと和暦では？」

「明治三五年。日英同盟成立の年です」

江戸村はつづけた。「輪郷氏は一九一三年、大正二年生まれです」

「なるほど、第一次大戦勃発の年の前年ですか」

瓜生はつづけた。「文下軍治さんはいつですか」

「一九〇〇年、明治三三年生まれです」

「ありがとうございます」

瓜生はメモして礼を言った。

「これがお役に立つのですか」

「ええ、まあね」

瓜生は言葉を濁した。「自分なりに、この事件の全体像を組み立てようとしているのです」

実は、むろん、まさかとは思っているが、あることを想像というか、想定というか、彼なりに考えていたのである。

が、江戸村元刑事は、納得がいかぬという顔をした。

「刑事の頭とはちがう構造のように見受けられますな、先生は」

ちょっと皮肉(ひにく)られた。

「ですから、いや、うまくは言えないのですよ、江戸村さん」

実際、まだ真相への道は遠い。いや、たどり着く道さえもわからない有様なのだと自覚しつつ、

「で、前回のときにお願いしたもう一つの件ですが」

「アリバイの件ですね。自分なりに整理してみました」

「うかがいましょう」

「たとえば」

江戸村元刑事は説明しはじめた。

2

そもそも、アリバイとは、犯罪が行なわれた時刻に現場にいなかったことの証明である。英語では〈alibi〉、語源はラテン語の〝他の場所に〟だそうだ。

「先生がたには改めて言うまでもありませんが、〈現場不在証明〉は容疑者を特定するよりは、容疑者候補をリストから外すことにこそ意味があります。我々は、こうして、捜査の効率アップをはかるわけです」

「なるほど」

瓜生は拝聴した。むろん知ってはいるが、この事件では容疑者になり得る動機をもった者が多すぎて、手間取ったようだ。

「結局、あまりにも数が多い容疑者候補からは犯人が特定できず、我々は躓（つまず）いてしまったのです」

元刑事の困惑の表情に同情せざるを得ない。

「しかし」

彼はつづけて、「リストアップされた容疑者は限りなく黒に近いのです」

「実際の犯行時刻は慎重に検証されたのでしょうね」

瓜生が訊く。「なぜなら、ミステリーの世界では、温度を変えたり、時計に細工をしたり小細工をやりますからね」

すると、

「その点に関してはまちがいありません、絶対に」

「では、もし、真犯人がアリバイ工作をするとすれば、犯行があった時刻に犯人候補が現場には行くことができないこと——を証明する本来のアリバイ、つまりラテン語の〝他の場所に〟になりますね」

「言われるとおりですよ」

元刑事はうなずく。不機嫌な顔だ。

「で、先にいただいた名簿の一〇名のアリバイは信頼できるものなのですか」

「ええ。我々刑事は足で歩き、一つ一つ潰していく。が、このケースは少しちがう。いや本質的というか質的にちがうものを感じました」

「どういうことですか」

「先に言いましたが、作為を感じたのです。つまり作られたアリバイというか」

「全員が偽証していると言いたいのですね」

一色が言った。

「ミステリーを読み慣れた読書家なら、すぐ『オリエント急行の殺人』を思いだすはず」

と、瓜生も言った。

「ああ、そう言えば」

一色も言った。「先生のお宅に伺ったとき、文下睦夫氏は『オリエント急行の殺人』にも触れておりましたね」

「ええ。たしかに」

「似ていると思いませんか」

一色が言った。

「ええ。しかし、似て非なるものかもしれない」

瓜生は応じた。「第一、それではね、一色さん、エピゴーネンを嫌っていた文下睦夫氏らしくない」

瓜生は腕を組んだ。

「いや。ニュータイプですよ」

一色が言った。「たしかに容疑者全員がまとまっているというのは、あの有名な長編ですが、彼らは乗客として犯行現場の車内にいたが、このケースでは殺人が実行されたとき、現場にはいなかったのです」

「つまり、立派に不在証明になっています。だから困るんです」

江戸村元刑事が弱々しく言った。

あれこれ話し込み、時計を見ると午後六時である。

二人を誘い、〈ファリントン・ギャラリー〉の近くにある民芸風の居酒屋〈江差〉に席を移した。

小上がりにおさまって焼酎を頼む。

塩辛なんかを肴に地元産の焼酎をやりながら、また話をつづける。

瓜生が江戸村元刑事に問い質したかったのは、アリバイの件だ。さきほどの口ぶりからすると、かなりユニークのようだ。

「文下氏と知内勇気氏はもう説明しました。昭和六一年二月一一日に、この二人が、犯行のあった手宮にはいなかったことは疑う余地がありません」

「先に進む前に質問を」

瓜生が言った。「文下睦夫氏の動機はなんですか、改めて訊くわけですが」

「最初はわかりませんでした、我々も。しかし、〈文下奨学会〉の奨学金受給者には、輪郷氏に対する強い反感があることがわかりました。全員に共通するのは、あの男を許すわけにはいかないという強い敵意です」

「ええ。つまり〈旭橋事件〉ですね。文下軍治氏を殺した主犯がだれか？ しかし、決定的な証拠がなく、まして、とっくに時効である以上、当局は捜査をつづけられない。だからこそ、彼らが天誅を下したという構図ですね」

そう言いながら、瓜生は、

（やっぱり、犯行の構造が、『オリエント急行の殺人』に似ているぞ）

と思った。

「実際、どうなんですか」

一色が質す。「当局はどう考えているのですか」

「我々は仮説は起てますが、公表しないし、裏づけをとってから判断するのが原則です」

「ぼくなんかは、限りなく黒だって印象を抱きますけどね」

一色が言った。

「個人であれば、どう考えようがかまいません。しかし、我々は公的機関です。先立つものは客観的証拠です」

江戸村元刑事はつづける。「昨年、自首してきた文下睦夫氏を取り調べたとき、こう言ったのが印象的でした」

彼はこう言ったそうだ。

「事件解決の手掛かりはすっかり出尽くしているのに、だれも気づかないのは心外だ」と。

元刑事はつづけた。

「それから、あの青白い顔でにやっと笑いましてね、『だから、自分は、これから死んで、冥界からメッセージを送りつづけるつもりだ』とね」

「つまり、我々は、エルキュール・ポアロでもミス・マープルでもないということですか」

と、瓜生は言った。「つまり、名探偵にはほど遠い凡人だと」

「ははッ」

元刑事は乾いた笑いをあげた。

痩せの大食いとでも言うか、江戸村元刑事は健啖家である。

瓜生も、焼酎をいろいろ試したが、いずれも美味かった。

江戸村元刑事も、酔ったせいか口が軽くなったが、やがて、びっくりするようなことを言い出したのである。

「実はね、先生」

元刑事は言った。「公表されていない話があるんです」

「つまり、逮捕された容疑者が真犯人であるという決め手、マスコミ情報ではなく、犯人だけが知っている事実ですね」

一色が言った。

瓜生も、

「いわゆる真犯人による〈秘密の暴露〉を、当局は期待するわけです」

つづけて、「内緒で教えてくれませんか。絶対に漏らしませんから」

すると、

「いや、そうじゃないのです」

「と言いますと？」

「我々は掴みました。〈手宮冷蔵倉庫事件〉の三ヵ月前、輪郷代議士は文下睦夫氏に会っているのです」

「えッ！　まさか」

「いえ、ほんとうです」

「というと、前年の一一月ですね」

瓜生には、意外そのものである。

「いったい、どこで？」

「ロンドンです。輪郷代議士は国際会議で英国へ行ったのですが、そのとき、エジンバラから文下睦夫氏を呼び寄せ、ロンドンのホテルで会っているのです」

「えッ！」

と、思わず絶句したほどの新事実である……。

3

その後も、いっこうに、頭の冴えない瓜生鼎(かなえ)である。最近、よくみる夢は冥界へ行った文下睦夫氏で、推理力のなさをあざ笑われているのだった。

ともあれ、気がつくと、今年もアカシア市の大通公園では、矢倉が組まれ、郊外から大量の雪が運び込まれて大雪像作りがはじまる。雪まつりは、毎年、道内ばかりか本州、海外からも大勢の観光客が訪れる一大フェスティバルである。

新聞発表によると、二〇〇三年の今年(平成一五年)は、二月五日から一一日までである。しかも、今年の最終日一一日が火曜日なのだ。

瓜生は、あの予告された事件の舞台が、小樽湊ではなくアカシア市かもしれないと思いはじめていた。

妻の霊子に相談すると、

「あり得るわ」

と、言った。

「主婦の勘で、なにか思いつかないかい」

と、言うと、

「私は主婦とは言えないかもね、あなた」

と、笑った。

「例の謎のメッセージだけど」

「ああ、日本酒と醤油ね」

ぜんぜん、考えていない顔つきで、「あら、元刑事さんとの話で鶴さんと亀さんになったんじゃありませんの」

「しかし、霊子さん、あの贈答品が鶴と亀でも、その先がさっぱりだよ」

画廊事務所に客が来たので話は打ち切りとなり、瓜生は〈ロック・ガーデン〉へ行き、コーヒーを飲むことにした。

しかし、カフェインの効果はほとんどない。頭が冴えてこないのだ。

瓜生は、カウンターの隅っこでぼんやりとした。

すると手空（てす）きになったせいか、マスターの山庭夏彦（やまにわなつひこ）が声を掛けてきた。

「元気ないですねえ」

「ないない」

と応じて、「マスターは若いころミステリーを読みましたか」

「齢をとっても読んでますよ」

「じゃあ、訊くが、容疑者全員に動機があるが、アリバイが証明されている事件がある。マスターはどう考えますか」

「簡単です」

「ほう、そう来たか」

「ええ。全員が嘘をついているんですよ」

「やはりね。マスターの推理脳は、けっこう標準モードだね」

「ちがうんですか」

「日本では現場不在証明と訳されているが、語源のラテン語の本義は〝他の場所に〟だそうです。最近は時刻表トリックが流行りだが、日本の始祖は誰だと思う？」

「松本清張ですか？　一応は」

「人口に膾炙させたのが、有名な『点と線』でしょ」

「ああ、あれね」

山庭は言った。「あれが発表されたのは、先生、いつでしたっけ？」

「昭和三二年だったと思う」

「先生、当時はまだ空路は珍しかった。しかし、今でもあれが通用すると思いますか」

「さあねえ」

瓜生は返事を曖昧にした。

と、

「そうそう、忘れていました。先週でしたか、先生ぐらいの年輩のかたが見えられましてね、ブルーマウンテンを一杯飲んで、これを置いていきました。宛先は先生です」

「ほう」

受け取って封を切る。思わず、どきっとした。

——次のような文面であった。


一個六円の亀の飴玉をある数買い、一個二円の鶴の飴玉をある数買った数の合計が一〇個、支払った値段が五二円でした。

亀の飴玉と鶴の飴玉はそれぞれ何個ですか。


「簡単だ」

瓜生は即座に言った。「マスター、メモ用紙をちょうだい」

早速、計算を始めた。

「連立方程式だから易しい」

書きつけたのはこんな式だ。

亀の数をX、鶴の数をYとすると、

6X+2Y=52
X+Y=10
X=10-Y

6（10-Y）+2Y=52
60-6Y+2Y=52
60-4Y-52=0
8=4Y
Y=2
X=10-2=8

「答えは亀が八個、鶴が二個。合計で一〇個。金額は亀が四八円、鶴が四円で、総額五二円。できたでしょ」

　すると、

「これも」

と、山庭は新たに封書②を渡した。

切り抜き文字でこう書いてあった。

連立方程式を使うのは御法度（ごはっと）

瓜生ははっと気づく。

「マスター、そのくだんの人、何か付け加えていなかった?」

「ああ、そう言えば、ヒントは宅急便で送ってあるとか」

やはり、千歳鶴が鶴、キッコーマンは亀だったのだ。


その夜、自宅で妻と食事をしながら話す。

「霊子さんは、方程式を使わない鶴亀算の計算の方法を知ってますか」

「鶴の足は二本、亀は四本のあれね」

「知っているんだ」

「日本に渡る前、中国では雉と兎だったそうよ」

霊子によれば『孫子算経』にあり、〈雉兎同籠（ちとどうろう）〉と言ったらしい。

妻はつづけた。

「これが江戸時代に渡来して、雉子と兎が鶴と亀に変わったそうよ」

たとえば、こんな問題。


鶴亀の合計が八、足の合計が二六本なら、それぞれ何匹と何羽か。

「これ、たしか中学数学で習う方程式の問題よ。でも、それが使えないのなら、ちょっと発想を変えないとね」

と、霊子が言った。

つまり、方程式を使わぬのが算術だが、頭の体操で、一応、答えは暗算でもわかる。たとえば、全部が鶴（二本足）と仮定すれば一六本で、二六本に一〇本足りない。亀（四本足）に入れ替えれば一匹につき二本増える。不足分一〇本を増やすのは亀が五匹、従って鶴は八引く五で三羽。検算すれば、亀五匹で二〇本。鶴三羽で六本。合計二六本で正解である。

食事のあと、妻は仕事部屋に行き何かしていたが、瓜生がテレビを観ている食堂に戻り、

「ネットで調べたら、鶴亀算って面積算で解くらしいわ」

と、伝えた。

「でもね」

彼女は首を捻った。「謎々（なぞなぞ）さんが、この問題を出してきた意味がわからないわ、ぜんぜん」

「いや、霊子さん、今、面積算と言ったね」

瓜生は、思わず声高に応じた。「それだよ、きっと。鶴の飴玉が二個、一個二円で合計四円。亀の飴玉が八個で一個六円で四八円。合計五二円でしょう。つまり、この数字は〈手宮冷蔵倉庫〉の本体部分と設備室の面積を表しているんですよ」

[間奏曲]　〈クリスタル・アート・バー〉

札幌便は満席であった。ジャンボ機は、羽田を飛び立ち千歳までの一時間半ほどの飛行をはじめる。このところ生活が困窮しているので、男にとっては久しぶりの飛行機だった。昔はそうではなかった。ちょうど一七年前に、親分が不慮の死を遂げるまでは……。

寄背輝亀(よせてるき)はもう八二歳である。

一応は年金生活者だから、応分の生活はできるものの、贅沢(ぜいたく)はできない。しかし、久しぶりに運が向いてきたのだ。先日、弁護士と名乗るものから電話が来て、遺産分与があるから小樽湊市まで来て欲しいと言われたのである。

最初はてっきり詐欺(さぎ)かと思ったが、往復航空券と現金一〇万円の入った現金書留が届いたので、その気になった。

電話の話では建国記念の日の二月一一日（火）午後、航空券どおりの便に乗れば、新千歳空港まで旅行社の者が迎えに来るということであった。その日はアカシア市に泊まり、雪まつりの最終日を見物し、翌日一二日（水）は朝里川温泉泊。

一三日（木）、隣接する小樽湊へ移動して、一位盛邦法律事務所で手続きをすませ、同日、新千歳から空路、東京へ戻るという日程であった。

至れり尽くせりの扱いではないか。あの男には似つかわしくないと、彼の性格を知り尽くしているつもりの寄背は、はじめは思った。怪しいと言えば怪しい話だが、弁護士の説明では、行方のわからなかった遺書が、最近、見つかり、その中に彼の名もあったというのだ。

（虫の知らせというが、人間も死期を悟ると花咲爺さんになることもあるからな）

と、寄背は勝手に思い込んだのである。

不審死を遂げた輪郷納太と愛人の側衣珠世、それと昔馴染みの赫猪勇夫のことで、彼と仲間二人も小樽湊署に呼ばれて事情聴取を受けたことがある。

輪郷事務所では、裏方三人組と呼ばれていたのが彼らだ。当時の裏参謀、側衣珠世と赫猪勇夫の下で働いていたのである。おかげで、当時は羽振りがよかった。

三人組とは寄背輝亀、阿尾旨彦、朽火章児である。

（輪郷先生との付き合いは釧路時代からだった）

彼らは輪郷のためとあれば、捕まれば死刑になりかねない仕事もしてきたのだ。

いつも忘れたいと思っているし、第一、恩義のある〈作倉田水産〉の社長夫妻を裏切った負い目もある。彼らは主犯らの逃亡を援けるため、漁船を用意し、真冬の海を突っ走ったのだ。

襟裳岬を回り、様似で彼らを下船させた。そのまま漁をし、何食わぬ顔で釧路に戻ったが、待ちかまえていた警察に事情を聞かれた。

しかし、証拠がなく帰されたが、釧路には居づらくなり、第一、網元が倒産したので、彼らは主犯の男を信用して、小樽湊へ向かったのだ。

ところが、あの〈北洋海産〉社長の文下軍治の殺害を手伝うはめになった。

今度は実行犯であるから、罪は重い。

いずれにせよ、遠い昔の話だ。歳月が、彼らの遠い昔の罪を洗い流してくれたのだ。


飛行機は少し揺れたが、新千歳に着く。着いて驚いたが、昭和六一年以来音信のなかった仲間も同じ飛行機に乗っていたのだ。

再会を祝う気にはとてもなれない。第一、経済的にも困窮しているのか、みな老け込んでいた。

荷物を受け取って出ると、三人の名を書いたボードを持った女が待っていた。胸のところに、〈並木路子、クリスタル・ツアー〉と書いたネームがつけられていた。

「こちらです」

と、外に出て、タクシーに乗り込む。

女は運転手に、

「アカシア市内、ホテル・ウインターまで」

と、言った。

助手席に乗った女は、型どおりの挨拶をし、日程を伝えた。弁護士が電話で伝えた内容と同じであった。

高速を使って約一時間、中島公園に近いホテルに着く。

一時間の休憩後、午後六時にロビーに集合、またタクシーで大通会場へ。さすがに夜間照明に照らし出された大雪像は見事であった。

それから徒歩で薄野方面へ移動し、郷土料理の店〈北前(きたまえ)〉で夕食を摂る。その後のスケジュールは自由行動になっていたが、

「お疲れでなければ、若い子のいる店に案内しますわ」

もとより、異存はない。

途中で若い子たちと出会う。観光会社の女と顔見知りらしい。

「とても珍しい氷のバーがあるんです。すぐ近くですって」

異存のあろうはずはない。

〈クリスタル・アート・バー〉というらしい。

目隠しの塀の中の敷地が氷の庭園になっていた。点滅する七色でライトアップされた氷の造形が浮かび上がる。

三人は思わず感嘆の声を挙げる。

導かれて氷の造形群を進むと、やはり氷のドームがあった。入り口はアーチのトンネル、暗くて手探りである。床が滑るのでそろそろ進むと、厚い幕が降りていて、それを潜ると幻想的な水晶宮である。

ホールの中央は数段下がった大きな凹みになっており、床まで木製の階段が据えられていた。

若い者向きの音楽（サウンド）が鳴り響いていた。他に客はいなかった。彼らは氷のベンチをすすめられた。

風のない分、外よりはましだが、やっぱり氷の部屋は寒い。若い女たちが体を寄せてきたので体温が伝わる。悪い気はしない。歳はとっても男は男だ。

和服姿のママさんが酒の瓶とグラスを運んできた。

「極上の火酒（ウオトカ）よ。氷のおうちで体を温めるにはこれが一番よ」

極上品らしい。七〇度もある。ひと口飲むと食道が導火線になり、胃袋が火薬庫になった。

酒は強いほうだが、酔いが回ってきた。歳には勝てないのか、久しぶりで旅行した疲れのせいか。

一人あたり二〇〇〇万円の遺産が受け取れるとあって、心も高揚していた。

電話の話は本当だったのだ。あの男が彼らに残した遺産だ。受け取って当然の働きを彼らはしたのだ。

それだけの理由があった。あの〈旭橋事件〉のときも、その後も、彼らは輪郷代議士の命令で、しばしば、危ない仕事をこなしてきたのだ。

政治的ライバルを失脚させる裏工作。闇の資金集め。政界の裏の裏まで知り尽くしての暗躍。彼らの親分が、とかく黒い噂があるにもかかわらず、政財界から恐れられていた理由でもある。

つまり、秘密を知りすぎている彼らは、親分の派閥（はばつ）からは危険な存在だった。しかも、輪郷が死ぬと庇護する者がいなくなった。

だから逃げた。

姿を消した。

彼らが検察の手に落ちるのを恐れ、殺し屋を差し向けるかもしれないからだ。


——ともあれ、輪郷代議士が死んでから一七年目である。

(そうだった。忘れもしない五六年前のあの事件……)

酒に意地汚い彼ら三人は火酒（ウォトカ）に酔い痴れた。

「体が燃えるでしょ。みなさん」

さきほどまでいた、若くてピチピチしたバニーガールは、いなくなっていた。和服姿のママさんもいなくなっていた。

かわりに、ずいぶんしなびたバニーガールが、酒をすすめる。

どんどん勧める。

どんどん勧める。

どんどん勧める。

「ああ、全身が火照ってきたぞ」
「ああ、胃袋が火事になったぞ」
「火事だぁ〜火事だぁ〜 大火事だぁ〜」
「じゃあ、脱がせてあげる」
「よせ、よせよ」

「悪い悪い狸さんたち」
「おいおい」
「遠慮はいらないわ」
「おい、よせよ、よせよ」

かちかち山の狸さん
あなたの背中が火事ですよ。
カチカチ

火酒(ウオトカ)飲んだお客さん
お腹の中が火事ですよ。
カチカチ

奇妙な節回しで、しなびたバニーガールが歌い始める。
「おいおい。止めろ。興ざめじゃないか」

わーるい狸は泥船に
ブクブク
火酒(ウオトカ)飲んだお客さん
氷のお鍋で
ツールツル

しなびたバニーガールが囁く……
甘い匂いだ……

眠くなーれッ

眠くなーれッ

目覚めたとき彼らは、水浸しだ。

慌てて逃げようとするが、鍋底(なべぞこ)のような氷の凹みから、どうしても脱出できないのだ。

「おわかり。これが、かちかち山の処刑法よ」

彼らを残して、黒い影が消えた……

[第三部]

第九章　事件は起こったのか？

――ある日偶然に、あなたが何年も前――十九年か二十年も前に――殺人がおこなわれたことを暗示するような事実を見つけたとする。（中略）あなたならいったいどうなさる？／『スリーピング・マーダー』（5、Ⅱ／綾川梓・訳）

1

大通会場の大雪像は、紫禁城、江戸城、黒船来航などであった。最近は、主催者の発表では観客が二〇〇万人にもなるらしい。もっとも地元では、家庭に小さな子供でもいないかぎり、あまり見に行かない。瓜生の場合も、例年、タクシーの窓越しに眺めるだけである。

――ともあれ、一一日から数日間ニュースを注意したが、事件の報道は皆無であった。瓜生自身は拍子抜けしたが、一色も江戸村元刑事も同じだった。

それから、昨年渡した原稿のゲラが出たので、書斎に籠もる。加筆したり削除したり、けっこう時間がかかってしまった。

三月に入ると個人と会社の税務申告がある。多くは税理士に任せているが、個人でまとめておく取材費等の領収証の整理もいる。

申告は無事に終わり、堂順肇（どうじゅんはじめ）税理士が納税額の書類を持って画廊に来た。しばらく、近年の出版界や電子本などについて雑談していると、

「ああ、そうだ。お訊きしたいことがありました」

堂順氏が言った。

「なんでしょう」

妻が言った。

「実は取引先のご主人が亡くなって、私が遺産相続のお手伝いをしているのですが、十川華代（そがわはなよ）の少女像、ブロンズの彫刻ですが、幾らくらいするでしょうか」

妻が訊く。

「大きさは？」

「三〇センチぐらいです」

「そうですね、美術品はバブル時に比べると哀しいくらい値が下がっているから、三〇万から四〇万円くらいだと思いますわ」

「価格評価証明、お願いできますか」

「むろん、できますよ」

と、瓜生は妻に代わって応じながら、突然、あることに気づく。

堂順税理士を送り出してから、早速、画廊事務所のパソコンで十川華代の経歴を調べ、どきっとした。

「霊子さん、ここへ来てみて！」

と、叫んだ。

「まあ」

と、驚く妻の一声。

十川は文下軍治（ほうだしぐんじ）氏と結婚する前の姓だったのである。

「あなた、まさかのまさかだわ」

と、妻も押し殺し、「今まで気づかなかったなんて、画廊経営者、失格ね」

生年月日も、江戸村元刑事から教えられたのと同じで一致、一九〇二年生まれの彼女は、満一〇〇歳である。

さすがに今は制作から離れているが、戦前から文下家に出入りしていた盛本一郎（もりもといちろう）に師事、はじめは絵画を学んでいたが、やがて道内では著名なアバンギャルド作家の本多昇（ほんだのぼる）について、彫刻をはじめる。

やがて、道内公募展だけではなく、中央団体展でも入選を重ね、草原会（そうげんかい）会員にすらなった。

ネットで検索してみると、ブロンズやテラコッタの小品が得意らしい。

「立派だわ」

と、霊子が言った。「夫なきあと子供を育て、〈文下奨学会〉の運営を曲がりなりにもつづけられているし、とても興味があるわ」

「一度、会ってみたら」

瓜生は勧める。「うちで企画展をやるのもいいと思うけどな」

「そうね。考えてみますわ」

と、彼女も乗り気だ。

「華代さんの実家は、たしか、釧路の網元のはずだよ」

「ちょっと待って」

霊子は、事務所の片隅にある書棚で囲った書庫へ行き、ロッカーをあけ、

「あったわ。これよ」

と、手にしたパンフレットを差しだしながら、言った。

「よくあったね」

ずいぶん、昔、釧路で開かれた個展のパンフレットである。

「見て、ここよ」

開かれていたのは、十川華代が書いた『釧路の思い出』という一文である。短いものだが、必要なことは書いてあった。

推察するに実家はもう孫の代だろう。当時を知る者はもういないかもしれない。

「あなた、釧路にこだわるわけは？」

勘のいい妻が訊く。

「殺された文下軍治さんは、死の直前に釧路へ出張しているんだ」

「聞きましたわ」

彼女はうなずく。「ああ、じゃあ、軍治社長は、資金繰りを奥様の実家に頼んでいたのね、きっと」

瓜生もうなずく。

2

外気はまだ肌寒く、庭の隅には、屋根から落ちた汚れ雪がまだたくさん残っている。

瓜生は、窓の外を眺めながらあまりにも物憂かったので、コーヒーを淹れることにした。豆から挽く。摂氏九〇度のお湯を少しずつ。儀式の気分だ。

妻がいないので、ゆっくりモカを味わいながら、チャンドラーが読みたくなった。

文庫本に挟んだ栞のページを開く。『さらば愛しき女よ』を読み進めながら、ついつい理想の男性像を思い描く。清水俊二訳が好いせいもある。

（チャンドラーの文体で、クリスティーを書き直せぬものだろうか）

などと思考の流れにそって、ふと、思いつく。

むろん、テーマと文体は、不可分な関係にあるものだから、簡単にやれるはずはない。だが、チャンドラーは、風景を描きながら主人公の心理を描写する技術を持った稀有の作家の一人だ。

一方、瓜生は季節のことも考えていた。今年の雪融けの速さは例年通りだ。瓜生の家では、庭の雪は、日陰側に落ちた雪が最後まで残る。実は今朝、妻と例年通り賭をした。屋根から落ちた最後の雪が無くなるのは、五月の連休前か、連休中か、連休後か。妻が連休中と言ったので、連休前に彼は賭けた。

チャンドラーを区切りのいいところまで読んで栞を挟み、書斎に移って締め切りのあるエッセーを片づけることにした。

パソコンを立ち上げるとメールが届いていた。

署名は例の〈3732623〉である。

事件はまだ終わっていなかったのだろうか。

ウイルスとスパムをチェックしてから、ファイルを開く。

またしても霊界通信は暗号文である。

差出人自身が楽しんでいるのだろうか。

瓜生の能力を試しているのか。

早速、一色圭治の携帯に電話すると、

「ええ。来ましたよ。今、解読を試みています」

「わかりましたか」

「さっぱりです。新手の暗号ですね」

「出てきませんか。会って相談したい」

「美術館の帰りに画廊に寄ります」

「一色さんに、うちの家内が加われば三人で、ははっ、〝文殊(もんじゅ)の知恵〟ですよ」

約束どおり、午後七時すぎに〈ロック・ガーデン〉に集合。マスターが最近はじめたピザをやりながら、鳩首会議(きゅうしゅかいぎ)を始める……。

添えられた一文はこうだ。

帆人力車脚立定規仮面鉄骨脚立踏台脚立橇橇反射板太陽反射板仮面反射板線路襟脚立門脚立
鞍馬仮面定規仮面反射板線路腹棚
蚯蚓鉄骨線路橇橇腹脚立定規太陽定規線路反射板脚立鞍馬脚立鞍馬脚立線路鞍馬脚立反射板
反射板仮面襟太陽蚯蚓太陽腹脚立定規棚

鍵は〈襟夫〉

「最初はてっきり文字化けかと思いましたよ」

一色が言った。

「なるほど、〈文字化け暗号〉ねえ。第三者には、これが文字化けと思わせ、消去させることができれば、使える暗号だよ」

と、瓜生は冗談を言った。

「まじめに取りかかりましょう」

妻がうながす。

「手がかりは?」

一色が言った。

「〝鍵は〈襟夫〉〟って何かしら」

霊子が言った。「どこから手をつけていいのか、わからないわ」

「〝三人寄れば文殊の知恵〟でも、お手上げですね」

一色も言った。

すると、

「そうでもないわ」

プリントアウトした紙を眺めていた霊子が、「ヒントならあるわ」

明るい声で、「みなさんも手伝って」

彼女の指示で頻度表ができあがった。

「なるほど。ホームズ探偵が『踊る人形』で使った暗号解読法だね」

と、一色が言った。

「一番多いのが〈脚立〉ね。一一個あるわ」

霊子。

「反射板が七個、仮面と定規が五個」

瓜生が言った。「それで……」

「脚立が、他の単語を挟んで、一つおきに出る頻度が高いところをみると、脚立が日本語の母音の一つである可能性が高いわ」

「なるほど。じゃ、ローマ字文ですか」

一色が言った。

「だとすると、当然、母音の頻度も高い。それから、ローマ字文では統計的にI、O、Aの頻度が高いんですって」

霊子が言った。

「ローマ字では、撥音(はつおん)は同じアルファベットを重ねるのが決まりだ。とすると、たとえばね、二段目の〈反射板〉がそれだ」

「なるほどね」

一色が言った。「ここに撥音のある単語があると考えられますね」

だが、残念ながら、それ以上の進展はなかった。

3

翌日、一色圭治に頼んでおいた、十川華代（そがわはなよ）こと文下華代の住所がわかった。

「しかし、先生。十川先生の入居している高齢者マンションはケア付きでしたので」

一色が教えた。「直接、管理事務所へ電話したところ、華代さんは肺炎に罹り、当分、面会できないそうです」

「わかりました」

と、応ずると、

「釧路の実家の住所も、美術館の資料でわかりましたよ」

と、住所を教えた。

同じ北海道でありながら、釧路は遠いという観念が瓜生にはあった。しかし、ネットで調べてみると、昔とは大違いだ。列車で約四時間である。瓜生は釧路行きを決めた。

——翌々日、アカシア駅を午前七時に出発、帯広経由で釧路に午前一一時に着く。

予約しておいた市内のビジネス・ホテルにチェックイン、早速、教えられた番号に電話した。

話は小樽湊美術館の一色館長からも通っていた。

「まだ企画段階ですが、小樽湊美術館と共催で行ないたいと願っております十川（そがわ）先生の回顧（かいこ）展のことで、お話をお伺いしたいのですが、これからお訪ねしてもよろしいでしょうか」

先方のＯＫが出たので、早速、ロビーに降り、レセプションで道順を聞く。

「十川商店さんですね」

受付のスタッフは、市内地図を広げて教えてくれた。

釧路沖は地震の巣だ。その度に、必ずテレビが津波の状況を知らせる定番スポット、幣舞（ぬさまい）橋をタクシーで渡る。

今日は日差しが強い。

陽光を反射する河口の波が抽象模様を作る。

瓜生はタクシーの窓を開けた。

まぶしく反射する北の光。

ひんやりと冷たい風は、潮の香を含んでいる。

橋を渡ったところで、川の左岸を海の方へ進むと入舟（いりふね）町だ。十川商店はここにある。

学生時代に一度来たきりで、以来、半世紀が経っている港街の顔は、ずいぶん、印象が変わっていた。

「あれですね」

運転手が指さす。

十川商店の看板だけがめだって大きい。店構えは古びていた。店内に入ると、魚介類の乾物が並んでいる。

往時の繁栄は、ずうっと前に終わったようだ。

瓜生はふと、

(昭和二二年二月、文下軍治氏がこの場所にいたのだ)

と、思った。

いや、成仏できない彼の存在を感じたのだ。

瓜生は、軍治氏を知らない。だが、子供のころ、同じ小樽湊に住んでいたのだから、もしかするとすれ違ったことがあったかもしれないのだ。

十川商店の長年の風雪で脱色されたようなガラス戸の前で、瓜生は、また、彼の気配を感じた。

軍治氏の時間と瓜生の時間とが、重なっているような感覚にとらわれたのだ。

うまくは言えないが、たとえば、アニメ映画では絵を描いたセルを何枚も重ねる。この表面に重なったものの層をレイヤー(Layer)というのだ。

(人生は、人それぞれ、個人個人の時間というものは、このレイヤー構造をしているのではないか)

(だとすれば、個々人それぞれのレイヤーが重なることが、他者との出会いの場面なのではないか)

突然、そんな感慨にとらわれ、頭から離れない自分を感じた。

海の香が彼の脳裏にしまいこまれていたなにかを、呼び覚ました。

数人の男たちの中に女も交じっている光景を、港に停泊中の船舶から漏れる光が映しだしていた。

彼らはぐったりした人を抱え込んでいた。

やがて、運河になにかが落ちた音を記憶の底で聴いた……

4

店に入り、声を掛ける。

最初は、若いお嫁さんらしい人が奥から出てきて応対し、ついで三〇代の青年が挨拶して名刺をくれた。

聞くと、代が二度替わったようだ。

十川華代（そがわはなよ）とは没交渉だという。血縁でもないそうだ。十川商店は番頭だった人が譲り受けたものらしい。

「先々代の番頭をしていたのが、私の祖父です」

彼は教えた。

近くに住んでいるらしい。お嫁さんが案内してくれた。

江藤章雄（えとうあきお）と言い、末の娘と同居しているらしい。

満九五歳というが矍鑠（かくしゃく）たるものである。記憶力もまだ健在だった。

十川華代の作品について訊ねると、釧路には知人関係へ頒布（はんぷ）された作品があるはずだということだった。

それから、昼間だというのにビールを出された。昔話をできるのが嬉しいようだ。

そういうわけで、次第に時間を遡り、あの暗い時代まで……。こうして、瓜生は、まったく予想もしていなかった話を、この老人から聴いたのである。

文下軍治は小樽湊出身だが、若いころ釧路で修業した。そんな関係で、小樽湊で知り合った釧路生まれで画家志望だった十川華代と親しくなり、結婚したらしい。

「軍治さんは、かわいそうなことをしました」

と、老人は話した。

「よく記憶されておられますか」

「むろんです。文下さんの会社は、親の代から国後(くなしり)にも出張所がありましてな、釧路支店の管轄(かんかつ)だったんです」

老人はつづけた。「それで、戦争の前から、戦時中もだが、よく出張して来られました。そのつど、必ず、軍治さんは、お嫁さんの実家に泊まっておりましたよ。むろん、あのときもです。軍治社長は十川さんとこに泊まりました」

当時、自宅は同じ敷地にあったそうだ。

「実は、私も夕飯のときに同席して、合成酒ではない、あのころでは貴重品だった本物の日本酒をご馳走になりましてな、だからよく覚えておるんです。まして、紀元節の日の朝、釧路駅まで店のオート三輪車でお送りしたのは、この私ですからなあ」

新事実を聞かされたのはその後である。前夜の夕食の席で、町の噂を十川商店社長十川竜平氏が話したという。

「いいえ、なにね、生きているうちは話すのはタブーってやつだったがね、もう死んで随分になるからかまわんでしょう。暮れの、つまり、そう戦争に負けた翌年……」

「昭和二一年ですか」

「そう、その年の師走も押し迫ったとき、近所で強盗殺人事件があったんです」

「この町でですか」

「むろん。昔は網元の多かった、この入舟町でじゃよ」

「被害者は？」

「戦争に負けるまでは、北洋漁業で大きかった網元の夫婦ですよ」

江藤は教えた。

老人によると、文下軍治は若いころ、被害者の作倉田賢治社長のもとで働き、商売のイロハを習ったそうだ。

「軍治さんが釧路に来たのは、恩人の作倉田社長の墓参りもあったからです」

「犯人はつかまったんですか」

「いや。なにせ戦後の混乱期だったからのう、一時は進駐軍の犯行じゃないかって噂があった」

「進駐軍ですか」

「現場に大きな靴痕が残っていた」

「えッ」

瓜生は胸が苦しくなった。

「十三文半です」

「十三文半ですか」

と、瓜生は繰り返す。

つづけて、「なんだか、十三文半が象徴記号のようですね」

「はあ？……つづけてよろしいか」

「お願いします」

「犯行現場に残された足跡から、犯人は二人とわかりました。通行人の目撃者の証言で、長身の男が主犯らしいともわかった」

「その話を十川さんから聞いたんですね」

「そうだが、わし自身も近所の人から聞いていた。作倉田さんの住宅兼事務所に強盗が押し入ったのは、夜明け前だったそうだ。犯人たちが去ったあと、朝一番で店の者が来たときは、まだ奥さんは息があった」

江藤老人はつづける。「すぐ非常線を張ったが捕まらなかった。ところが、店の前を流れる釧路川の岸に繋いであった〈作倉田水産〉の漁船一隻が、配下の漁師三名とともになくなっていたとわかった」

「それで？」

「ええ。当時、噂になっていた主犯らしい長身の男の人相風体を聞かされた軍治社長が『もしかするとあいつじゃないか』って言ったんですな」

「名前は言わなかったのですか」

「言わなかったが、軍治社長は、さらにね、妙なことを言ったのを覚えていますな」

「妙なことってなんです」

「ええ。『もしそうなら私の責任だ』とね」

「私の責任、ですか？」

「まちがいねえですよ」

江藤老人はうなずき、「すると、うちの社長がこう言ったんです。何度も、反芻（はんすう）しているから、しっかり、記憶に刻み込まれているんですよ」

「で、何と？」

「それが妙でねえ、どうも解せんのです」

と、首を振りながら、つづけた。「うちの社長が『あいつがねえ』と」

「なるほど変ですね」

瓜生は応じながら、「で、その強盗殺人事件で盗（と）られたのは？」

「現金です。はっきりしないが、けっこうな額と聞いておるよ」

なにせ、半世紀以上も前の話なので曖昧（あいまい）なところもあるが、曖昧さのなかにも真相が見えているような気がした。

瓜生はつづける。

「あなたが軍治さんを駅まで送った際、なにか言っていませんでしたか」

と、訊く。

むろん、答えを期待したわけではない。

「お金のことかい。うちの社長から借りた金は、なんせ物騒な時代でしたからな、いつもの習慣でシャツの下に着込んだ腹巻きの中に大事そうにしまっておったな。それから、ああ、あれはどういう意味だったのかと、小樽湊で軍治さんが殺されなさったあとで、何度も思い返していたので、まだ覚えておるんだが、いやね、オート三輪車が駅に着いたとき、そら、あのころ流行った『リンゴの唄』ね、あれが駅前のどこからか、スピーカーから流れていたのを聴くと同時に、軍治さんが、急に、はっとした表情になり、血の気の失せた白い顔になったんで、『社長さん、どうかしましたか』って聞いたんだ。しかしまあ、オート三輪車の荷台は吹きっさらしでね、なにせ釧路の二月はマイナス十何度もざらだからねえ、風邪でも引いたのかもと考えたりしてね……」

やがて、江藤宅を辞した瓜生は、帰り道はそう遠くないとわかり、ホテルまで歩く。

道々、瓜生は、『リンゴの唄』を口ずさみながら、

（子供のころの記憶だが、よく覚えているものだ）

と、我ながら感心しつつ小首を傾げる……。

——ともあれ、終戦直後は、何もかも進駐軍が最優先の時代だったから、列車も彼らをやり過ごすのに何度も停まったはずだ。

従って、小樽湊まで、一二時間以上かかったようだ。だから、当日の朝、釧路駅を発っても、小樽湊に着いたのは夜の九時すぎだろう。

一方、肝心の十川華代の作品は収穫がなかった。幾点か石膏作品があったらしいが、大地震が多い釧路では壊れる確率が高いらしいのだ。

5

翌日、午前中の列車に乗る。

根室(ねむろ)本線にも春は近づいているが、山々にはまだ冬が居座っている道東の景色が後方へ流れる。帯広までは、北海道の広さを実感させる車窓の眺めだ。

走行音と緩やかな揺れに身をゆだねながら、ぼんやりしたのが脳を解放させたようだ。ふと、思いついたので、例の〈文字化け暗号〉、すなわち〈漢字単語暗号文〉のコピーを取り出す。わかりやすい

ように編集し直したものだ。

　帆　人力車　脚立　定規　仮面　鉄骨　脚立　踏台　脚立　橇　橇　反射板　太陽　反射板
仮面　反射板　線路　襟　脚立　門　脚立　鞍馬　仮面　定規　仮面　反射板　線路　腹　棚
　蚯蚓　鉄骨　線路　橇　橇　腹　脚立　定規　太陽　定規　線路　反射板　脚立　鞍馬　脚
立　鞍馬　脚立　線路　鞍馬　脚立　反射板　反射板　仮面　襟　太陽　蚯蚓　太陽　腹　脚
立　定規　棚

（これがローマ字換字暗号だとすれば、このそれぞれが関連性のない単語は何か。おそらく、アルファベット二六字に対応しているのではないか）

瓜生が最初に考えたのが右の仮説だ。

普段、パソコンはローマ字入力だから、彼はアルファベットには慣れている。

（もしかすると）

最初の〈帆〉はHOのHだろうか。

英語のsailか、canvasで、SかCだろうか。

次の人力車は、日本語起源でjinrikishaまたはrikishaである。ならばJかRか。

脚立は、stepladder のSだろうか。

（いや、うまくいかない）

なぜなら、日本語は子音が母音とくっつく特性がある。頻度からみて、脚立がローマ字の母音である可能性が高いのだ。計算すると、全単語（六〇語）中一一語であるから、約一八％である。

しかし、それ以上はうまくいかない。だが、古代エジプトの神聖文字（ヒエログリフ）が形から来ていることを、彼は思い出した。

たとえば、アルファベットも、Aの起源は聖牛（アピス）の頭部を逆さにした形である。

（もしかすると、この換字暗号もそうかもしれない）

（単語の意味ではなく、ヒエログリフのように形からきているのではないか）

彼に天の啓示がひらめく。

（そうか。脚立の形はAだ）

これが正しければ一歩前進である。

（定規はTかもしれない）

と、次に考えた。

（Tは子音だから、次に来るのは母音のはずだ）

まだ仮定の段階だが、瓜生はそう考えた。

となると、

定規＋仮面／定規＋太陽／定規＋線路／定規＋棚
は、タ行のうち、〈た〉を抜いた〈ち〉〈つ〉〈て〉〈と〉のいずれかに対応するはずだ。

このとき、母音は〈Ｉ〉〈Ｕ〉〈Ｅ〉〈Ｏ〉である。

もし、形態による換字暗号なら、似た形を考えればいいはずだ。

たとえば、〈Ｏ〉は〈太陽〉に似ている。次に〈仮面〉は〈Ｕ〉に似ている。問題は〈Ｉ〉だ。

残りは〈線路〉と〈棚〉だが、レールの切断面は〈Ｉ〉そっくりだ。となると、残る〈Ｅ〉は〈棚〉である。

（そうか。〈Ｅ〉は二段の棚の断面に似ているぞ）

以上の仮説を、暗号文に入れてみると、こうなる。

帆　人力車　Ａ　Ｔ　Ｕ　鉄骨　Ａ　踏台　Ａ　橇　橇　反射板　Ｏ　反射板　Ｕ　反射板
Ｉ　襟　Ａ　門　Ａ　鞍馬　Ｕ　Ｔ　Ｕ　反射板　Ｉ　腹　Ｅ
蚯蚓　鉄骨　Ｉ　橇　橇　腹　Ａ　Ｔ　Ｏ　Ｔ　Ｉ　反射版　Ａ　鞍馬　Ａ　鞍馬　Ａ　Ｉ
鞍馬　Ａ　反射板　反射板　Ｕ　襟　Ｏ　蚯蚓　Ｏ　腹　Ａ　Ｔ　Ｅ

さらに、わかった文字を代入すると、

　帆　人力車　Ａ　つ　鉄骨　Ａ　踏台　Ａ　橇　橇　反射板　Ｏ　反射板　Ｕ　反射板　Ｉ
襟　Ａ　門　Ａ　鞍馬　Ｕ　つ　反射板　Ｉ　腹　Ｅ

　蚯蚓　鉄骨　Ｉ　橇　橇　腹　Ａ　と　ち　反射版　Ａ　鞍馬　Ａ　鞍馬　Ａ　い　鞍馬
Ａ　反射板　反射板　Ｕ　襟　Ｏ　蚯蚓　Ｏ　腹　Ａ　て

となる。

だが、ここで行き詰まった。

列車は、スキー・リゾートで知られた峠の駅、トマムを過ぎた。

第一〇章　四月は残酷きわまる月

——「新聞記事は常に真実だとは限りませんよ、マドモアゼル」／『アクロイド殺し』（22章／羽田詩津子・訳）

1

解読が行き詰まったまま、列車はアカシア駅に着く。

駅前通りを薄野方面へ歩き、通称、時計台横町の〈ファリントン・ギャラリー〉へ。

来客のいない事務所で、釧路行きの成果を霊子に伝え、

「紀元節の朝、文下軍治さんを釧路駅まで送った、江藤という人の証言によると」

と、彼は、駅前のスピーカーから流れていた『リンゴの唄』の件を話した。

だが、彼女は、彼より一〇歳下だから、サトウ・ハチロー作詞の『リンゴの唄』も、一躍、有名になった並木路子（なみきみちこ）のことも記憶にない……。

「つまり、あなたの考えでは、『リンゴの唄』と軍治社長殺害事件が関連するわけでしょう」

「そのつもりさ」

しかし、答えは喉元まで来ているが、正解にはまだ結晶してくれないのだ。

つづいて、彼が、車中で途中まで解いた暗号のことを話すと、霊子は身を乗り出し、紙にアルファベット二六文字を書き、

「そうねえ。似たもの探しでしょう。わたし幼稚園児のころお遊戯とかでアルファベット遊びをしたわ。そうだわ、数字もね、ヨットは４って覚えたわ」

「そうか。冒頭の〈帆〉は算用数字の〈４〉か。ならば多分……」

すると、霊子が答えを横取りした。

「人力車はきっとＧよ。似てるでしょう。なら最初は〈４月〉よ」

（四月か）

とたんに、瓜生にも霊感らしきものが下る。

天使のラッパが鳴る。

「エリオットだ！」

昨年の初夏、文下睦夫が彼を訪ねたとき、庭のライラックを指して、彼はエリオットに触れた。

ちょっと唐突な感じがしたが、あれがすでにヒントというか、伏線だったのである。

「そうよ。だから、〝鍵は〈襟夫〉〟なの」

「そうか。〈襟夫〉だ。ぼくは四月生まれだからね、『荒地』の冒頭、〈I　死者をほうむる〉の出だしは暗記しているよ」

たしかこうだ。

四月は残酷きわまる月で、
死んだ土地からライラックをそだて、
記憶と欲望をまぜあわせ、
鈍重な根を春雨で刺激する。
『エリオット詩集』（上田保＋鍵谷幸信・訳／思潮社）

あとはスラスラと解けた。
アルファベットの解読文は次のとおりだ。

4GATUHA　ZANNKOKUKIWAMARU　TUKIDE
SHINNDA　TOTIKARA　RAIRAKKUWO　SODATE

上田・鍵谷訳の最初の二行そっくりであった。

「成功ね」

霊子が言った。「でもなんのことかしら」

そのとおりだ、瓜生にもわからなかった。

2

連休は四月末からだ。今年は妙に旅行に出かけるのが億劫（おっくう）になり、家で過ごすことにした。

みどりの日、例の〈3732623〉からメールが届いた。

　線路　定規　脚立　線路　耳　橇　線路　橇　橇　食麺麭　仮面　橇　橇　蚯蚓　仮面　蚯
　蚓　仮面　反射板　線路　橇　太陽　松葉杖　仮面　反射板　線路　橇　太陽　蚯蚓　鉄骨
　線路　定規　脚立

前と同じ暗号らしい。

解読済みのアルファベットを入れてみると次にとおりだ。


ITAI耳NINNBUNNSUSUKINONO松葉杖UKINOSHITA

ローマ字を直すと、

遺体〈耳〉人分薄野の〈松葉杖〉Uきの下

となった。

〈耳〉は何だろう。次が〈人〉だから数字ではないだろうか。形状から推理して〈3〉だろう。

〈松葉杖〉の形状は〈Y〉だ。

ITAI　3NINNBUNN　SUSUKINONO　YUKINO　SHITA

ローマ字を直すと、

遺体三人分薄野の雪の下

となった。

妻に連絡すると、

「あなた、エリオットの詩〈死者をほうむる〉と繋がったわ」

「たしかに」

一色に電話で告げると、彼もメールを受け取っており、解読していた。

「小樽湊ではなかったんですね。アカシア市でしたか」

一色はつづけて、「江戸村さんを通じて警察に通報しておきます」

「信じるでしょうか」

「それはなんとも」

懸念どおり、たしかに警察には相手にされなかったが、ニュース番組が死体発見を報道していた。

3

当然のことながら、アカシア中央署は、この事件を独立したものと考えていた。

昭和六一年に起きた〈手宮冷蔵倉庫事件〉との関連、ひいては昭和二二年の〈旭橋事件〉との関連に思い至るはずもない。

新聞各紙も猟奇事件として記事を書いていた。

しかし、一色圭治を通じてメールのメッセージを知った北門新聞は、千載一遇(せんざいいちぐう)の特ダネとばかり総力を挙げて取材を開始した。

やがて、詳しい情報が北門新聞に載り始める。記事にしなかった情報についても、瓜生は一色を通じて知ることができた。
三人の被害者はいずれも高齢で、遺留品から雪まつりの見物客とわかった。名刺なども残されており、同じ薄野にあるホテル・ウインターから二月に届け出があった行方不明の客三人の氏名と一致した。
寄背輝亀（八二歳）
阿尾旨彦（八一歳）
朽火章児（八〇歳）
三人は今年二月一一日火曜日の午後五時すぎ、ホテル・ウインターに到着したが、彼らは千歳の空港からタクシーで来た。旅行社の添乗員と思われる同行者がおり、この女性がチェックインをすませ、三人に鍵を渡して部屋まで案内した。
一時間後、この女性が、ロビーへ降りていた三人を迎えにきて、タクシーに乗った。
タクシー運転手の証言でわかったが、行き先は大通雪まつり会場。投光器で照らし出された大雪像数基を見物したのだろう。次に、三人は、郷土料理の店〈北前〉の小座敷で炉端焼き（ろばたやき）の供応（きょうおう）を受けたことがわかった。ここは、薄野地区と市電の線路を挟んで北側に隣接する地区にある。
ここを出たのが午後八時半。徒歩でも宿泊先のホテルに帰れる距離だ。
しかし、不夜城（ふやじょう）の趣のある通りを歩く途中、三人の女性に声をかけられたらしい。たしかに客引きは多いが、添乗員の女性と知りあいだったらしく、安心したのだろう、彼らは連れだって店へ向かったようだ。

「それっきり行方不明になったんですね」

瓜生は一色に訊いた。

「そうです。添乗員ごといなくなったんです」

ホテル側によれば、到着と同時に素泊まり料金で三人分が現金で支払われ、領収書は東京のクリスタル・ツアーという旅行社宛だったそうだ。

「予約もですか」

瓜生は訊いた。

「ええ。しかし、そんな旅行社は存在しなかったそうです」

「じゃあ、事故なんかじゃなく計画的だ」

瓜生は言った。

あとで偽名とわかったが、添乗員が名乗った名前は、並木路子(なみきみちこ)だったそうだ。いかにもわざとらしい。

「で、連れて行かれた店はわかりましたか」

「店は消えたんです」

「えッ、消えた」

「春の陽気で融けたんです。雪が融けて三人の遺体が発見された問題の空き地は、一時的に提供されたものでした。なんでも、北海道の実験集団が雪まつりのためのクリスタル・アートをつくるということだったらしい」

「敷地の広さは」

「五〇坪余りです」

一色はつづけた。「実際に囲いの中で何かを造っていたが、観光客にはこの〈クリスタル・アート・バー〉は好評だったようです」

骨組みになるものを、針金にぼろ切れを巻き付けて作り、これに水道水を吹き付けで凍らせ、徐々に成長させていくと、イグルーのようなドーム型の空間ができる。一種の氷瀑芸術とでも言おうか。

「むろん、連日、零下になる季節だから可能なんでしょうが、七色の光線が当たり、とっても幻想的だったそうです」

〈クリスタル・アート・バー〉を撮影したホーム・ビデオも、主催者が制作し販売していた。

早速、観る。入り口はアーチ。短い廊下。丸い部屋に出る。ここに円形のカウンターがあり、飲み物が振る舞われる。むろん、すべてが氷の細工である。ひっきりなしに緑、青、赤など照明が変わり幻想的で目眩がするほどだ。

瓜生は言った。

「たしか北極地方に氷のホテルがありましたね」

イグルーや雪洞はじめ、氷雪の建造物は可能なのである。

「ここでなにがあったか、想像がつきますね」

一色も言った。

三人の被害者は楽しく酒を飲み、酔いつぶれたものか。

彼らはそのまま凍死したことだろう。

彼らは、四月の雪解けまで放置され、発見された。

犯行の日は二月一一日（火曜日）だ。この日付こそが、キーワードである。


冬の間に降り積もった雪が融けた今ともなれば、わかりすぎるほど、わかりやすい事件である。集められた証言をまとめると、〈クリスタル・アート・バー〉は、二月一一日の午後八時ごろには入り口にクローズの表示が出、問題の三人を最後に来店した者はいない。

アルバイトで雇われていた三人の女子大生は、日給プラスボーナスも受け取り、早々と姿を消した。

しかし、事件が発覚すると、捜査本部に出頭、三人揃って事情を話した。

以下は、この情報を掴んだ北門新聞の記者が、改めて取材した聞き取りである。

すなわち、彼女たちによると、一一日は指示に従い老人三人を〈クリスタル・アート・バー〉に誘い、小一時間ほどサービスしたが、「バイトは今日で終わり、もう帰っていいわ」と言われ、日当を受け取ったそうだ。

「でも、変なの。最終日は夜九時半ごろまでは、これまでどおりのオーナー・ママさんだったのに、ずっと歳をとったママさんに交替したんですよ。あたしたち、そのかたから、決められた日当の他にね、ボーナスをいただいたのよ、それも一人一人に二万円よ。あたしたち、三人でディスコへ行って散財したわ」

　この交替した女性は、前のママさんとは、雰囲気がまったく変わっていたというのだ。

「旅行社の添乗員はどうしたね」

　という質問には、

「前のオーナーと一緒にお店をでましたわ。大きなトランクを持っていたので、お二人でどこかへ旅行するのかしらと思いましたわ」

　と、答えたそうだ。


　連休が明けた五月某日、一色がやってきて報告した。

「驚きましたよ。あの土地を、短期間、貸してやるように土地の所有者に交渉したのは、大崎不動産ですよ」

「〈クリスタル・アート・バー〉を造った者たちは、わかりましたか」

「錦建設です。正確には錦建設が大崎不動産から仕事を頼まれてやったそうです。錦建設はこの手の氷結芸術には経験があるんです。小樽湊では、冬の観光用に氷の芸術祭というものを行なっておりますが、錦建設は支柱や荒縄等で形を作り、これにホースで散水して着氷させ、様々な造形物を造って大いに人気を集めているのです」

「ああ、聞いたことがあります」

瓜生はうなずく。

一色はつづける。

「大崎不動産も錦建設もね。大崎社長は客に頼まれたから交渉しただけだし、正当な報酬を仲介料としてもらった。錦社長も冬期間で仕事がない職人三人のために、会社経費なしで引き受け、彼らも日当が二万円だったので大喜びだったそうです。で、敷地の囲いや足場掛けなどは職人たちが行ない、そのあとの散水作業や氷の洞窟の内部装飾などは、小樽湊商科大学の学生たちに任せたそうです」

「なるほど」

瓜生はうなずき、「肝心の依頼主ですが、だれか特定できましたか」

「いいえ」

一色はかぶりを振った。「わからないそうです」

「不自然ですね、それは」

「かもしれませんが、なんと現金を書留便にして送ってきたそうです」

「差出人がわからないのですか」

「差出人を特定できるものはなかったそうです」

「用心深いね」

瓜生は呟く。

手掛かりが入念に消されているのだ。

（しかし、ほんとうは極めて単純なのかもしれない）

瓜生は、ふと、思った。

4

一週間後、江戸村元刑事がやってきた。

「アカシア中央署に知り合いがおりましてね、たいしたことは聞き出せなかったんですが、お役に立つかどうか」

たしかに、江戸村元刑事の線は太くはなかった。

が、死因については凍死と断定された。これは新聞記事と同じだったが、被害者三人の身元に関する情報が新しかった。

「中央署の知人、家内の実弟なんですがね、彼がふと漏らしたひと言がヒントになりましてね、思い出したんです。実はね、昭和六一年の〈手宮冷蔵倉庫事件〉のとき、昭和二二年の〈旭橋事件〉の調書を読んだことがあるのですが、どことなくその名が記憶に残っていたんですよ」

「まさか」

思わず言った。

「瓜生先生、心当たりが」

一色が質す。

「いやね、ぼくのは北門新聞の記事ですよ。今、江戸村さんに言われてぼくも思い出した」

一色が言った。

「私は被害者の経歴を聞きだしてきましたよ」

「ほう」

江戸村は驚いた顔をして一色を見た。

「一人前に育った昔の部下が、北門新聞に大勢おるんです」

特にアカシア市については、北門新聞の支社があり、アカシア中央署を担当する記者も多いそうだ。

一色によると、彼の昔の部下が、社のデータ・バンクに当たったところ、今回の被害者三人がまとまって検索できたというのだ。

「オンラインで繋いだデータ検索の結果、釧路支社のデータ・バンクでヒットしたのです」

と、一色は胸を張った。「驚きましたよ。この三人は逮捕はされなかったが、終戦直後、釧路で起きた強盗殺人事件の容疑者として取り調べを受けたことがあるのです」

「すごい!」

瓜生は声を挙げた。「その話、ぼくも、釧路で聞いてきたばかりですよ」

「つながりましたね」

一色が言った。

「軍治氏が、殺される前に釧路へ出張した理由の一つは、金策以外にもあったんですよ。彼が若いころ、商売の指導を受けた恩人、作倉田夫妻を弔問するのが目的だったのです」

瓜生はつづけた。「子供のころの記憶ですが、あの時代は、強盗や殺人が多かった。敗戦で政府の力が弱まると大悪人が大手を振ってのさばるもんです」

「それにしても、敗戦から半世紀以上でしょう」

「五八年ですか。戦後は遠くなりにけりですね」

「それにしても、よく所在がわかりましたね、その謎の旅行社に。だって、彼らは、プライベートな招待を受けたっていうじゃないですか」

一色が言った。「しかも、手配をした肝心の旅行社そのものが、実は幽霊会社だったっていうんですからね。東京の住所はデタラメでした。ただね、問題の〈クリスタル・アート・バー〉にアルバイトで雇われていた女子大生を探し出して訊いたところ、老人たちは三人連れで、明日は朝里川温泉だと話していたそうです」

「むろん、行けなかったわけですね」

「宿泊予約もなかった」

「となると、二月一一日に、なんとしても三人を殺すという計画だったんですね」

「でしょうなあ」

江戸村元刑事が割って入った。

「専門家としてご意見ありますか」

　瓜生が訊いた。

「八〇代の老人三人を殺害するために、これほどの仕掛けを考えたとすれば、目的はなにか。動機はなにか。復讐だとすれば、これは恨みの根が深いですなあ」

　と、呆れ顔を隠さず言った。

「誰でしょう？」

　瓜生も言った。「夫を殺された恨みなら文下華代さんだが、もう一〇〇歳越え。この世のことにはもう未練などなく、十分、枯れきっていると思うのですがね」

「なにがですか、先生」

　一色が訊く。

「執着心が枯れるのです」

「父を殺された恨みなら文下睦夫氏だが、もう亡くなっています」

　と、一色。「もっとも、インターネットの世界では、ハンドルネームが、まだ徘徊しておりますがね」

「例の数字のやつですね」

　うなずいて、瓜生はつづけた。「それにしてもね、我々ときたら、まったく、そうヘイスティングス大尉みたいで」

「否定はしません」

一色は顔をしかめた。

5

実際、殺すに値しないような老人を、わざわざ、雪まつり観光に招待して殺したのはなぜか。三人とも、すでに、年金生活に入っている老人なのだ。この三人が、終戦の年の暮れに強盗殺人という凶悪犯罪に加担したのはたしかである。しかし、もう六〇年近い歳月が経っているのだ。

瓜生や一色には、彼らがおそらく復讐のために殺されたことは想像できたが、単なる復讐であったのだろうか。

一方、アカシア中央署は、最初、動機なき殺人というか、ゲーム感覚殺人というか、そんな見方をしていたが、捜査本部の見方は、次第に、〈旭橋事件〉の復讐劇とする方向に変わっていた。

やはり、〈薄野クリスタル・アート・バー〉の老人殺しが、その後の捜査で、建国記念の日（二月一一日、火曜日）の夜に行なわれたと確定されたからである。

「三つの殺人事件がみな同じ日というのは、偶然の一致とは言えませんからね」

と、瓜生も言った。

「他にもありますよ、先生が気づいた例の転落事故……」

一色が言った。

「小樽湊岸壁転落事故が二回だね。しかも、全部が紀元節の日であるばかりか、火曜日だった」

「これです」

と、言って、一色は新聞のコピーを見せる。

日付は、
昭和三三年二月一一日（火曜日）の事故は、岩那承兵（当時三三歳）。

昭和三九年二月一一日（火曜日）の事故は、肝地重雄（当時三九歳）

の二件であるが、瓜生は、

「この二件の自動車事故も、復讐劇の大きな絵の一部のように思われます」

「しかし、先生、この大きな犯罪劇の全体像をどう理解したらいいのか、それが問題です」

瓜生にも一色にも、すでに喉のあたりまでシナリオが出かかっていたが、最後の決め手がみつからないのである。


やがて、五月半ばのある日、江戸村元刑事が訪ねてきて教えた。うまく義弟の刑事から聞きだしたものらしい。

「どうも、中央署は、手詰まりらしい」

つづけて、「高級洋酒を浴びるほど飲んで泥酔し、至福のうちに勝手に天国へ行っちまったと言うこともできるわけです」

「しかし、直接、手は下さなくとも〈未必の故意〉による殺人には問えると思いますが」

「むろんです。多分、死ぬだろうとわかっていながら、酒を飲ませたり、氷点下の環境に放置したりですからな、明らかに犯罪ですがね」

と、江戸村は応じた。「しかし、なにも知らないバイトの女子大生以外、関係者は杳として姿を消しているんです」

「被害者三人を連れてきた、観光会社の女性もですか」

「並木路子というふざけた偽名の女ですね」

「ええ」

「まだ見つかりません」

「やはりね」

「女子大生に聞いてバーのママさんの似顔絵を作らせたのですが、同じく手掛かりなしです」

マユミと呼ばせていたそうだ。この世界では多いマ行のごく当たり前の源氏名である。

「少なくとも、薄野にいた痕跡はなさそうです。開店時には花が贈られることが多いはずなのにまったくない。で、期待した花屋の線も空振り。しかし、氷の店が珍しいので寄った他の客によると、ママさんは客扱いに、至極、慣れた様子で、素人ではなかったというのです」

「値段も手頃で?」

一色が言った。

「ええ。何でも在庫処分だからと、一本、二、三万はするシャンパンが、難民救済のカンパをすればただで飲めたとか。友だちを誘って訪れたらもう閉店で、恥をかかされたとか、おおかたそんな証言ばかりだったそうです」

「周到(しゅうとう)に準備した様子がありありですね」

瓜生は言った。「つまり、正式の店なら営業許可がいるが、酒をただで飲ませ、酒を売るのでなければ、めんどうな許可もいらないわけですね。従って、あとで足もつかない」

「どうします?」

一色が訊く。

「そうですね。我々にしても、依頼があって調べている事件でない」

瓜生は応じた。「従って、いつでも打ち切ることができる」

「じゃあ」

一色が言った。

「いや、待ってください」

瓜生は言った。「ぼくはもう少し粘ってみます」

6

挑発するようなメールが来たのは翌朝だった。

差出人は〈3732623〉。暗号は、瓜生らが〈文字化け暗号〉と名づけた例のものだ。

蚯蚓鉄骨線路橇橇長靴線路定規仮面橇太陽脚立鞍馬線路反射板脚立鉄骨脚立橇脚立踏台太陽
橇脚立踏台太陽橇太陽橇脚立反射板脚立
橇棚門仮面鞍馬棚鞍馬仮面蚯蚓脚立定規仮面長靴線路橇橇松葉杖太陽鞍馬線路仮面鞍馬腹襟
太陽定規太陽鞍馬線路脚立人力車棚
太陽定規鉄骨襟太陽反射板仮面襟脚立棚定規棚門線路脚立人力車棚松葉杖太陽
反射板脚立棚橇橇橇太陽釘抜襟太陽鞍馬橇線路反射板脚立棚
反射板松葉杖太陽仮面反射板脚立鞍馬脚立腹襟太陽定規太陽鞍馬線路脚立人力車棚鞍馬食麺
麹定規太陽線路鞍馬棚反射板脚立棚筋交定規太陽蚯蚓仮面鞍馬棚食麺麹脚立

X tell the truth.

解読してみると、

SHINNJITUNOARIKAHANAZONAZONONAKA
NEMURERUSATUJINNYORIURDWOTORIAGE
OTHWOKUWAETEMIAGEYO
KAENNNO 釘抜 WORNIKAE
KYOUKARADWOTORIAGERBTOIREKAEXTOSUREBA

X tell the truth.

となった。

これまでの例で、初出は〈釘抜〉だ。ちょっと、わからないが、解読文は、

真実の在りかは謎々の中
眠れる殺人よりURDを取りあげ
OTHを加えて見上げよ
火炎の釘抜をRに代え、
今日からDをとりあげRBと入れ替えXとすれば
X tell the truth.（Xは真相を語る）

瓜生が解読文を妻に示すと、

「暗号を解いたらまた暗号だから、〈二重暗号〉ね」

と、言って、首を捻った。

「クイズ・マニアの君でもだめですか」

と言うと、霊子は闘争心をかきたてられたらしく、

「そうね。〈眠れる殺人〉って、あなた、クリスティーの『スリーピング・マーダー』のことじゃないかしら」

「なるほど」

「英語題は『Sleeping Murder』でしょ」

「なるほど」

妻の直感力にはいつも感心するが、

「あッ、わかったわ」

「もう？」

「Murder の中に urd があるわ」

「なるほどね」

「指示に従い、素直に、urd を oth に代えたら、Mother よ」

「つまり、〈眠れる殺人〉が〈眠れる母〉ってことか」

「きっとね」

つづけて、「〈火炎〉は flame よ。この単語の綴りの中で〈釘抜〉に似ているのは、L じゃない」

「たしかに似ている」

「だから、L を R に置換すれば、frame でしょ」

「なるほど。額縁か」

瓜生はつづけた。「じゃ、〈今日からDをとりあげ〉は何?」

「今日はTodayだから、dをrbに代えればTorbayになるわ。つまりXがTorbayよ。すると、Torbayの絵の入った額を探せということだわ、きっと」

「聞いたことがある」

「Torbayのbayは湾でしょ。だとすると地名かしら」

霊子はパソコンを開いて、

「あッ!あったわ」

トーベイはイギリス南西部デヴォン州、コーンウォール半島南岸トー湾のことで、ここは有名な保養地らしい。

「そうか。文下さんだ……」

第一一章　二度目の死

――リチャードはきっとジョージを相続人にするつもりだったに違いない。ジョージはもちろんアバネシーの名を持ってはいないが、若い連中のなかで血縁者としてはたった一人の男子である。

／『葬儀を終えて』（第五章２／加島祥造・訳）

1

五月半ばを過ぎ、晴天がつづく。例の江戸村元刑事が妻の画廊に顔を見せて、

「近くまで来たので寄りました」

霊子が、

「江戸村さんって、子供のころ絵描きさんになりたかったんですって」

と、瓜生に教える。

「刑事時代は、盗品の聞き込みのときぐらいしか、画廊には来ませんでしたが、いいもんですなあ。タダで鑑賞できる」

「オフィスへどうぞ。コーヒーぐらい淹れますよ」

「かたじけない」

四角い顔にあわせるように上半身も四角にして、元刑事は大袈裟に恐縮した。

つづけて、「いいえ、実はね、報告です。アカシア中央署はお手あげらしい」

「手掛かりなしですか」

「いや、遺留品はあり余るぐらいあるそうです」

「しかし、犯人には結びつかない」

「いや、主犯の見当はついているが、被疑者死亡ってわけらしい」

「その被疑者ってだれです?」

「先生のほうがご存知でしょう、とっくに」

「もしや……」

「ええ、動機ですよ。動機があるのはだれかと調べたら、死んだ人にぶつかった」

「死んだ人? もしや」

「ええ」

江戸村は、にやっと笑った。

少なからず凄みがあった。こんな表情を見たのは初めてである。

（まるで、刑事の本能が蘇ったみたいだぞ）

と、瓜生は感じる。

「もし、被疑者が文下睦夫さんなら、彼の命日は昨年七月二日ですよ。彼が死んだときは、ぼくは東京にいて不在でしたが、戻ってから、一色さんに頼まれて富岡町のマンションに行きました。その際、ぼくはなんの不審も抱かなかった。正規の手続きで市内の火葬場で焼かれ、小樽湊の湾内で海中に散骨されたと聞いていますけどね」

「しかし、一色さんからうかがったが、文下名誉教授の死後、先生たちは、頻繁に受け取りましたね、暗号文をメールで」

「ええ」

「おかしいと思わんでしたか」

「そりゃあ、思いましたよ。しかし、生前、文下氏が、あらかじめ作っておいた暗号文を、代理の者が我々に送りつけるって方法だってあるじゃないですか」

「それはそうですが」

語気を強めて、「じゃあ、代理者はだれです？」

「それはだれだってできます。メールなら簡単ですからね」

「だれだと思います。発信元は文下睦夫氏本人のノート型パソコンです。しかし、パソコンの名義人がわかっても、肝心のパソコンがどこにあるのかわからない。だれかが使っているのは確実なんですがね」

「でしょうね。デスクトップではなくて、モバイルですからね」

と、相槌（あいづち）を打つと、

「そうですか」

江戸村元刑事は戸惑う表情で、「ところが、文下小樽湊商科大学名誉教授は二度死んだのです」

「二度ですって……００７（ダブル・オー・セブン）だ」

「いかにも……。命日が二つあるんです」

瓜生は、思わず小声で叫ぶ。

「復活したんですか」

「キリスト様ね」

傍らで霊子も言った。

「むろん、先の命日が偽物で、今回のが本物です」

江戸村が言った。

「信じられません。文下睦夫は昨年七月に死んだんですよ」

「死んだという確実な証拠があるのですか」

「死ななかったという、確実な証拠があるのですか」

江戸村は肩を竦め、首を傾げた。

「じゃあ、昨年の死が嘘だとして、今回の死因は、病死？　事故死？　自殺？　他殺？」

江戸村は首を傾げたままである。

「いつです？」

「昨日です」

「当然、病死でしょ」

「いいえ」

「病気じゃない？」

「ええ」

「じゃあ、事故死？」

「いいえ」

「となると自殺ですね」

するど、

「……」

予想外だったので、瓜生は心臓が止まりかけた。

大きく息を吸い、呼吸を整え、

「まさか。他殺とは言いませんよね」

「そのまさか……かもしれんです。断定はできませんし、メディアへの発表もまだですが」

「とすれば、いったい、だれに?」

瓜生はつづけた。「どんな理由で?」

「錦建設から、一一〇番へ通報があったそうです」

「まさか」

「場所は錦建設の例の隣地です。あそこに、小さな倉庫が新築されたのです」

「その中で?」

「頭蓋骨が陥没し、その上、全身が焼かれていたんです」

「……」

瓜生は声を失った。

2

犯人にしてみれば殺す意味がないし、被害者にしてみれば殺される理由がない。しかし、ふたたびライラックが咲き始めた今年、文下睦夫が殺害されたかもしれない場所は、小樽湊手宮地区、錦建設の例の隣地であった。

「どう考えても密室です」

江戸村元刑事は言った。「完全に鍵がかかっていて出入りができない空き地に建つ一軒家。致命傷となった傷があるのに、凶器がない。これって完全な密室事件でしょ」

「たしかに。典型的な密室事件ですがね」

瓜生はつづけた。「一度しか会っていませんが、文下睦夫さんはどうもね、密室マニアでしてね、新手の密室を思いつくのが夢だったようですよ。もっとも、これだけ数多く世界中で書かれたら、新しい密室など、簡単には思いつかんでしょうが」

「そこですよ。実はわたしもね、刑事を辞めたおかげで大いばりでミステリーが読めるようになった。署内ではね、ミステリーは虚構物、我々の仕事は事実に即しているから、百害あって一利なしだなんてね、よく言われたもんです」

「でしょうね」

瓜生は相槌を打った。

「自分なりに研究したのですが、密室は犯行時に犯人が室内にいなかったものと、いたものに分けられる」

「それ、『幻影城(げんえいじょう)』でしょう。江戸川乱歩(えどがわらんぽ)の」

「さすがですな、先生。ええ、そうです」

「他殺か自殺かも、自殺を装う他殺と、他殺を装う自殺がある」

瓜生はつづける。「被害者を密室に残し、犯人はいかに脱出するか。そのために、鍵を細工するなど、脱出してから密室に見せかけるテクニックが考案される。つまり、文下睦夫さんのケースでは、密室の謎が解ければ他殺だし、どうしても解けなければ自殺……という結論になるはずです」

「野原で死んでいる遺体の上に、大急ぎで家を建てるなんて奇抜なものさえあったそうでよ」

と、江戸村が言った。

「起重機で、屋根をあとから取り付ける方法とかもね」

と、瓜生も合わせる。「推理作家の苦し紛れのアイディアというほかないですが、なんとなくほほえましい」

するとと、

「いかがでしょう。明日の日曜、小樽湊市の現場に行ってみませんか」

と、江戸村が誘った。


翌日、瓜生は一色も誘って出かける。手宮の現場に着くと、江戸村元刑事が待っていた。

事件のあった問題の倉庫が取り壊された後は、空き地のままだった敷地に、それが建っていた。隣地に本社がある錦建設に、文下睦夫自身が設計して建てさせたものだという。

錦建設社長の錦源一郎も姿を見せた。ダブルのスーツが似合うダンディな男だ。

「気がつきませんか。取り壊された前の倉庫と相似形ですよ」

錦社長が言った。

彼に言わせると、天井高は別として、平面の寸法比と形が同じだそうだ。つまり相似形だ。

「前の倉庫は、たしか五二坪でしたね」

「そうです」

錦社長は答えた。「これは各辺は半分ですので四分の一、つまり一三坪です。いやね、わたしが入船総合病院に、直接、呼ばれて頼まれたんです。現金を積まれましてね」

「それがいつだったか覚えていますか」

「そう、文下さんが病院を無断で抜け出した昨年の七月二日の前の日だったかな」

「で、引き受けたんですね」

「むろんです。小さいながらも鉄筋コンクリート造りですから、建築物の構造計算と設計施工図、確認申請は自分がやり、仕事の受注が切れたときに基礎工をやり、本格的には昨年一一月半ばに着工して、今年の三月一杯に約束どおり竣工させました。実はね、今年中には、そっくり、わが社に遺贈されることになっているんです」

「つまり、文下さんの遺言で……」

「ええ。そうです」

錦社長はつづけた。「文下さんがこんなことになったので警察には正直に申し出ましたが、薄野の例の雪と氷の建造物、〈クリスタル・アート・バー〉を造ったのも、その際に同時に契約したからです。先生は見ましたか」

「いいえ。まったく知りませんでした」

「警察へは包み隠さず資料を渡しておきましたが、デザインはあの一条寺先生です。わたしどもの会社は塀囲いと資材の調達、骨組みを請け負い、最後の散水作業などの仕上げをしたのは、一条寺先生が教えている学生たちです」

「小樽湊商科大学に新規開講された工業デザイン学科の講師もされているそうですね、一条寺先生は」

「ええ」

「〈クリスタル・アート・バー〉で、あんな事件が起きるとは思わなかったんですか」

「むろんです。仮にも想像できたら、引き受けたりしませんよ」

「話を戻しますが、錦さん、この小さな建築物の目的は、ほんとうはなんだったんですか」

「我々は、法律的にも問題ないのであれば、お施主さんの注文に従い、仕事をするだけですから」

錦社長は淀みなく答えた。

つづけて、「問題があるとすれば、厳冬期のコンクリート打設ですが、凍結防止剤を加え、養生(ようじょう)もしっかりやれば大丈夫です。具体的には天幕で覆い、温風機から薄いプラスチック・チューブなどで全体を暖めます。むろん、コンクリートの品質検査もやります。第一、ものが小さいし、我々としては造作もありません。で、工程表どおり駆体工事がおわり、あとは簡単な設備と内装工事。これも工期を残して竣工したので、先生の代理人である一位顧問弁護士に出入り口の鍵をお渡ししました」

「一位弁護士が、文下睦夫さんの遺言執行人でしたね」

「そうです」

「ご遺体の発見は？」

「ええ。一位さんが来られて、なぜか戸が開かない。内鍵が掛かっているらしいので、手伝ってくれと言われて……」

「それで」

「開けるのが大変でしたよ。屋内側に閂（かんぬき）が掛かっていたので」

錦は肩を竦めた。

「完全密室じゃないですか」

「ええ。店の者に手伝わせて、鉄梃（かなてこ）とかいろいろ使い、ほとんど破壊して開けたんです」

「それで」

「ええ。文下睦夫さんが死んでいました。眼を疑いましたよ。だって、去年に亡くなっている人ですからね。すぐ一一〇番通報しました」

「なるほど」

瓜生はうなずく。

鑑識は終わっていたので、中を見せてもらうことにした。

鍵は、錦建設の社員の手で壊されたままだった。

「窓なしですか」

「ええ。ここが閉まれば外には出られないし、外からも入れない」

「で、一一〇番された」

「そうです。それからが大変でしたよ」

鑑識の所見では死後二四時間以上。すぐ司法解剖に付されたが、末期癌が土壇場まで進み、生きていたのが不思議なくらいだったという。

瓜生が訊いた。

「錦さんの印象は、自殺説ですか」

「と言うよりは、あえて自死する必要がなかったのに……そんな気がしました」

と、錦は答えた。

つづけて、「しかし、不思議なことに、頭蓋骨陥没が直接の死因ですが、肝心の鈍器がないのです」

錦社長は小首を傾げながら、口を閉じたが、やがて、考える眼を色濃くして言った。

「プラス火災です。顔は焼けていなかったので文下さんとわかりましたが、ほぼ全身黒こげでした」

「遺骸のあったまわりに、火災の痕がありますね」

一色が言った。

「これですね」

瓜生は足元を指した。

江戸村元刑事は、元の職業に戻ったかのように、鋭い眼で殺風景な屋内を見た。

瓜生も見直す。壁は打設された生コンが剝き出しのままである。モルタルで仕上げられているのは床だけだった。電気器具は取り付けられているが、配管は剝き出しだった。

「錦さん。ここが遺贈されたとき、ここの使い道は？」

と、瓜生は訊く。

「そうですな。備品倉庫ぐらいですかね。しかし、お祓いをしなくては」

「文下さんはなぜこれを建て、死に場所にしたのでしょうか」

と、瓜生は錦に訊いた。

「さあね」

「一色さんはどう思います」

「平面図が、前にここに建っていた倉庫とそっくり相似形に作られたとなると、どうもね、よくわからないが、つまりですね、彼の死の真相がわかれば、〈手宮冷蔵倉庫事件〉の真相もわかるのかもしれませんよ」

一色自身、あまり自信のありそうな顔ではないが、瓜生は、一応、受け入れられる内容だ——と感じていた。

3

やがて、

「事務所に来ませんか」

と、錦社長に誘われる。

事務所は隣地にある。

社長室に通され、応接セットに座る。

果物をテーマにした、気の利いたエッチングが掛かっていた。

サイフォンでドリップしたコーヒーを振る舞われる。

「例の昭和六一年二月一一日の事件後、一年ほどは資材倉庫として使いましたが、結局、忌まわしいので取り壊しました」

と、錦社長は、隣地と倉庫の買収後のいきさつを話した。

つづけて、「実は、強い霊能の先生にお祓いをしてもらってね、更地にして、重機置き場にしておりました。いやね、土地には値がつくが、建物は古すぎて評価ゼロでしたからね、惜しくはなかった。しかし、〈側衣水産〉の前は、大恩ある文下軍治社長の〈北洋海産〉の所有ですからね、社員に命じて模型を作らせました。これです」

製図板などがあるコーナーの作業台の上に、それがあった。

「すっかり忘れていたのですが、今度の事件で思い出しましてね、物置から出してきたのです」

模型の屋根がはずせるようになっていた。取ると内部が見下ろせる仕掛けだ。瓜生は図面と模型を照らし合わせ、首を捻りながら言った。

「錦さん、初めて〈手宮冷蔵倉庫事件〉を知ったのは、去年の六月半ばでした。あなたも覚えているでしょう、文下睦夫さんが真犯人と名乗って自首したとニュースで知ったときです」

「ええ。自分も驚きました」

錦源一郎は笑みを浮かべつつ、だが、一方では瓜生をうかがう眼をした。

「あれから一年が経ったのに、まだなにもわかっていないのです」

と、言いながら、瓜生は、彼をうかがっていた錦社長の眼の奥から、警戒の光が消えたのを見逃さなかった。

「なにがですか」

余裕のある眼に変わった。

「輪郷代議士ら三人が、ここで殺害された方法です」

「そうですか」

「ついては、少々、質問してもよろしいですか」

「ええ、知っていることは、なんでもお教えしますよ」

いろいろ質問したが、錦社長は極めて明朗だった。訊いたことはなんでも話してくれた。

追悼式の式場写真も、錦社長から見せてもらった。

一二脚の椅子は、江戸村元刑事が持っていた遺体発見後の現場写真とちがい、整然としていた。倉庫の一番奥の正面に、長机を並べた祭壇がある。文下軍治氏の遺影も飾られていた。

瓜生が気になったのは、祭壇の傍らにある筵(むしろ)の束である。

「これは？」

と、錦社長に訊くと、

「うちでは造園関係の仕事も請け負っておりましてね、あれは庭木の冬囲いに使うものです」

と、答えた。

左手の壁には、セメント袋に似たものも積まれていたので、

「これは？」

と、指さすと、生石灰だという。

「路盤改良の残りですが、例の事件で全部、燃えてしまいまして、うちは、諸々、大損害でした」

と、答えた。

「祭壇の脇の等身大石膏像ですが、まだ倒れていませんね」

と、瓜生は言いながら、上着のポケットから折りたたみ式のルーペを取り出して写真に近づけた。

「社長さん、石膏像の顔ですが、これは誰？ 輪郷代議士ですか」

「さあ。誰でしょう？ 似ていると言えば似ているし、似ていないと言えば似ていませんね」

「モデルが誰か心当たりはありませんか」

「わかりません。とにかく、輪郷氏らの遺骸を発見したときは、倒され、砕けていたというじゃありませんか。我々は貴重な文化財を壊されて憤慨しています」

と、錦社長。

「被害者は、この石膏像に十三文半の軍靴が履かされていると知って、激怒したんだと思いますか」

「自分は、輪郷代議士ではないのでわかりませんね」

瓜生は、彼の口元が、少し笑ったような印象を抱きながら、つづける。

「一二脚ある椅子の二人分が空席だったわけですね」

「追悼式は一二名で行なわれる予定でしたが、知内勇気さんは後援会の関係でやむを得ず欠席しました。当時は埼玉に住んでいた尼野哲雄さんは、急性腸炎にかかり、入船総合病院に緊急入院したのでした」

「それは確認しました。しかし、事前にわかったはずですから、椅子は一〇脚でもよかったのではないですか」

「それはそうです。しかし、自分は幹事役を引き受けましたが、差配はすべて華代奥様がなさいました」

「錦さん。一二の数字は陪審員の数ですよ」

と、瓜生が言った。

「ええ。キリスト十二使徒と同じ数です」

「錦さん」

一色も言った。「我々は、この一二に、何か特別な意味があったと考えておるのですが」

「ええ」

錦は、意外にも、あっさりと応じた。

「ということは、単なる追悼式ではなかったわけだね」

そう質問した江戸村の態度は、すっかり現役の刑事に戻っていた。

「そのとおりです。だが、なぜかおわかりですか」

錦社長には余裕があった。

「ぜひ、聞かせてください」

瓜生が言った。「正直に言って、これは単なる想像ですが、あなたがたは、一七年前、あの隣の土地で、いわば人民裁判をしたのではありませんか。シベリアで日本人同士がつるし上げと称して人民裁判を開いたように」

「いったい誰を裁いたというのですか」

錦社長の視線が鋭くなった。

「輪郷代議士をです」

「とんでもない」

錦は語気を強めた。「我々があの場所で追悼式を行なった時刻、彼らはまだ倶楽部〈汐留(しおどめ)〉にいたんですよ」

「ええ。それは確認しましたぞ」

と、江戸村が言った。「〈汐留〉のママ宮下菊代さん、輪郷の秘書だった中室直矢さん以外にも、チーママの宮下倫子さんやホステスさん、他の客からも我々は証言をとりました」

「被告人欠席のまま裁判をしたというのですか」

錦が言った。

「ええ。むろんですよ」

瓜生は力強く言った。「写真ではよくわかりませんが、石膏像は輪郷代議士の像だったのではありませんか」

瓜生は、錦社長の目を見据えながら、つづけた。

「制作者はだれですか。もしかすると、文下未亡人ですか」

「我々にも確かなことはわからないです。おそらく、すでに亡くなった地元の彫刻家、本多昇先生の若い頃の作品か、と」

「本多先生なら前衛芸術家ですが、数年前に亡くなりました」

と、一色が教えた。

「地元の美術家ですか」

「たしか、敗戦直後の一時期にもてはやされて、作品が地元の前衛展に出品されたはず。本物のアメリカ兵の軍靴を履かせたその作品の題名が〈十三文半〉で、たちまちＧＨＱの検閲にひっかかり撤去され、その後、行方不明になっていたはずです」

「さすがですな、専門家はちがいますね」

と、江戸村が言った。

「まさかね、本物が昭和六一年までは遺っていたとは」

と、一色。

「実は、うちの資材倉庫で、なぜか埃をかぶっていたのです」

と、錦社長。「うちにあった事情はわかりませんが」

「それを、追悼会場に飾ったのは、理由があったからですか？」

と、瓜生がちょっと語気を強めて問い詰めると、

「わかりました、わかりました」

錦の表情は、ふたたび余裕を取り戻し、

「皆さん。隠す必要がないので言いましょう。石膏像の埃を払って会場に展示したのは我々ですが、壊したのは我々ではありません」

「ほんとうですね」

「誓って壊したのは、我々ではありません」

「わかりました。とにかく、あなたがたは、その非公式な裁判で、輪郷代議士を告発したんですね」

「〈旭橋事件〉は、とうの昔に時効ですからね。彼を司法の手で裁くことはできないのです」

「だから、象徴的裁判を行なったんですね」

と、瓜生。

「そうです。まさに象徴的です。おっしゃるとおりです。石膏像は輪郷代議士の若いころを思わせるような等身大像でした。しかし、モデルがだれなのかは不明ですし、似ているとしても偶然かもしれないし、今となっては確かめようもありません。とにかく、瓜生先生ならご理解いただけると思いますが、あくまで、我々にとっては象徴的裁判だったのです」

「いや、錦さん。あなたにお訊きしたいのは、なぜ、輪郷代議士が、文下軍治社長殺害犯人とわかったのか。その理由のほうですが……」

「わかりました。お教えしましょう。我々は、決定的証拠を見つけたのです。軍治さんは、旭橋から運河に投げ込まれる前、あそこにいたのです」

と、言って、事務所の窓から隣地を指した。

「取り壊される前の冷蔵倉庫にですか」

「そうです。文下軍治さんの〈北洋海産〉所有の倉庫にです」

「初耳です」

瓜生は、心底、驚く。

一色も質す。

「つまり、〈北洋海産〉の倉庫から、犯人たちが、闇で売れば大金になる物資を盗んだとき、文下社長もそこにいたんですね」

「そうです」

「話したまえ」

江戸村元刑事。

彼の眼は、完全に、定年以前に戻っていた。

「証拠はあるのか」

「動かぬ証拠をある人が持っています」

「だれですか、その人は?」

瓜生が訊く。

「言えません、まだ」

と、錦社長は応じた。「しかし、言えることはお話しましょう」

錦はつづける。「〈側衣水産〉が、軍治社長が殺害された年の暮れに倉庫を買い取ったわけもわかりました。都合の悪いものが見つかるとまずい——と、考えたからでしょう。彼ら犯罪人は、万一を考えたんでしょう。しかし、すでに四〇年近く経って安心したのでしょう。側衣会長が隣地の私の会社に、売却の話を持ちかけてきたんです。多分、私が、〈文下奨学会〉のメンバーであることを知らなかったからでしょう」

「なるほど、〈文下奨学会〉のメンバーは非公開ですものね。それで」

瓜生は促す。

「むろん、自分も、買った倉庫に重大な秘密が隠されているとは知りませんでした。とにかく、冷蔵倉庫を資材倉庫に用途変更するため設備を変える必要があった。ところが、古くなった壁の腰板をバラしたとき見つけたんです、この自分がですよ」

「ずうっと眠っていたんですね、決定的証拠が」

ある種の感動を伴いつつ、瓜生が言った。

「ええ。手が震えたほどです」

いつも笑顔を浮かべているような性格らしいが、どことなく錦社長の眼が潤んでいた。

「いったい、なにがあったのですか」

「その前に、文下軍治社長の遺体の状況ですが、ご存じですか」

「北門新聞の記事にあった程度しか知りません」

瓜生は言った。

「私もです」

「自分もです」

一色と江戸村も言った。

「火傷です。顔も手も背中も焼かれていた。拷問を受けたのです。そう、自分は、亡くなった先代から聞かされました。ご遺骸に対面した華代奥様からも聞かされました」

「進駐軍に？　そう思っていたので、捜査が中止されたのでは」

江戸村が言った。

「とんでもない。進駐軍が文下社長を拷問するはずがない。でしょう」

「たしかに。理由がありませんね。文下社長は反米活動家だったわけではないのだから」

と、言ったのは一色であった。

「でしょう」

錦は繰り返した。「では、なぜ拷問したのか。狙っていたものが、見つからなかったからでしょう」

「なんですか、それは」

「釧路の奥様の実家、十川家で借りた現金ですよ。それは華代夫人が実家に問い合わせてわかったんです」

「大金ですね」

「軍治さんにとっては、大金というよりは、すぐ使える金だから貴重だったのでしょう」

「昭和二一年二月一七日からの預金封鎖のせいですね」

「ええ。軍治さんは、用心のため、腹に巻いてきたのでしょう。ですから、真っ暗で激しく吹雪いていた鉄道駅前で、奴らに拉致（らち）されたとき、とっさの判断で、手帳と現金を足元に落とした。降りつづける雪がたちまち隠したが、それが幸運にも見つかったのです」

「それで」

　一色が促す。

「小樽湊駅の前で拾った人が、届けてくれたのです。だれだと思います？」

「さあ」

「盛本一郎先生ですよ」

「えッ、画家の」

「そうです。アカシア市で、絵の仲間たちと展覧会をやることになり、その打ち合わせの帰りだったそうです」

　最終便だったそうだ。真っ暗な駅前で、半ば雪に埋もれた手帳と現金を拾えたのは偶然だった。煙草を吸うため立ち止まり、マッチで火をつけたとき、目に入ったそうだ。

「私の父に、盛本画伯は、『自分が拾ったのは、軍治社長の霊魂が導いたからだ』と話していたそうです」

「手帳には犯人の名が書いてあったんですか」

「いいえ。リンゴの唄とだけあった」

　突然、一色が叫んだ。

「それだ！　北門新聞の本馬貫一郎記者が取材したのは。〝謎のメッセージ、「リンゴの唄」〟というのは」

「一色さん」

瓜生が言った。「本馬記者は、『リンゴの唄』の謎を解き、犯人に、直接、面会したのではありませんか」

「可能性は、十分、ありますね。だが、行方不明に……」

「錦さん。話を戻しますが、で、腰板の裏から見つかったのは、いったい、なんですか」

と、瓜生が質す。

「腰板の節が抜けてあいた穴から、押し込んだんでしょうね、きっと」

錦が答えた。「セメント袋の切れ端に真相が書かれていたんです。まちがいなく、軍治さんの筆跡で、犯人八名の名前が書かれていたのです」

「ということは、錦さん、なんと書いてあったのですか」

「言えません」

錦は言った。「華代奥様にそれを見せたとき、死人のような顔になったと私の父が話しておりました」

「重大な秘密だったんですね」

瓜生は、思わず語気を強めた。「犯人全員が顔見知りだったんじゃありませんか。だから、名前を……しかし、やりきれない話ですね」

「ですから、言えません。それ以上は……約束ですから」

4

ひきつづき、彼らは、駅近くの大崎不動産を訪れた。大崎新吾社長は、彼らを招じ入れ、椅子をすすめた。

早速、薄野の土地について訊ねると、

「ああ、あれは所有者が破産しましてね、管理をしているのは破産管財人の一位盛邦弁護士です」

大崎はつづけた。「あまり難しく考えなかったのだと思いますよ。第一、仮設建造物であって恒久の建築物じゃない。生前に、商科大学の氷瀑研究会の教え子に頼まれた約束を、果たそうとしたんじゃないでしょうか」

一応、もっともな説明である。

「文下睦夫さんが、ほんとうは亡くなっていなかったのを、ご存じでした?」

「いいえ。文下さんが二度も死んだので、実は驚いています」

だが、明らかに嘘だとわかった。文下睦夫の第一の死を偽装したのは、この人物以外には考えられないからだ。遺骨を小樽湊の沖に散骨したという証言が嘘である以上は、火葬場での焼却も嘘である。おそらく、彼の叔父で、当時、葬祭場場長であった大崎泰男（やすお）が協力したのであろう。

次に瓜生らは、〈クリスタル・アート・バー〉に直接かかわった一条寺智也（いちじょうじともや）氏に会うことにした。携帯に電話したところ、大学にいるということで、アポイントメントがとれた。早速、緑町への坂道を登る。

　身分は講師だが、教授待遇の一条寺氏は、電子工学科の教授棟にいた。

　すすめられて窓際の席に座ると、小樽湊が一望できた。

「ＡＩ技術の基礎学に加えて、工業デザインの自動化ソフトを開発するため、招聘されました」

　と、一条寺は話す。「私たちがやろうとしている湊フロンティア計画は大手企業ではなく、地元の零細中小企業に競争力をつけさせるのが目的でして」

「あなたがコレクションしているエッシャーも、本職は工業デザイナーでした」

　と、前にも言った話をすると、機嫌がぐっとよくなり、なんでも聞けそうな雰囲気になった。

　結論から言えば、昨年のうちに錦社長からも依頼された仕事だったそうだ。

「まあ、うちの氷瀑研究会の学生たちは、うまく造ったと思いますが、最後が予想外でした」

「殺人事件ですね」

「不幸な事故と聞いておりますが」

　どうも、一条寺氏も学生らも、事件の核心に深く関わっていたわけではないらしい。

「亡くなった観光客三人を連れてきた旅行社の人ですが、会いましたか」

「いいえ、わたしは……。たしかクリスタル・ツアーとか、新聞に出ていましたが」

「しかし、警察で調べたところ、架空の観光会社だった」

　と、江戸村が言った。

「ほんとうですか」

「中室直矢さんはご存じですか」

「むろん。今は湊観光の社長さんですが、〈文下奨学会〉の月例会でよく会いますよ」

「薄野の今度の事件と湊観光は関係がないのですか」

「さあ。ないでしょう」

「クリスタル・ツアーとも無関係ですか」

「さあ。中室さんが疑われているのですか」

「そういうわけではありません」

と、瓜生が言うと、完全に刑事に戻った気分なのか、

「中室社長は元をただせば、輪郷代議士の地元秘書だったんでしょう」

江戸村が言った。

「それがどうかしましたか」

一条寺は、冷ややかに元刑事を見据えた。

瓜生は江戸村の膝を掌で押さえ、

「皆さん、月例会をなさっているのですか」

「ええ。いわば、小樽湊経済界の親睦会のようなものです」

「この港街では、有力者の多くが、〈文下奨学会〉の奨学金を受けているそうですが」

一色が言った。

「ええ」

笑顔で応じた一条寺は、

「一色さん、あなたもですか」

「いや。自分は文下睦夫さんとは親しかったですが、奨学金はもらっていません」

「残念だなあ、あなたのようなわが街の文化人は大歓迎なのに」

「どこでやるのですか」

「だいたい、電気館通りの〈バー帝国〉が、我々の巣です」

「ああ、店主の尼野哲雄(あまのてつお)君は、ぼくの小学校時代の同級生です」

「そうなんですか」

瓜生は、そのとき、あることに気づいた。

（そうだ、尼野哲雄がいたのを忘れていた）

やがてゼミがはじまるというので研究室を辞し、市の中心部に戻る。駐車場探しで手間取ったが、駅前駐車場で車を停め、徒歩で電気館通りの〈バー帝国〉へ向かった。

尼野は店にいた。一色と江戸村には例のハイボールを勧め、車の運転がある瓜生はレモン・スカッシュを頼んだ。

塗装の剝げぐあいに、むしろ時代を感じさせるカウンターに座って、アームストロングのトランペットを聴く気分も悪くはない。

「薄野の〈クリスタル・アート・バー〉の開設に協力したのは尼野さん、あなたではないですか」

「ええ、そうですよ」

意外にもあっさりと言った。「例の殺人事件ですね。アカシア中央署から見えられた刑事さんにも言いましたよ」

「だれに頼まれました?」

「〈汐留〉のママですよ」

「宮下菊代さんだね」

江戸村が言った。

「そうです。菊代さんが言ってました。『恩義のある人に頼まれちゃったの。薄野で臨時のママをやるようにってね』と」

尼野は、店のインテリアをそれらしくするため、空の洋酒ボトルなども貸したそうだ。

「恩義のある人ってだれですか」

「さあ、それは言っていなかったなあ」

「じゃあ、宮下菊代さんに訊くしかないですね」

「もういませんよ、日本には」

「海外旅行？」

「ええ」

「行き先は？」

「ヨーロッパかな。娘の倫子さんと一緒にパリに落ち着くんじゃないかな」

「えッ！ 永住ですか」

「名義はちがうけど、パリの郊外にマンションだって持ってますよ。彼女は、とっくに移住計画を起てていたんですよ、」

「パリは素敵だ。気ままに老後を過ごすなら、芸術の都パリですね」

と、瓜生は言った。

すると、

「知らないんですか。彼女は版画家でもあるんです」

「ほう」

「パリへの移住は、技法的に奥の深い銅版画研究のためだと話しておりましたよ」

「銅版の技法はエッチングの他、ドライポイントとかメゾチントとか、いろいろあるからね」

「ああ、そうだ、先生の奥さんの画廊〈ファリントン・ギャラリー〉でもね、一昨年(おととし)の春でしたか、個展をやりましたよ」

「え？」

「知らなかったんですか」

「お恥ずかしい」

「無理もありません。版画家としての活動は旧姓ですから」

「と言いますと?」

「十川菊代です」

背骨に電気が走った。

「十川菊代さんなら、むろん、知っています。あの方が宮下さんだったんですか」

瓜生はつづけた。「となると、彫刻家の十川華代さんとご親戚とか、縁つづきですか」

「宮下は嫁ぎ先の姓です。若くして、ご主人を亡くされたのです。どこで死んだと思います。シベリアですよ。抑留中に密告されて自殺したそうです。この事実を知ったのは、密告で抑留の延びた知内勇気さんが、昭和三二年の末にやっと帰国してからだったそうです。そういう背景があったことも、気に留めておいてください」

瓜生は言葉を失った。

「ですから、先生、華代未亡人と菊代さんは、年齢はずっと離れていますが、実の姉妹ですよ」

(迂闊だった……)

瓜生は、ようやく、事件の全貌が飲み込めたような気がしたのだ。

第一二章　五つの疑問＋1

——「この五つが、わたしの頭を悩ましている疑問なのですよ。（中略）せめて、これを満足に説明するに足る論理を組み立てられれば、わたしの自尊心もずっと楽になるのですが」

／（『エッジウェア卿の死』（14 五つの疑問／福島正実・訳）

1

「次は？」

一色に訊かれた。

「一位盛邦法律事務所です」

「アポイントメントは？」

「とってあります」

車を駅前駐車場に置いたまま、花苑町へ歩く。

坂の多い街だから、体形がデビッド・スーシェに近い瓜生は苦手だ。

目指す法律事務所は、ビルの一フロアを借り切っていた。

それにしても古いビルだ。

エレベーターも年代物である。

だが、小樽湊市には、歴史的建造物保存条例があるので簡単には建て替えられないらしい。しかし、それが独特の趣を醸しだすので、近年はすっかり全国的になった運河地区とともに、観光客を集めているのだ。

金ボタンが目立つ上着を着けた一位弁護士は、愛想よく一番奥の所長室に招き入れた。

勧められて応接用ソファーに三人は並んで座る。すぐ脇の壁に瓢箪梨と林檎と葡萄のセザンヌの構図に似たリトグラフが掛かっていた。

今度は、すぐ、十川菊代の作とわかる。作者のものが、錦建設の社長室にも、大崎不動産の社長室にもあったことを、瓜生は思いだした。

「で、ご用件は？」

「早速ですが、文下睦夫さんの遺産相続の件です」

と、切りだす。

「ええ。必要な経費を除いて、全額が〈文下奨学会〉に遺贈されます」

という、これまでに聞いていたとおりの回答である。

「あえてうかがいますが、文下睦夫さんは結婚されたことはなく、お子さんもいなかったのですか」

「ええ」

「独身主義ですか」

と、言うと、

「ま、そうとも言えますな」

ちょっと気になる曖昧な顔である。

「もしや、結婚しない理由があるのでは」

と、鎌をかけると、

「一度、聞いたことがありますが」

と、言いかけた口を濁す。

「異性に対して、コンプレックスがあったのか、失恋とか」

「いいえ。文下さんの場合は、もっと深刻な理由があるような口ぶりでしたね」

「と言いますと?」

「血って言ってましたよ」

「血ですか」

「そうです。自分はケンサクだ。子孫を残すわけにはいかないとね」

「一色さん。あなたにも」

と、瓜生は訊ねる。「文下さん、生前に何か言いませんでしたか」

「ええ、何も……」

「一位さん、あなたは？」

「私も知りませんし、第一、他人の裏事情に踏み込むのは趣味ではありません」

「母上はまちがいなく、華代さんですね」

「戸籍上は文下軍治氏と華代さんの嫡男ですが、そうですな、生物学的というか遺伝子的というか、その問題には触れたことがありません」

「華代さんには遺贈されないのですか」

江戸村が訊いた。

「されません」

「華代さんは満一〇〇歳だそうですが、やはり遺産の管財人は一位先生が」

江戸村がまた質問した。

「そうです。睦夫氏と同じく〈文下奨学会〉に遺贈されます」

他にもあれこれ問いただしたが、結論のみを言えば、薄野の〈クリスタル・アート・バー〉の三人殺しには、大勢がかかわっているが、計画の一部しか知らされずに担ったにすぎず、一方、主犯からみれば、関係者はこの大きな計画の部分にすぎないようだ。

――やがて、一位盛邦法律事務所を辞した三人は、駅前駐車場の方へ歩きはじめる。

「結局、起訴できるのは、一番最後の実行犯のみですね」

江戸村元刑事が言った。

「共犯には問えませんか」

と、一色。

「最終目的が三人の殺害だとしても、だれもその目的を知らなかったとすれば……」

「なるほど、起訴は無理ですか」

と、一色。

「では、だれがこの殺人劇のストーリーを創ったのか」

瓜生が言った。

「誰でしょう? 先生」

と、一色。

「多くの鵜を操る鵜匠はだれか――が、答えですよ」

2

駅前で元刑事と別れ、瓜生と一色はアカシア市へ戻る。

いったん、妻の〈ファリントン・ギャラリー〉に寄ったが、ひと足早く創成鮨へ行く。

カウンターの隅に座り、ジョッキを頼んだ。

「どうも変な気分です」

と、瓜生が打ち明ける。

「どうもってなんですか、先生」

貝好きの一色は、北寄（ほっき）だの赤貝だの帆立だのを頼む。

「いやね」

瓜生は応じた。「どうもね、もしこれが一編のミステリーなら、探偵役はだれか」

「だれですか」

「だれだと思います？」

「もちろん、先生です」

「それはちがいます」

「わたしは自分がヘイスティングスで、先生がポアロだと思っていました」

「そうじゃない。あなたも、ぼくも、ヘイスティングスですよ」

「じゃあ、ポアロは文下睦夫名誉教授ですか」

「いや、ポアロはいませんね」

「と言うと？」

「いるのは、ホームズに難題を突きつけた、モリアーティ教授ですよ」

「つまり、文下睦夫名誉教授がですか」

瓜生が答える。

「今回のケースは、犯人が探偵だと思いませんか」

「なるほど。そういう見方も可能ですね。我々は、〈霊界通信〉で、たくさんヒントをもらっておりますから」

「でしょう」

「新機軸だ」

一色がつぶやく。「文下睦夫氏が、昨年、先生の自宅へうかがったとき、話していた、推理小説の新機軸かも」

「かもね」

瓜生は応じて、「それにしても、疑問点が多すぎます」

「まさにミステリーは、読者に解答を求めるという意味で〈問題小説〉ですね。解けるかどうか、自信はありませんが」

「同感です」

瓜生はちょっと言葉を止めて、言葉を探した。

やおら、「要するに根本ストーリーが存在するが、現象面に現れるのは一部でしかない。地層に喩えれば、地表に現れているのは、地層という本質の一部でしかない。一方、ミステリーの読者は、地表面の諸現象から地下に隠れた本質を見つける。しかも、すっきりとした解答をね」

瓜生は鮪のトロをつまむ。赤みの鮪、烏賊、蛸と進み、一服した。

「一色さん、疑問点だらけですよ。どこから整理したらいいかわからないくらいです」

「手掛かりが多すぎるんです。江戸村さんが言っていたように」

「一色さん」

瓜生が言った。「それもね、多分、新しいトリックかもしれませんよ」

「なるほどね。〝手掛かりの多すぎる殺人事件〟ですか。逆説めきますが、〝手掛かりの多すぎるトリック〟は、江戸川乱歩のトリック分類表にもありませんね」

「ですからね、それが手掛かりになる。文下睦夫氏の発想法がわかるってもんですよ」

「頭の中を覗きみるわけですね」

「たとえば、『オリエント急行の殺人』のような……ですが、しかしネタバレはできない。ミステリーのルールは守らねばなりませんからね。とにかく、我々の事件の秘密を開く鍵は、〈文下奨学会〉という結束の堅い団体が、小樽湊には存在することでしょう」

瓜生はつづけた。「第一、容疑者が多すぎれば、検事さんは起訴状が書きにくくなるんじゃないか。起訴状には起訴するにたる理論構成が求められるが、たとえば、容疑者が一〇〇人ならどうなるか。主犯と確信できる容疑者が十分な証拠固めで立証できればともかく、起訴状を書く作業自体が物理的に大変だろうと思いますよ」

「文下さんは、そこを狙ったのですか」

「さあね、ぼくの推測にすぎず、確信があるわけではありませんがね、ま、冗談のつもりですが……」

瓜生はつづける。「もしも、これから実行しようとしている犯罪計画を多数で分担できれば、一人あたりの分担は軽くなる。極端に言えば、自分が犯罪に関わっているとは気づかぬかもしれないのです」

「無意識の幇助罪(ほうじょざい)ですね」

と、一色が言った。「〝赤信号、みんなで渡れば怖くない〟式の違反は、我々の日常生活ではよくあると思いますよ。知らずに犯罪に加担しているケースがね」

「つまり、自覚なき幇助罪(ほうじょざい)かな。しかし、自己申告しなければ、警察は証明できない。そうした、小さな協力で、長年の恨みが晴らせるならと、普通の人間ならば、その計画に荷担するでしょうね、きっと」

「そうですね。少なくとも〈手宮冷蔵倉庫事件〉の被害者の輪郷代議士は、あの街にたくさん迷惑(めいわく)を掛けていますからね。しかも、彼には影の軍団まであり、彼らは敵対者に対する脅迫(きょうはく)、罠(わな)、ときには偽装殺人さえも、再三、実行していたという噂だってあるんですよ」

一色はつづける。「だが、権力に弱い警察は手を出せない。結果、警察に頼った庶民は泣き寝入りするしかない。悪人がいったん権力の座に就けば、司法の手はなかなか及ばないのが、世の常です」

「一色さん。ぼくはね、この事件の真相を知ることが怖くなりましたよ」

と、言って、瓜生は声を潜めた。「実はね、ここだけの話、小説を書くために日本の占領史を調べておりましたらね、ある筋からの情報で、偶然、ＧＨＱの資料に輪郷納太（わのさととうた）の名が出ていた」

「まさか」

「そのまさかですよ。ＧⅡをご存知でしょう」

「ええ。ＧＨＱの情報部門ですね」

「アメリカの占領方針は、最初は民生局が表に出ていましたが、突然、情報部門が活動し始める。いつからだと思います?」

「さあ」

「ソ連に強制抑留されていた約五〇万人のうち、第一次帰還者が日本に生還したころからです」

「なるほど。戦争が終わると、世界は冷戦時代に入りましたね」

「社会主義体制と資本主義体制が、わが地球を分断し、二つの世界がはじまるわけです」

瓜生はつづける。「どうも、この事件の背景には、そうした敗戦直後の国際情勢さえも含まれているような気がしてならないのです」

「先生。それは、ちょっと、問題ですね」

「いや、ぼくの言いたいのは、どうもね、事件の真相を覆い隠す黒い霧のようなものが感じられる。当局が二の足を踏む何かを感じませんか」

「そこまでは」

一色は肩を竦めた。

「おそらく、第一次帰還者の輪郷納太(わのさととうた)は、帰国するとすぐ転向して情報提供者になったんじゃないでしょうか」

「かもしれませんね。だが、証拠は薄弱ですよ」

「ええ、そのとおりですし、証明は不可能でしょうね」

3

やがて、霊子が来た。

彼女がジョッキをあけたところで、本題に戻った。

「疑問点を言ってください。問題の整理でもいいわ。あたしがパソコンに打ち込みます」

彼女は、頼りになる秘書に変身する。

追加注文を取りに来た女性に、

「お鮨の折りをお願い」

瓜生には、「帰ってからいただくわ」

「わかった」

と、瓜生。「じゃ、はじめようか」

彼女はノート型パソコンを立ち上げ、

「はじめて」

「じゃ、最初に、この事件の大きな流れをメモしよう。まず、この事件は、昭和二二年から今年平成一五年まで、西暦なら一九四七年から二〇〇三年までの異常に長い連続殺人と特徴づけられる……」

瓜生はつづける。「では、まず事件全体をなんと命名しよう」

「共通点は紀元節よ。その後、建国記念の日になったけれど、〈紀元節殺人事件〉はどうかしら」

と、霊子が言った。

「悪くはないが、一色さんはどうですか」

「ぼくは、この連続殺人事件は発端のリンゴが印象深いので、〈リンゴの唄殺人事件〉がいいと思う」

「なるほど。どう、霊子さんは」

「いいわ、でも、あなたは？」

「ぼくはずばり、〈小樽湊殺人事件〉がいいと思うが、みなさんは？」

「賛成です」

と、一色。

「あたしも」

と、霊子も、あっさりと賛同してつづける。

「それにしても、ずいぶん、大勢が死んでいるわ。発端は文下軍治社長が殺害された〈旭橋事件〉。昭和六一年の〈手宮冷蔵倉庫事件〉の三人。次にその日付が二月一一日で一致する薄野の〈クリスタル・アート・バー事件〉。発見されたのは三人の遺体。この三つの事件の他に、昭和二一年一二月に起きた釧路の網元作倉田夫妻強盗殺人事件も関連するわ」

「ぼくからも」

一色が言った。「昭和三三年と三九年に、小樽湊の岸壁でおきた自動車転落事故も無関係ではないでしょう」

「二人追加ね」

と、霊子が打ち終わるのを待って、

「これだけでも一一人が死んでいます」

と、一色。つづけて、「先生の子供時代の友人、本馬貫治さん、父親の北門新聞記者、本馬貫一郎さんも加えると」

「合計一三人ね」

霊子が言った。

瓜生は腕を組み、

「この全部が、同一の犯人でないことはたしかです」

「ええ。まだ確証はないけれど、殺人Aグループと殺人Bグループに分類できると思うわ。でね、あたし、考えたんですが」

霊子が言った。「殺人Aグループの犯罪に対する殺人Bグループによる復讐と考えたらすっきりするわ」

「なるほどね。整理できるね」

瓜生はうなずく。

「実はね」

霊子がつづけた。「今日、画廊で仕込んだばかりの新しい情報があるの。過去の犯罪がまだあるのよ」

「えッ。そうなんですか」

一色が身を乗り出す。

「一つはね、知内勇気(しりうちゆうき)さんですが、生まれが釧路で、文下華代(ほうだしはなよ)さんの甥(おい)ってこと知ってました？」

「先日、知ったばかりです」

と、一色。

「知内勇気さんは、華代さんの姉が十川(そがわ)家から知内家に嫁いで生まれた子供なんですって」

霊子はつづけた。「お客さんとの雑談の中で、偶然、知った話なの。そのお客は釧路から見えられたかたで、昔は網元だったかたの奥さん。ご主人が、先年、亡くなったので、蔵にあった美術品の整理をしたいとおっしゃって相談に見えられたの」

「それで」

瓜生が促す。

「とても、うちでは引き受けられない金額になるので、東京の画商さんを紹介してあげることにしましたわ」

などと、ちょっと長い前置きがやっとすんで、

「そのかた、せんだってあなたが釧路へ行かれたでしょう、十川華代の彫刻を探しに……で、十川家とは遠縁で、その関係でうちを知って参られたんですって」

前置きがつづいたが、辛抱づよく聞く。

「でね、わかったのよ」

ひと息ついてつづけた。「知内さんもシベリア抑留されたことはご存じね。でも彼を密告したのはだれだとお思い？ あの男よ、輪郷なの」

彼女はつづける。「釧路の〈網元強盗殺人〉の被害者、作倉田(さくらだ)夫妻ですけれど、殺された奥様の名は初子(はつこ)さん。驚かないで、実家が知内家よ」

「じゃあ、知内氏は作倉田夫人の親族ってことですか」

「昔だから当然でしょうが、一〇人きょうだいの一番末の弟らしいわ。母子ほど歳が離れているので、少年時代の勇気さんは、初子さんを母親のように慕っていたらしいわ」

つづけて、「まだあるの」

「まだあるんですか」

瓜生は尊敬の眼で妻を見る。

「今朝、何となく予感があったから、卦を起てたの。予言どおりだったわ」

「君の卦は信頼できるからなあ」

「奥さんは易もなさるのですか」

一色が訊いた。

「ええ。霊感女よ、これでも」

「はあ」

一色は冗談と受け止めたようだ。

霊子はつづける。

「これって、まだ信じられない話だわ。でも、画廊にいらした釧路の資産家のかたね、うかがったら九十何歳のかたなのにとってもお元気で、お名前を真鍋絵衣子さんとおっしゃるんですが、ほんとうによく昔のことご存じなの」

「昔のなにをです?」

「ですから、釧路の女学校の後輩だったそうよ、真鍋さんは華代さんの。それでご存じだったのだけど、戦前の昭和六年頃、華代さんが一人で道東の名湯川湯温泉に逗留され、お子さんを生んだことがあるそうよ」

「川湯は釧路に近い温泉です」

一色も言った。「子供のころ、皮膚病を治しに行ったことがある」

霊子は話しつづけた。「でも、当時、ある噂がたったそうよ。つまりね、華代さんは、ご主人以外の男性の子を身籠ったらしいって」

瓜生には衝撃的だった。

しかし、

「まさか。でも事実なら……」

突然、事件の複雑な諸様相が、一瞬にして結晶したような気がした。

4

その夜、瓜生は、棚からウバを選んで紅茶を淹れる。

霊子は、自ら焼いたシフォンケーキを切りわけた。

糖尿気味の彼のために甘みを抑えたケーキには、昨年の秋、庭で拾い集めた胡桃(くるみ)が入っていた。

目下、瓜生鼎は彼女とともに、人間の上手な老いかたを学習しているところなのだ。だから、瓜生にも、彼らのことがわかるのである。

人間は死期が近づくと変わるものだと、最近になって知った。齢(よわい)を重ねた者にしかわからない、実感である。

人間は、死期が近づけば枯れてしまうとは限らないのだ。

仏になる者もいるが、鬼になる者もいるのだ。

死期が近づけば、法律も道徳もすべてが空しくなる境地に到るかもしれないということである。

多分、文下睦夫氏はそういう心境に到り、常識では理解しにくい行動に出たのだろうと彼は考えているのだった。

紅茶の香り、ケーキの匂い、庭から忍び込むライラックの薫りを楽しみながら、彼は易のことを訊ねる。

霊子の易は、
○●○●○●
だったそうだ。

「〈火水未済(びせい)〉というの」

と、彼女は教える。「これは上卦(じょうけい)の離が火、下卦(かけい)の坎(かん)が水よ。つまりね、普通は火が下で水が上にあって鍋のものが煮えるでしょう。だから、これは不条理なの」

意味深(いみしん)である。

「当たっているかも」

瓜生は言った。「文下睦夫さんが昨年六月、うちに来たとき、『かちかち山殺人事件』というアイディアを話していたよ」

「たしかに火と水へのこだわりが強いと思うわ」

と、彼女も言った。

「こうも言ったのを思い出しましたよ。たしか〈水が火を熾す〉だったかな」

「不条理だわ」

話題は、つづいて、文下睦夫の死にかたに移った。

黒こげの焼死体で発見された彼は、司法解剖してみると頭蓋骨が陥没し、それが致命傷であった。

彼は強い睡眠薬も飲んでいた。あの、いわば殺人の実験棟のような倉庫のほぼ中央に置いた椅子に彼は座り、睡眠薬を飲んだのであろう。

瓜生がその話をすると、霊子は、

「まるでシャイタナのようだわ」

と、言った。

ミステリーにはルールがあるので内容は明かせないが、『ひらいたトランプ』に出てくる謎のシリア人である。

「しかし、倉庫は完全な密室。第三者がいたとしても、外へは出られない」

となると、透明人間か幽霊が、文下睦夫の頭蓋骨を破壊し、床に撒いた大量の灯油に点火したことになる。

だが、凶器もないし、点火装置もないのだ。

「警察はどう考えているのかしら」

霊子が言った。

「自殺説が大勢らしい。しかし、方法がわからないままでは困るわけで、そうとうイラだっているというのが、あの元刑事さんの見方だね」

「最後の最後まで、文下さんたら問題を出しつづけるのね」

そう言うと、彼女は自分の部屋に行き、パソコンを持って戻る。

「わたしなりに疑問を整理してみたの。ポアロさんみたいにね」

「〈五つの疑問〉か」

瓜生はうなずく。「まるで『エッジウェア卿の死』のようだね」

瓜生は席を妻の隣に移し、ディスプレーを覗き込んだ。


次のようである。
① 三人の被害者たち、輪郷代議士他二名が、なぜ、〈手宮冷蔵倉庫〉へ行ったのか。

霊子は、

「どうしても行かなければならない理由が、あったはずだわ」

「警察でも考えあぐねているらしいね」

と、瓜生は応じた。

「過去の犯罪を証明する新証拠で脅迫されたのかしら」

「それもあるが、それだけではない理由があったんじゃないか。多分、君の易がヒントになるような気がするよ」

と、瓜生が言った。

② 一度、死んだはずの文下睦夫はどこに隠れていたのか。どこから謎めいたメールを送信したのか。さらに、どうやって死亡したことにできたのか。

「あなた、わかる?」

霊子が訊いたので、彼は答えた。

「もちろん。見当はついているよ」

と、瓜生は応じた。「これは、〈文下奨学会〉のメンバーの協力がなければできないね」

③ 〈手宮冷蔵倉庫事件〉の直前、〈文下奨学会〉がおこなった〈文下軍治社長追悼式〉の一二席と実際の出席者の数の食い違いはなぜ起きたか。他に理由があるのではないか。

④ 文下睦夫の第二の死は他殺か、自殺か——の謎は、消えた凶器と火災発生の謎にもつながる。

「ぼくは自殺説をとるね」

瓜生は言った。「でもね、わけを知りたい」

「遺書があればね」

霊子が言った。

「必ずあると思うが、まだ見つかっていないんだ」

瓜生はつづけた。「遺書が見つかれば、『自分はケンサクだ』と漏らした意味もわかるし、この大がかりな殺人劇が計画された背景もわかるはずだと思っているんだ」

⑤　薄野〈クリスタル・アート・バー〉の殺人はいわゆる密室ではないが、脱出不可能だったらしい。ともあれ、三人の被害者を案内した並木路子と名乗った偽旅行社のガイドの正体は？　また、彼らを酔わせて凍死へ追い込んだママさんはだれか。

瓜生が言った。

「途中で入れ替わったらしいね、〈クリスタル・アート・バー〉のママさんは」

⑥〈手宮冷蔵倉庫事件〉で、スプリンクラーを作動させた火災を発生させた方法は？

「あなたはもうわかったの？」

霊子ときたら、密室は男専科と思っているようだ。

「わかれば苦労しない」

と、答えると、

「わたしは仮説を考えたわ。正解かどうかは別ですけど」

「ほんとう」

「ヒントが欲しい？」

「欲しい」

「ヒントはね、彫刻家でもある華代さんよ。あなた、なんのために釧路まで行ったの」

他にも疑問点は数々あるが、幹(みき)の部分は以上だ。大きな謎が解ければ、細かな疑問も自ずと解けるはずなのだ。

終章　眠れる母

——〝私は捜査を終えました——捜査は失敗でした。事件は解決したのです〟／『チョコレートの箱』（『ポアロ登場』／真崎義博・訳）

1

製氷工場がヒントだったそうだ。思いついて、メールで知らせてきたのは一色圭治だった。

瓜生が子供のころは、冷蔵庫は氷で冷やしたものだ。冷蔵庫の上部が氷を入れる場所である。

氷売りの呼び声が懐かしい。リアカーに氷のブロックを積んだ氷屋さんは、家々を回って注文を聞くと、大きな鋸で切り分けて、冷蔵庫に入れていったものだ。

それがいつの間にか、氷は家庭用電気冷蔵庫で作るようになった。

小樽湊は漁船も多いので、製氷会社の数も多い。獲った魚の鮮度を保つために氷は欠かせないのだ。

「江戸村さんからも連絡がありまして、事件の前に、問題の倉庫に氷を届けさせた者がいたそうです」

「註文したのが文下睦夫(ほうだしむつお)さんだったんですね」

「ええ。氷が凶器だとわかれば、凶器がなくなった理由もわかります。融けますからね」

「氷の短剣を持ってサウナに入り……というのが、江戸川乱歩のトリック集にありましたね。それで」

と、促すと、

「江戸村さんを通じて、ぼくの考えを当局へ伝えておきました。正しいかどうかは、専門家の判定に任せようと思うのですが、かまいませんね」

「いいですとも」

と、答え、なお、彼の話を聞き、自分の考えと変わらないことを確認した。

実は、霊子の考えが入っているのだが、結論から言うと機械式トリックである。従って、コロンブスの卵だ。答えが出たとたん、ばかばかしいと思うむきも多いと思う。

簡単に原理だけ言えばこうなる。

まず、位置を決めた椅子の真上に、大きな氷のブロックを天井の梁から吊す。次に椅子の下に生石灰を撒き、それから強力な催眠剤を飲む。

やがて、意識を失った彼の真上から氷塊が落下し、頭頂を直撃する。

雪国に住む者は、屋根から落下する雪塊や氷塊の打撃力をよく知っている。木製の空き箱を砕く威力があり、事実、毎年、大勢の人が亡くなるのだ。

「自殺の方法がわかれば、〈手宮冷蔵倉庫事件〉のトリックもわかるかもね」

と、霊子が言った。「でも、機械式トリックは、わかってしまえば、ネタバレの手品のように味気ないわ、きっと」

「じゃあ、聞くけど、文下睦夫氏が、なぜ、わざわざ手の込んだ方法で自殺したのか。末期癌の苦しみから逃れるためだけなら、こんな方法はとらないと思うよ、ぼくは」

「そうね」

「理由はなんだと思う。これまでの調査で、彼は犯人から、一番、遠い位置にいることがわかっているしね」

「なんでしょう」

「動機に関しては心理の問題だよ」

「深層心理ね、そうだわ」

霊子は声を高めた。「そうよ、ケンサクの謎よ」

「それだね」

瓜生は思わず声を高める。

「ああ、あれ? あなたが読んでいたあれでしょう」

「ええ、そう。ケンサク（謙作）はあの有名な小説の主人公でしょう」

「ですよね」

「君の最初の卦と一致するじゃないか」

もしそうなら、この一連の大きな犯罪の基本的構図が根底から変わってしまう。

「でも、仮説よ、まだね」

彼女は一歩退く。「最低でも誰かの証言がなければ、仮説にすぎないわ」

「わかった」

瓜生は言った。「じゃ、〈クリスタル・アート・バー〉について考えてみよう。氷の家という絶対的特徴があるよ」

「〈クリスタル・アート・バー〉は閉鎖空間ではないわ。でも脱出できない密室よ。高い塔の上、深い井戸の中、孤島も、この〈開放密室〉に分類されると思うの、いかが？」

「『幻影城』にはない分類だね」

瓜生にも納得できる。

「〈クリスタル・アート・バー〉は蟻地獄と同じね」

凹みになっている中央ホールの構造がそれだ。フロアには、木製の階段で降りられるし、また上に戻れるが、これが外されればどうなるか。全体がフライパン状になっているので、足も手も体も、どこもつるつる滑り、犠牲者たちが試みる脱出は徒労に終わるのだ。

2

そんな会話をかわした数日後、連絡は、突然、先方からきた。

「あなた、ゾーンから接触があったわ」

と、瓜生の携帯に、霊子からのメールが入っていた。

異次元ではないが、なにか、彼らの日常とはちがう〈空間〉——それがゾーンだ。

わかる者だけにしかわからないので、普通はその接触に気づかないのだ。

だが、ひょっとすると、臨終のときにだけ、告知されるのかもしれないなにか……。

瓜生は、妙な不安を覚えつつ、自宅から画廊へ向かった。

が、霊子は落ち着いていた。

「で、どうするの?」

「少し前、こちらからお電話したわ。礼儀ですから」

「それで」

「あたし、文下華代さんにお茶に招待されたわ。あなた、一緒に来てくださるわね」

「いつ?」

「次の日曜」

ギャラリーは、オフィス街にあるので日曜は休みだ。

翌々日、自宅から伏見地区へ車で向かった。

扇状地の平地が藻岩山という山の麓で終わると、道は登りになる。その中段に文下華代の住む高齢者のための終の棲家〈ディオゲネスの館〉があった。

充実した図書室、診療所やリハビリテーション施設もあるらしい。

受付で取り次いでもらい、エレベーターで最上階に上る。

チャイムを鳴らすとドアがあいた。

はじめて会う文下未亡人、いや老彫刻家の十川華代は一〇〇歳を越す年齢なのに、奇跡的に若やいで見えた。

風格というか貫禄というか、独特の雰囲気があった。

とりあえずは、時候の挨拶からはじめたが、応対は妻に任せ、瓜生は、リビングの飾り棚の上に掛けられている油絵を眺める。

画風は印象画風。現地で購入したものか。彼は気づいていた。この海浜風景画がトーキーであることを……。

トーキーはアガサ・クリスティーのゆかりの町だが、合併のため現在名はトーベイ（Torbay）である。

「もう気づかれましたね」

「奥様、我々は、暗号を解読しました。あれがデヴォン州の保養都市トーベイですね」

「今日来ていただいた用事の一つがあの絵ですわ」

「昨年の第一の死以降、息子さんはここにおられたのですね」

「ええ。あのドアの向こうが、息子の隠れ家でしたの」

未亡人は、屈託のない笑い顔で教えた。

「同じ癌の末期患者として、しみじみと過ごせましたわ。母と息子がこの世の最後の刻を過ごせたのよ。あたくしに心残りはありませんわ」

だが、あえて、瓜生は訊ねる。

「息子さんのあの壮絶な〈第二の死〉の死にかたを、母親であるあなたは黙認されたのですか」

「最後の刻が間近に迫った以上、息子の最後の希望であれば、黙認するしかありませんわ」

「それにしても、わが身を焼くなんて」

霊子が言った。

「息子は自分の肉体を呪っていたのです。理由はおわかりでしょう、霊子さん」

「本当の父親のことですね」

「ええ。息子は知ってしまったの」

「奥様が?」

「いいえ、あの男が教えたの」

「ロンドンで実の父親と会ったそうですね」

「息子にしてみれば、ああ、なんと言えばいいでしょうか」

「悲劇です」

と、瓜生は言った。「実の父と信じていた戸籍上の父親を、生物学的な実の父親が、まったく理不尽な理由と残酷な方法で殺害したのですから」

　彼は、こうして口にすることすら、おぞましく思われる真実を言葉にしながら、頭の片隅ではこの関係が、〈エディプス王の神話〉に似ていると思った。

「きっと、なにか非合法（イリーガル）なものが、自分の細胞のなかにあるという感覚でしょうか、ご本人にとってはたまらなかったと思います」

「ああ、あなたはおわかりなのね。息子はずいぶん苦しんでおりましたわ」

　眼が魅力的だ。

　老彫刻家の眼には、催眠効果があるようだった。

「あたくしもね、特別に処方された鎮痛剤で激痛を抑えているありさまですわ」

「……」

　瓜生も妻も言葉に詰まる。

「お二人にお願いがあるの。あなたがたは、あたくしに、すべてを語らせたくっていらっしゃったんでしょうが、でも少し待っていただきたいの。すぐに、あたくしが、息子の後を追って、あちらの世界へ参るまでは」

　戸惑っていると、霊子はあっさり、

「お約束します」

と、応じた。

それで、

「約束します」

と、言わざるを得なくなった瓜生は、ポアロ物の『チョコレートの箱』のようだと思う。

事の真相を知ったにもかかわらず、われらのエルキュール・ポアロは、老女から「わたしが死ぬまではわたしの犯罪を口外するな」と、約束させられるのである。

「我々は警官ではありませんので、秘密を公にする義務はありません」

と、瓜生は言った。

「やはり、あたくしが見込んだとおりのかたですわ。卦をたてて探しましたのよ。そうしたら、あたくしの同類の奥様をみつけ、あなたに行きついたのです」

瓜生として信ずるしかない心境である。

たしかに、文下睦夫は、唐突に彼の前に現れたのである。

「あれは、奥様の差配でしたか」

「そのまま、何もしなければ、迷宮入りで済んだかもしれません。ですが、この世の誰かに知られることで混沌が形となり、この世に残ります」

「自白することで、罪を犯した魂でも救われるとおっしゃるのですね」

と、瓜生は言った。

「はい。人はみな、死によって次元の垣根を越えて、霊という本質的に異なる存在になるのですが、さように不浄(ふじょう)なものは邪魔(じゃま)になるのです。ですから、この世に残して逝(い)ったほうがいいのです」

「まるで、文下睦夫さんが、犯人のような言い方ですね」

と、瓜生が、言うと、

「ええ、そうですとも。しかし、息子が父を殺すことは、天理に照らして、許されることではありません。それは、結果が原因を殺すことですから逆理なのです」

「でも、何らかの役割は、果たされたはずです」

「ええ。東京から輪郷代議士へ電話を掛けて、手宮の冷蔵倉庫に彼らを呼び出す役目を頼んだだけですわ。直接、あの復讐劇に参加させることはできませんもの」

「息子さんの実の父親は、やはり、想像していたとおりでした」

と、言うと、

「ええ。それがすべての原因ですわ」

瓜生がこれまで、まだ、一度も見たことのない悲しい眼を、文下華代はした。

3

紅茶とクッキーが出た。

日差しが穏やかである。

藻岩山のすっかり濃くなった緑が心地よい。

瓜生は、ベランダで飼われている蜥蜴（とかげ）に気づいた。

視線に気づいたのか、

「そうそう、もう一つのお願い。奥様に、あの子を貰っていただけませんか」

「喜んで」

霊子はあっさり引き受けた。

「ワインをいただきましょうか」

「まだ昼ですから」

「あたくしが飲みたいの」

と、老彫刻家は言った。

「あなた、少しなら」

霊子が言った。

「じゃ、ひと口だけ」

彼女はワインの栓をあけ、グラスに注いだ。

「乾杯は言いません」

彼女の眼は、芸術家の眼に戻っていた。

感情をコントロールできる意志の強さが、眼の中にある。

「失礼ですが奥様、この度のことでお訊きしますが、このとても大きな物語の骨組みと言いますか、プロットをお書きになられたのはどなたですか。文下睦夫さんですか、奥様ですか」

「いいえ、あたくしども血族みんなで、練り上げたシナリオと申しておきましょう」

「というと、知内勇気さんも宮下菊代さんもですか」

「ええ」

「クラブ〈汐留〉のチーママの倫子さんもですか」

「ええ。あなたがたは、偽物のクリスタル・ツアーの並木路子は彼女だとお思いなのでしょう」

「ちがうのですか」

「ミステリーの読者なら、きっと答えを知りたいでしょうね。でもあたくしは沈黙を守りますわ。それが答えです。でも一つだけお教えするわ。菊代は、結婚で姓が変わりましたが、あたくしの年齢の離れた実の妹なのです」

「わかりました」

と、うなずきながら瓜生は、未亡人の真意を悟った。

「お二人は、すでに日本を脱出してパリへ。あちらに永住されるとか」

「ええ。母親と娘は、今年の二月一二日、朝の便で千歳の空港を発ち、成田からヨーロッパへ」

「と言うと?」

「あの夜、入れ替わったのは、だれでしょう?」

「だれですか?」

「すでに、この世にはいないはずの人。これがヒントです」

「わかりました」

「義理の兄をあの男に殺されて、その後の人生を狂わされた妹とその娘をそっとしておいてくださいね」

「ええ。もちろんですわ」

瓜生より先に霊子が答える。

また、短い沈黙の刻が流れて、未亡人から、

「他には?」

と、促されて、

「では、問題の密室の謎をお聞きします。〈手宮冷蔵倉庫〉の仕掛けです」

と、瓜生。

口元に近づけたワイングラス越しに、漆黒(しっこく)の瞳が彼を見つめていた。彼は、なぜかゾーンを感じる。心を操られているようにも思えるのだった。

「文下睦夫さんは、生前にヒントをくれました」

と、瓜生はつづける。声がかすれているのを、彼は自覚しながら、

「一つはエジンバラで同僚の戸村熙(とむらひろし)教授と考えた〈かちかち山殺人〉のアイディアです。第二は『水

が火を熾す』という謎の言葉。加えて、わが妻の卦に出た象意ですが、ここでも火が上卦、水が下卦という自然の理に反した卦となりました。つまり……」

瓜生は言葉をとぎり、文下華代の眼に吸い込まれるような感覚に囚われる……。

「奥様は、ひょっとすると、卦意を操る力をお持ちのおかた。妻も気づいたようですが、そうなのですね」

反応は口元だけだった。かすかに笑ったように思えた。

彼女の眼は慈愛に満ちていた。

瓜生は、すでに自分が、ゾーンにからめ捕られているのを自覚した。

「妻は気づいたようです。ヒントは、あなたが彫刻家でもあること。まだ、ぼくなりに考えた仮説でしかありませんが、当日、火災が起きる前に、何者かが設備室に入り込んで壊れたスプリンクラーを直した。いったいだれが……。可能性として考えられるのは、埼玉の帝都設備支店に勤務していた尼野さんです。彼は建築設備の技術者ですから、容易に故障を直せる。しかし、小樽湊に帰省中であった彼は、急性腸炎で入院中だったそうですが、入院先は、当時、内科部長だった原靖友さんの入船総合病院ですからね、替え玉ぐらいは簡単だったでしょう。つまりですね、彼によく似た弟の哲司さんが替え玉だったとしたら……。もう亡くなったそうですが、彼も兄同様に〈文下奨学会〉の恩恵に預かっているのです。ここまではいかがでしょう」

「おつづけになって。興味深く拝聴しておりますわ」

「つづけます。弟と入れ替わって入院先を抜け出した尼野さんは、式の前に倉庫に入り、スプリンクラーを修理した。スプリンクラーが故障したなら、事前に直しておけばよいのに、なぜ当日になって、あわてて修理しなくてはならなかったのか。おそらく、スプリンクラーの故障が判明したのが、当日になってからだったのでしょう。スプリンクラーが作動しなければ、計画はだめになる。修理できるのは尼野さんだけ。しかも修理には時間がかかり、尼野さんは追悼式に出られないかもしれない。そこで、急遽、弟を身代わりにしたアリバイ工作が必要になったのでしょう。

「式が終わると、尼野さんは、設備室の鍵を掛け、一〇人の出席者が出た後に倉庫から出た。鍵を掛けたのは、後からくる三人が設備室に入れなくするためです。やがて文下睦夫さんの電話でおびきだされた輪郷代議士と他二名が到着し、倉庫に入った。しかし、クラブ〈汐留（ちょうか）〉で受けた電話で会うと約束した息子の文下睦夫さんはおらず、代わりに十三文半の米軍の長靴を履かされた石膏像があった。

「これで、輪郷代議士は、すべてを悟ったのでしょう。おそらく、赫猪勇夫（あかいいさお）が、ここにおびき出す役目をしたんだと確信したのでしょう。欺されたと逆上した輪郷代議士が、発作的に赫猪を両手で扼殺し、理性を失ったまま石膏像を押し倒した。結果、床はコンクリートですから、壊れた。すると……」

瓜生は語りつづける。

「ぼくの考えでは、石膏像に仕掛けがあったはずです。壊されたとき発火する何かが。燃え上がった炎に、尼野さんが修理したばかりの天井の火災感知器が反応した。こうして、故障しているはずのスプリンクラーが作動し、彼らはずぶ濡れになった。

「やがて、火は消えた。ほぼ同時に、空調機も灯油切れで停まった。ずぶ濡れの輪郷らをマイナス一〇度以下の寒気が襲った。彼らは、救けを呼ぶため外へ逃れようとした。だが、倉庫の戸は開かなかった。このとき除雪作業中のショベルカーが前庭駐車場に雪の山を造っていたからです。そのまま、戸の溝が凍りつき、堆積された大量の雪が運び出された後も、扉は開かなくなったのでしょう」

　瓜生は、十川華代を見詰めながら言った。

「以上が、凍死するまでの推理です。いかがでしょうか」

「あたくし、肯定も否定もしませんわ。ほんとうに知らないのです。彼らがなぜ火傷を負い、凍死したかをね。ただ、赫猪勇夫はゲスな男でした。息子睦夫の出生の秘密を知り、あたくしを脅迫してきたのです。むろん、はねつけましたわ。すると、赫猪はあたくしに泣きつきました。サラ金の暴力的な取り立てにあっていたようですわ。あたくしは、あの建国記念の日に、〈汐留〉で睦夫の電話を受けて輪郷（わのさと）に取り次ぎ、輪郷と側衣珠世（かわいたまよ）を連れて、手宮の倉庫に来るようにと、彼に命じたのです。『連れてくれば三〇〇万円さしあげるわ』と言ってね。むろん、三九年前、あたくしの夫が殺された事件の犯人がだれか、主犯以下全員の名前もわかったとも言いましたわ」

「決定的証拠が、腰板の裏側に残されていたんですね。錦建設の社長から聞きました」

「ええ。セメント袋の切れ端に、犯人たち八名の名前が書かれていたのです」

「〈手宮冷蔵倉庫事件〉の三人、薄野の〈クリスタル・アート・バー〉の三人の名前ですね」

「ええ、そう。他に二人いました。岩那承兵と肝地重雄です。夫は、近所に住んでいたこの二人の顔を覚えていたのでしょう」

　文下華代は言葉をつづける。「赫猪があたくしにうち明けました。岩那は〈旭橋事件〉が一五年で時効になる前に、輪郷代議士を脅迫したのです。さらに、友人の岸壁転落事件の真相を知った肝地が同じように脅迫したのです」

「彼らは、輪郷代議士の闇の部隊の存在を知らなかったのですか」

「赫猪がすべて話しました。しばらくは要求どおり金銭を与えていたそうですが、計画どおりに始末したそうです」

「側衣珠世の配下の三人組にですね」

と、瓜生は言った。「寄背輝亀、阿尾旨彦、朽火章児。岩那と肝地は、この輪郷の闇の兵隊に始末されたのですね」

「そのとおりよ」

「でも、殺害の日は、紀元節が火曜日と重なる日が選ばれておりますが」

「それはね、万一を考え、この犯行が〈旭橋事件〉の復讐劇と捜査当局に思わせるためだったんですって」

「そこまで計画的に……」

「考えたのは、側衣珠世ですわ。彼女も、当時は会社経営者ですからね、同じく脅迫されていたのです」

そのあと、瓜生は、しばし沈黙する。

殺人の話は重いからだ。

呼吸を整え、やおら訊く。

「奥様、教えてください、〈手宮冷蔵倉庫事件〉での発火の仕掛けですが、現場には、なにもなかった。ライターもマッチもなかった。蝋燭もなかった。とにかく、なにもなかった」

瓜生はつづけた。「しかし、倉庫の隅に積まれていた庭木の雪囲い用の筵が大量に燃えました」

「……」

意外にも、彼女は、好奇心をあらわにした眼で、彼を見た。

と、霊子が、

「あたしの答えはこうです」

と、言う。「あたし、調べましたの。石膏は安全な材料です。消石灰も安全です。消石灰は生石灰から焼成されるものですが、生石灰は水と反応して激しく燃え上がり、膨張するそうですね」

霊子はつづける。「建設業の人たちも知り得る知識ですわ。生石灰は汚泥を固めたり、軟弱地盤を安定させるために使います。ある養鶏家が消毒のために鶏舎の地面に撒いたところ、土中の水分に反応して出火、鶏舎を焼失させたこともありますわ」

だが、文下夫人の反応はない。

「あの石膏像は本多昇さんの作品だそうですね」

と、瓜生が質す。「でも、どんないきさつで？」

「ええ。あの彫像は、長らく行方がわからなかったのですが、錦さんの父上が、本多さんに頼まれた貸し金の形(かた)に預かったものだったそうです」

「それを当日、追悼会場に」

「ええ、ご推察のとおりよ。あたくしたちは、あの場所で象徴的な裁判を行なったのです」

「聴きましたよ、錦社長から」

瓜生はつづける。「彫像の内部細工をしたのは、奥様ですね」

彼としては、核心に迫る質問だった。

ところが、意外にも、華代未亡人の答えは、

「いいえ。本多先生は、あたくしの彫刻の恩師ですもの。手など加えておりませんわ。追悼式が終わったら、小樽湊美術館に収蔵をお願いするつもりでしたの」

すると、霊子が、

「あたしは、てっきり、問題の彫像は中空で、ぼろきれで包んだ生石灰の部屋と、水の入ったガラス瓶を据えた部屋、そして第三の部屋がガソリンの部屋にちがいないと推理したのです。そして、石膏像が倒されると、瓶が割れて水が流れ出し、生石灰と反応して発火、同じく容器も割れてガソ

リンが流れ出し、一気に燃え上がる装置だったのではないかと思っていましたけど」

だが、

「いいえ。今、言ったとおり、本多先生の歴史的価値のあるアバンギャルド作品「十三文半」には、一切、手は加えておりませんわ、あたくしは。もし、そのような仕掛けがしてあるのなら、警察の鑑識さんが、見逃すはずはないじゃありませんか。多分、真っ先に、逮捕されていたのは、もっとも強い動機のあるあたくし自身だったと思いますわ」

（とすれば、いったい、だれが？　どうやって？）

長く重い沈黙が、彼らの間に流れる。

――ただ、江戸村元刑事の説明では、事件の起きた倉庫には、軟弱地帯の道路工事で路盤を固めるために使う生石灰の残りが保管されていた。

彼によれば、

「これが運悪く発火したのは、別の火災が発生し、大量の水が天井から放出されたからだろうと、鑑識では」

これが当局の結論である。

散水栓を作動させた火災は、石膏像の傍に収納されていた筵が燃えたものだというのだ。

では、筵に火をつけたのはどういう方法で？

霊子が考えた方法でないとすれば、いったいどうやって……。

と、華子未亡人が、

「もしかすると、一九八〇年代かしら、高度成長の最後に不動産バブルがありましたでしょう。あのころ、不審火がとても多くてアカシア市でも、繁華街の一画が燃えたことがありましたわ」

「ええ。覚えています」

と、答えると、

「多分、これがヒントになるんじゃないかしら」

（？……）


そのあと、空白がある……

意識の空白が……

長い空白が……

4

――が、突然、沈黙が破られ……

瓜生は我に返る……

と、囁くように、天女のように、

「そろそろ、いいかしら。あたくし疲れましたわ」

と、華代未亡人が、呟くように言った。

「あなた」

と、妻に促されて、瓜生は、

（催眠術に掛けられたのだろうか）


と、我を疑う。

「それでは、奥様」

と、長椅子から腰を浮かせた霊子に倣って、彼も席を立つと、

「あれが息子からのお二人への形見分けです」

と、壁の絵を指す。

「トーベイの風景ですね」

と、妻が言った。

「ええ、そう。アガサ・クリスティーが生まれ、育ち、彼女が成功してからも愛してやまなかった街の絵ですわ。額の裏蓋をあければ、息子の告白書が見つかるはずです。わざわざ倉庫を造らせ、実行した自殺の真意もね」

未亡人に言われるままに、瓜生は額を外し、裏蓋をとって、彼宛の遺書を取り出して読んだ。

頭蓋骨を粉砕したのは、氷のブロックだ。初夏の暖気で氷が溶け出すと、その両脇から抱えていた鉄の鈎（かぎ）からブロックが外れ、氷塊が落下する仕掛けだった。

氷塊は文下氏の頭蓋骨を直撃し、床に落ちて砕けた。そして、氷塊が天井で融け出した際の水滴がかからないよう、椅子の下に置かれていた生石灰と反応して発火、床に撒いた灯油に引火して文下氏の体を焼いた。

やはり、妻の卦（け）は当たっていたのだ。

やはり、〈水が火を熾（おこ）〉していたのだ。

瓜生が言った。

「一つを残して、疑問が解けました。しかし、最後の謎の答えは奥様からお聞きするほかありません」

「なんでしょう」

「動機です。一連のこの事件に、ぼくは大きな大きな絵というか、物語を感ずるのです。やはり、愛する夫を殺された積年の恨みを晴らすための復讐ですか。でも、それだけでしょうか」

すると、霊子が言った。

「華代様、やはり謙作の謎ですね」

「それをあたくしの口から言わせようというのね。あたくしの告白文は、あなた方へもう投函しました。あたくしの最後の希望は、『クリスタル殺人事件』のエリザベス・テイラーのように、眠っているうちに死ぬことですわ」

「ミス・マープル役をジョーン・ヒクソンではなくて、アンジェラ・ランズベリーがやるほうですね。原作題は『鏡は横にひび割れて』です」

と言って瓜生はうなずく。

「ええ。夫役がロック・ハドソン。わたくしが大好きな俳優」

そう言われると、警察官でも、法の番人でもない彼らは、引き下がるほかなかったのだ。

5

――自宅に戻り、もう一度、文下睦夫が額の裏に隠した遺書を読み返した。

謙作の謎は、彼らが想像したとおり、志賀直哉の『暗夜行路』だった。この小説の主人公が謙作であり、彼は自分のほんとうの父親が、祖父だったのではないかと思い悩むのである。

睦夫の実父も軍治ではなかった。軍治を殺害した輪郷納太だったのだ。

読みながら、胸が苦しくなるような文面である。

なんという過酷な運命だろうか。

傍らの霊子も涙を浮かべていた。

＊

遺書には、睦夫が輪郷とロンドンで会ったことも書かれていた。高齢になったため、代議士引退を決意した輪郷は、自分の後継者にと、小樽湊商科大学教授である文下睦夫を説得にきたのだった。

しかし、それは口実だったのである。例の〈湊フロンティア計画〉の存在を知った輪郷は、腹黒い計画を画策していたのだった。

睦夫氏の遺書にも書かれていた。

「ロンドンのホテルで輪郷に会ったとき、彼が衆議院議員の権力を使い、小樽湊市民の未来のために〈文下奨学会〉のメンバーが考えた計画を乗っ取ろうとしていると、すぐわかりました。断れば、計画自体を潰すと脅迫したでしょうし、彼の政財界への影響力を考えれば、十分、可能であったと思います。しかし、自分には、到底、許せぬことでした」

影の顔を持つ輪郷代議士は、終生、多くの闇の利権と密着していたのである。

＊

さらに、もう一つ、母親から息子を取り上げて苦しめ、復讐する目的もあったらしい。彼はシベリアから帰国したとき、ふたたび主人の妻である華代に迫った。しかし、華代の無視が、彼の屈折した心に火をつけたのである。手段を選ばぬ汚い手を使い、彼が代議士を目指したのは、華代への強いコンプレックスの裏返しだったのかもしれない。

「正常な社会ではあり得ないことも、あの敗戦時のような混乱の時代では起こり得たのだろうね」

と、瓜生は妻に話した。

＊

文下睦夫の告白はつづく。

——たいへんショックでした。母は、私の出生の秘密を守りつづけてくれましたから。私の父は、今でも、私の生物学的父に命を奪われた文下軍治なのです。

私がロンドンから母に電話したときから、母の胸中に殺意が芽生えたのだと思います。私も協力しました。しかし、母の配慮で、私は父殺しの大罪を犯さずにすみました。

＊

しかも、あの男は、母が愛した夫だけではなく、母の縁者をも不幸にしたのでした。私は私自身の身を焼くことで、私の魂を浄化したいと考えるようになりました。

＊

文下睦夫は、彼自身の〈第一の死〉のトリックについても触れていた。

やはり、〈文下奨学会〉の同志が協力したのである。彼は大崎不動産の大崎新吾の名をあげ、彼の叔父の大崎泰男（やすお）が火葬場の場長であったコネを使ったと記していた。

死亡診断書も入船総合病院の原靖友（はらやすとも）の偽造だったようだ。

また、輪郷代議士と周辺の情報は、地元秘書の中室直矢（なかむろなおや）が、常時、華代未亡人に伝えていた。中室も、また、輪郷代議士の妨害で父親の会社が倒産したため、辛酸（しんさん）を舐めた家族の一員だったのである。

こうして、〈文下奨学会〉の主力メンバーが、文下華代の指揮に従い綿密に練り上げたのが、あの〈手宮冷蔵倉庫事件〉だったのである。彼らの目的は、輪郷代議士による〈湊フロンティア計画〉への介入を阻止するために輪郷を葬り、輪郷に代わる彼らの同志、知内勇気（しりうちゆうき）を国会へ送り込むことにあった。

〈クリスタル・アート・バー〉の事件では、犯罪の仕上げを行ない、見届けたのは、女装した彼、偽装死によってこの世に存在しないはずだった文下睦夫であった。

*

だが、すでに時間が経ちすぎているのだ。彼らの犯罪を、推論や証言以外の科学的な物的証拠で、立証するすべはすでにないのである。むろん、警察当局の怠慢であるが……。

しかし、現世というものは、真実とはほど遠い場所とも言える。現世では、人々の様々な思惑が複雑に絡みあい、真実が隠されるほうが、むしろ多い。

たとえば、真実が二つあるケースもある。Truth もプラグマティズムでは Truths（複数形）になるのだ。むろん、これまで人生経験を積み重ねてきた、瓜生なりの考えかたであり、人それぞれ、この考え方にこだわるつもりは毛頭ないのだが……。

一方、当局にとっても、事故死とか迷宮入りのほうが、暗黙の諒解で都合のいいケースはままあるだろう。

瓜生もまた、自分がホームズやポアロやマープルのような名探偵ではないことを自覚していた……。

しかし、ホームズにもポアロにも、犯罪の真実をあえて曲げて、善人を守る場面があるのだ……。

＊

文下華代からの手紙は、翌日の午後届いた。

一読して、〈ディオゲネスの館〉へ電話をしたところ、

「今朝早くにお亡くなりになった」

と、聞かされた。

江戸村元刑事に連絡をとって調べてもらったところ、モルヒネを致死量飲んだようだ。

彼女は念願通り、エリザベス・テイラーが演じた往年の大女優、マリーナ・クレッグと同じ方法で旅立って逝ったのである。

＊

（彼女は、息子睦夫とともに、己の犯した罪の裁きを冥界の審判に任せるつもりなのだろう）

と、瓜生は考えた。

またこうも思った。

（この世の裁きのルールと冥界の善悪のルールは、きっと違うにちがいない）と。

＊

――ともあれ、瓜生の仕事は終わった。

もう、これ以上、語る必要はないだろう。

〈手宮冷蔵倉庫〉で起きた火災発生の点火法についてもあえて……彼としては、これ以上、触れた

くないのが本音なのだ。

だが、ひと言だけ、やはり付け加えておくべきだろう。

夫、軍治の留守に、華代の寝室に忍び込み、力づくで華代を犯したとき、輪郷はわずか一七歳だった。

昭和五年のことだ。当時、華代は二八歳だったが、一回の交わりで身籠ってしまった。

世間体を恐れた夫の軍治氏は、彼女の告白を聞くと、国後(くなしり)島の出張所へ輪郷を追いやり、二人を引き離した。

しかし、子供ができない体質だった軍治氏は、妻に子を産むことを許し、湯治の名目で道東の川湯(かわゆ)温泉へ行かせ、睦夫と名づけた嬰児を出産させたのである。

＊

――夫が最後に残した〈リンゴの唄〉の意味に、もっと早く気づくべきでした。

と、文下華代は書いていた。

――夫の遺した手帳に書いてあった〈リンゴの唄〉のリンゴは輪郷(りんごう)だったのです。納太(とうた)の納は出納帳のトウですが、ノウでもあるのです。

――これでおわかりね。輪郷納太(わのさととうた)は、リンゴウノウタとも読めます、ですから、そのまま、〈リンゴの唄〉ですものね。

『小樽湊殺人事件』完

【あとがきに代えて】

マニエリスムする思考で、ミステリーすれば

1　人生一〇〇年時代の作家生活

いったい、ヒトは何歳まで生きられるのだろうか。

最近、よく耳にする〈人生一〇〇年時代〉という言葉だが、ほんとうなのだろうか。

統計では、一九六三年では一〇〇歳以上が約一五〇人だったものが、二〇一八年には約七万人に増えたと聞くと、科学技術の発達で、今後、さらに延びるのだろうか。それとも、寿命には生物学的な限界点があるのだろうか。

最近の研究では、一一五歳ぐらいが限度のようだが、一世紀を生きた人という意味で、センテナリアン、和語では百寿者というそうである。

ともあれ、私は現在満八九歳。来年二〇二三年には、いよいよ九〇歳の大台に乗る。だが、健康年齢というものもあるし、一〇〇歳越えの八八パーセントは女性だというし、第一、自分の脳がいつまで正常に働くか、何の保証もない。しかも、死は、突然、やってくるかもしれないから、自分の九〇代は、人生のおまけくらいに考えておいたほうがいいのかもしれません。

となると、一九七〇年に、早川書房の「ＳＦマガジン」で、運に恵まれて作家デビューして以来、

今日までの五二年間で一九〇冊くらいの著作を出版してきましたが、これも〈業（ごう）〉と言うべきでしょうが、まだまだ、書きたいものがあるので、なんとか長生きしたい。

その秘訣は、〝腹八分目〟ではなく〝腹七分目〟だそうです。人体というものは空腹を感じると、細胞の再生機能が自動的に働くのだそうです。

◇

実は最近、『70歳の正解』（和田秀樹・著／幻冬舎新書）という本を読んだのですが、「死ぬまで勉強の正解」という章があった。一読、そのとおりだと思った。画廊の経営など実業の仕事から手を引いた今の私は、土日、祭日もお構いなしに、PC（パソコン）に向かって文章を書いているし、次々と新刊書も買い込んで速読、あるいはPCで検索をしたり、教育系のテレビ番組を観てメモを取ったりしています。そして、獲得した新知識を、小説内世界で復習することで、老化が始まった記憶力のアップをはかる。

などなど、けっこう頭を使っているせいか、今のところは、創作脳に関しては稼働可能。つまり、私の創作活動が、どうやら老化と認知症対策になっているらしいのです。

と言うわけで、現在の自分の日常感覚を、本作では満六九歳の作家瓜生鼎（うりゅうかなえ）に〈代行（アバター）〉させた次第です。

そう考えるならば、SF作家という存在は、メタバースとも言うべき仮想世界を自脳内に構築し、自分自身やその他の登場人物のアバターを活躍させながら暮らす、いわば二重国籍者なのかもしれません。

あるいはまた、SF作家は、自らの個人的経験を縦糸に、空想や想像を横糸にして布を織る機織師（はたおりし）

でもある。結果、織り上がった布に新たな模様が浮かび上がりますが、それが一編の作品なのです。

現に、テキスト（本文、原本）は、テキスタイル（織物）と語源が同じ言葉です。

2 『小樽湊殺人事件』の構造分析

さて、この作品の経歴ですが、以下のとおりです。

まず初出ですが、某出版社のミステリー賞への応募作で、二次選考で落選した傷物。このへんのやり取りは、本文第一章で瓜生鼎と文下睦夫のぼやきのとおりです。ですが、せっかく書いたのだからと、作者のブログに掲載したので、読まれたかたもおられると思います。

しかし、今回、もう一度、書き直してみようと思い立って、今年の連休明けから始めたのですが、改めて気づいたこと、いや痛感したこと。それは、昔は探偵小説といい、清張以降は推理小説、今はミステリーと名称を変更しながら、ジャンルの範囲を広げて発展こそしてはいるのですが、ジャンルの核心であるトリックそのものは、すでにやり尽くされているのではないか。

であれば、自分なりの戦略を起て直す必要があると考え、思いついたのが、NHKのテレビ、〈ヒューマニエンス〉で観た〈ゲノム編集〉でした。

番組を観ながら、「ついに人類は、神の領域に達した」と、思わず呟いた私でした。なんと、高校生や大学生でもゲノム実験ができるというから驚きです。

方法は〈CRISPR/Cas9〉つまりクリスパー・キャスナインの〈ガイドRNA〉を胚に注入してやると、数時間で標的の遺伝子の塩基配列を見つけ、キャス9という蛋白質がハサミの役割をして切断し、特定のゲノム配列を入れ替えて、遺伝子病の治療を可能にすることが、将来的には可能になるらしい。

また、同様な手段で二個所を切断、その個所に無害なウイルスに仕込んだ有用な人工遺伝子を組み込む方法。このやりかたでT細胞を強化し、癌細胞への攻撃力を高める実験にも成功しているそうです。

つまり、自然界が何万年、何十万年の長いスパンを経て行なってきた突然変異を、ほとんど一瞬にして行なえるということなのです。結果、ゲノム編集によって、変異は自然界では偶然だったものが、今や人為的必然に代わったというわけです。

であるならば、これと同じことが、自分の仕事に応用できないか。たとえば、推理小説を生き物に見立てるならば、そのゲノムを再編集することができるかも……。自然界の生物も偶然の変異で多様化し、その一部が自然界の変動に適応したからこそ、命を今日までつづけることができたのだから……。

現に、一九六〇年代にわが国にＳＦ小説が生まれたのも、一般文学に対する我々第一期作家によるゲノム編集が行なわれたからだ、とも言えるわけです。

また、推理小説も、一九世紀に生存したエドガー・アラン・ポーが、〈文学のゲノム編集〉を実行したから生まれた、と考えることも可能です。

そんなわけで、いったん完成させた作品『赤いリンゴ殺人事件』の一部をあえて切断し、「第二章一六年前の事件」で瓜生と杜社長が対話する部分や「第三章　霊界からのメール」のメタバース談義の部分、その他アブダクションの個所などを加筆修正したわけです。

今はまだ、この改稿が、完成度という面で成功したかどうかはわかりません。しかし、もしかすると、ミステリーを改編する手がかりが発見できるかもしれないという点では、実験作である——と、ご理解ください。

なお、私の古い読者はご存じでしょうが、祥伝社の故伊賀編集長の発案で伝奇推理、伝奇ロマンという新ジャンルの開発にも関わりました。この新ジャンルは、故・半村良さんを先頭に私もつづき、夢枕獏さんのような偉才が生まれました。

戦争シミュレーション小説の開発もですが、これは元・中央公論編集部の新名さんの発案で始められました。一時期、一世を風靡する観さえあったこのジャンルは、現在、横山信義さんなどに引き継がれています。

世界文学史を通観すればわかるように、文学もまた時代ごとに前例の遺伝子を入れかえることによって、新ジャンルを生み出して今日に至りました。過去に、多くの様式が顧みられなくなったように、何事も変異やイノベーションがなければ滅びてしまいます。すべての生命体も産物も商品も芸術、そして文学も生き延びる方法は同じだと思います。

率直に言って、小説は、現在、ごく一部の例外を除いて読まれていないのではないでしょうか。

現代社会では、メディアとしての小説（物語）の必要性が薄れ、人々の欲求がスマホなど、活字から映像へ向けられているからだと思います。

つまり、環境が変わったということです。環境が変われば生命体は生き残れません。それと同じだと思います。

◇

はたして、活字文化の復活はあり得るでしょうか。

このままでは、ないと思います。

ミシェル・フーコーの言葉を借りれば、エピステーメーが代わったからです。

このエピステーメーとは、各時代の固有なものの考え方、思考の枠組み、あるいは思考の台座のことです。

つまり、グーテンベルグによる聖書の印刷で始まった活字文化が、知識の伝達、啓蒙思想の担い手として尊重されてきた時代が、終わりつつあるということです。

今どき、分厚い思想書を読むのは、限られた人だけでしょう。専門書だけではありません。たとえば、『Xの悲劇』にはじまるエラリー・クイーンの四部作ですが、活字がびっしり。その緻密な論理構成に、読書脳がついていける現代人は限られると思います。

私自身の経験でも、本で読むよりテレビやDVDのドラマで観たほうが、ずっとわかりやすい。とすれば、この先、AIやIT技術の急激な進歩で活字文明が駆逐され、画像文明に完全に置き換わることは、十分、予想されます。

おそらく、純文学も、エンターテインメント系も含めて、活字文化の担い手である文壇そのものが、二〇五〇年までに消滅してしまうのではないかと思うほどです。

自動運転の一般化が、近々、実現するであろう時代では、メタバースなどもごく普通に、日常的に利用される時代になります。活字印刷という方法で情報を載せてきた書籍も、埋蔵文化財の土器のように、博物館に収められる遺物になるにちがいありません。

しかし、一方、たとえメディアが画像に代わっても、我々ヒト族は、言葉が配列された文章で、論理を理解するのです。たとえば、本文にも挙げた演繹推理、帰納推理、そして仮説推理などですが、これらはSF小説や推理小説をたくさん読むことで、自然に身につくのではないでしょうか。

一方、活字文明でも横行したフェイクは、画像文明ではより劇的に横行し、深刻な社会問題になると思われます。

私自身が根っからの活字人間なので、そう思うのかもしれませんが、やっぱり論理脳を鍛えるのは読書だと、私は確信的に思っています。またそのことが、変化のめまぐるしい二一世紀世界を、また予想されるシンギュラリティ後の世界で生き延びるための対策だと考えるのです。

3　SF脳からマニエリスム脳へ

近き将来、幾つもの〈メタバース・ワールド〉が様々な企業や国家、自治体などによって創られるらしく、これが相互に連結する〈メタバース・コンテニュウム〉が形成されると言われています。

現在の感覚ではまだゲームの世界ですが、物理世界と仮想世界が共存する時代では、これまでテレビやスマホの画像の外から観ていたのに対して、メタバースの仮想三次元空間に我々の身代わり(アバター)が直接、飛び込んでしまうのです。そして、ここで、我々は、現実世界で日常的に行なっている買い物や銀行、郵便局、学校に行くなどの行為を行なうことになるのです。

はじめは、物質世界に慣れている我々は戸惑うかもしれませんが、やがて虚像世界の環境にも、脳自身が慣れてしまい、現世界と虚世界の区別さえつかなくなるかもしれません。

いずれにしても、こうした感覚はSF感覚であり、マニエリスム感覚でもあると思います。

そもそも、マニエリスムとは、ルネサンス最盛期にミケランジェロ、レオナルド・ダ・ヴィンチ、ラファエロらの巨匠たちによって完成された古典的様式のあと、後継者らによって恣意的に行なわれた〈手本からの逸脱〉を指す美術用語なのです。

一六世紀の比較的短い期間に行なわれた傾向ですが、たとえば、

(1) ダリの作品に見られるような、非現実的な超遠近法、極端な短縮法、極端な明暗法
(2) 前時代に活躍した巨匠たちの様式の誇張的模倣
(3) 直線以外の曲線や螺旋などを使った歪められた空間
(4) 遠近法の消失点を非現実的に移動
(5) 逆に奥行きを閉ざした平面化

(6)　たとえば、デ・キリコの作品のような陰影の極端な強調
(7)　完璧さを故意に破壊した建築物
(8)　たとえば、一〇頭身など、人体各部位の比率を故意に変える

などです。

こうしたマニエリスム思想は、二〇世紀に入るとシュルレアリスムに受け継がれ、もっとも典型的な例はサルバドール・ダリでしょう。

ある意味では、イモリにゲノム編集をほどこし、黄色いイモリを誕生させるなど、唯一神の絶対的な産物である自然物に、あえて人工的操作で変異体を創る行為は、まさにマニエリスム思想そのものです。

仮に、完全な日常的自然の文学的活写を純文学とすれば、非自然的人工物であるSF小説や、日常の環境の中に人工的な装置（たとえば密室）や、自然的時間に人工的細工をするアリバイ・トリックなども、すべて人為的加工が施された文学ですから、やはりマニエリスムと言えるはずです。

4　ヒト自身が密室化する近未来

以下の考えかたもまた〈マニエリスムする思考〉からの産物ですが、たとえば、主人公が巨大な虫になるというカフカの『変身』ですが、これもまた〈個室という名の密室〉で行なわれた秘儀であると

言えます。

ひと昔までは、大家族主義で雑魚寝が当たり前だった。しかし、たしか高度成長期からは、家族の一人一人が個室を持つようになった。大勢のきょうだいが、社会を形成していた時代が終わり、一人子が増えてきた社会。

一方、昔、よく言われたように、建材が木造で、かつ湿潤な気候に適応して開放的な造りの日本建築は、密室向きではない。従って基本が石造りのヨーロッパとちがい、舞台設定が作り物になりがちになる。だが、わが国の建築様式が変わり、高層マンションなどコンクリート造りの住居が増えたので、ミステリー舞台設定も根本で変わるかもしれません。

しかも、最近の傾向に、引きこもりがあるように、デジタル・ジェネレーションの人々に内向型が増えている現象は、見方を変えれば物理的密室化ではない〈心の密室化〉が、現代社会に進行しているように思われます。

『生命知能と人工知能』（高橋宏知・著／講談社）という本を読んだのですが、〈デジタル・ネイティブ世代〉が苦手とする三つは、
(1)「考えること」が苦手
(2)「想定外」が苦手
(3)「電話」が苦手
だそうですが、この苦手は人工知能の苦手と一致する。

未来社会では、堅牢な個室の要塞に籠もり、外部とはネットでつながり、同居人はロボットという環境が普通になれば、ミステリーも変わるかもしれない。

ですが、本来のヒトの知能は生命知能です。人工知能は自動化知能、生命知能は自律化知能で区別される。

ミステリーに適用すれば、過去のトリックを勉強して、トリックを見破り、犯人を当てる読み方は、この人工知能に当たる。現に、スマホで調べればたいていの答えがわかるわけですから。

対して、新しいトリック考案に挑戦するのは、自律的、つまり生命知能に当たる。

この関係は問題提出者と解答者の関係になるが、テレビ局や出版社などを介さず、個々人が己の部屋を発信局にしてユーザーたちと交流しながら、推理作家業を行なえるような時代が到来するかもしれません。

5　結　語

などなど、思いつくままに、たくさん書きましたが、最後に断りを……。

(1)　クリスティーには〈ポアロ・ワールド〉と〈マープル・ワールド〉がありますが、ＳＦ式に言えばパラレル・ワールドです。この二つ世界を繋ぐ結節点があるのをご存じでしょうか。

私の好きな作品、ポアロ物の「第三の女」に出てくるニール主任警部は、「ポケットにライ麦を」で、ミス・マープルとともに事件解決にあたるニール警部と同一人物と考えてもいいでしょう。（註、『アガサ・クリスティー百科事典』数藤康雄・編／ハヤカワ文庫二〇一ページ）

実は、右にならい、本作でも同じ仕掛けをしました。

本作の前作である「小樽湊シリーズ全三巻」と地名など舞台が同じ。また両者に共通する姓の人物を登場させました。（註、ただし、名は別）

もう一点、拙作『出雲國 国譲りの謎』に出てくるセプテム教団の密室ですが、ここからの脱出法の一例も、本作で暗示されております。

(2) もとより、題名の小樽湊は、作者が生まれ、満一〇歳の秋まで暮らした日本海に面した商港、小樽がモデルです。

執筆していると、まるで着慣れた下着のような感覚で、方向感覚や距離感、坂の有無などの地理がイメージできるので、気に入っているのです。コロナ禍が長引き、取材旅行ができないので、記憶という名の過去旅行をしているのかもしれません。

で、書きながら考えていたのですが、たとえば、文学の基本は〈人間〉です。しかし、その〈人間〉の終焉が、すでに始まっているのですが、ＡＩ＆ＩＴの進化で、さらに急速に発展するであろう一〇年後、それが我々を待ち受けているシンギュラリティの近未来です。

むろん、この〈人間〉は、人類が核戦争で絶滅するという意味ではありません。近代産業社会システムの効率のいい発展のために考案され、近代システムに取り込まれた、いや組み込まれて定義された

〈人間〉という概念です。

右はフランスの哲学者ミシェル・フーコーの言葉ですが、ではシンギュラリティ後の〈人間〉はどう変わるかというと、以下は私の考えですが、今後は〈人間〉が、ますます、ＡＩ＆ＩＴが中核となる社会システムに取り込まれていくような気がします。

政治システムも代わり、投票率の上がらない選挙制度ではなく、全世相に関するビックデータを解析するＡＩが、政策を決定する時代がくるかもしれない、と言う人もいます。

そんな時代では、推理小説の探偵も、そうとう高度なＡＩ技術者でなければ名探偵にはなれないでしょうね。
(3)　なお、今回は、『書きたい人のためのミステリ入門』（新井久幸・著／新潮新書）という本も、初心に返って読んでみました。
一読、非常に具体的で懸賞小説落第生の私にとっても、いちいち思い当たる指摘と助言ばかりでした。トリックの王道は〈密室〉とも書いてありました（大賛成です！）。

ただし、懸賞募集に応募する際の欠点は、自作品と選考人との相性が、合うよりも、むしろ合わないケースが多いことかと思います。

第一、出版社が求めているのは商売になる作家ですが、そんな逸材は、万に一人もいないはずです。

私自身、一九七〇年に作家デビューできたのは、「ＳＦマガジン」（早川書房）の編集長が、福島正実さんから森優さんに交代したからでした。さらに、この森さんが推薦してくれて、祥伝社の伊賀さんの元で仕事ができたこと。さらにこれが呼び水となって徳間書店の仕事につながり、さらにまた、中央公論社で本が出せたのは、筒井康隆さんの推薦があったからでした。

運が良かったのです。つまり、懸賞募集に応募したわけではなく、同人誌での仕事が認められて作家デビューできたのです。

私の場合、小説の受賞歴は、ファン投票の『星雲賞』のみです。それでも五二年もの間、作家生活がつづけられているのです。

もちろん、才能が磨かれ、成長できたのだって、曲がりなりにも処女作が出せたからで、チャンスが与えられなければ、芽が出ずに腐ってしまうジャガイモと同じです。特に地方在住者は不利です。〝地方は才能を立ち腐らせる〟と言われるくらいですからね。

まして今日は、昔のように本が売れない時代です。ですから、とりあえずはオンデマンドでもいいし、クラウドファンディングでもいいし、ウェブに発表する方法でもいいし、とにかく費用のかからない手段を探し、なんらかの形にするのが先決ではないかと思います。

現に、『さむらい探偵 陰参議 天之鳩光之進』（株式会社ブグログ・発行）という時代物は、クラウドファンディングで、また自分のウェブ（http://www.aramakisf.jpn.org）にも書き下ろしの小説など複数を載せています。

(4) 最近、卒寿が間近になり、衰える脳を活性化させる最良の手段が小説の執筆、それもＳＦ小説か推理小説だと思うようになりました。

とにかく、この二ジャンルは頭を使いますからね、最高の認知症防止対策になるのです。

なお、今後、現在の俳句人口並に、小説を書く人が増えると思います。おそらく、校正支援ソフトや創作支援ソフト、創作講座や添削講座がネット上に溢れ、しかも無料で使える時代がくるでしょう。

また、人々が小説を書くのは、必ずしもプロ作家になるためではなく、自らの脳の鍛錬や精神衛生上の予防とか、趣味が同じ友達を作るためとか、目的が変わると思います。

自伝を書く人や、若返りのために恋愛小説を書く人とか、千差万別ですが、それらがビッグデータに蓄積され、社会の新たな知的資源になるかもしれません。

むろん、小説は、書いてみると実感できますが、容易ではありません。助詞の使い方、改行や句読点の打ち方、起承転結法、それに差別用語や用字用語を覚えるなど、あるいはまた辞書を引く習慣とか、基本的訓練が無数にありますが、それが脳の思考力を鍛える効果は抜群です。

すでに今、私などは、心はアマチュア時代に返って書くこと自体を楽しんで、日々を送っているのです。

作　者

二〇二二年一二月

【付記1／その他の作者の主な推理小説】

『天女の密室』（実業之日本社／一九七七年一一月）

『ファウスト時代』（講談社／一九八二年九月）＋（勁文社／一九九一年七月）

『カスロトロバルバ』（中央公論社／一九八三年一二月）＋（同社文庫題『エッシャー宇宙の殺人』／一九八六年一〇月）

『「新説邪馬台国の謎」殺人事件』（講談社文庫一九九二年六月）

『「能登モーゼ伝説」殺人事件』（講談社文庫一九九三年六月）

【付記2】

二〇二二年九月一九日の北海道新聞（朝刊）の記事によれば、総務省が公表した高齢者の人口は、六五歳以上、三六二七万人（総人口の二九パーセント以上）七五歳以上、一九三七万人（総人口の一五パーセント以上）

この数字は、日本国内に、もう一つの国家、〈高齢国（エルダリアン）〉が存在することを、意味するのではないでしょうか。

実は、SF用語に〈永遠市〉というのがあるのですが、これは遠未来の世界で行なわれる恒星間飛行の乗員らを、住まわせる都市のことです。

なぜかというと、光速に近い飛行をすると、相対性理論が示す時間の遅延が起こり、乗員は歳のとり方が遅くなる。そのため、彼らが帰還した地球は、すでに何十年、何百年も先に進んでいるので適応障害を起こすからです。つまり、〈永遠市（イモータリアン）〉は、今、流行（はや）りの〈昭和の町〉みたいな昔風の街になっているのです。

作者も、十分、歳をとり、変化の早い現代社会になかなかついていけないと感じているのですが、

（自分はすでに〈永遠市（イモータリアン）〉入りしているのではないか）

（であれば、無理をせず自分の年齢なりに、また同世代の人々と知識や関心を共有するような小説を書けばいいではないか）

などと、最近、思うようになっているのです。

用語解説

◉表題

小樽湊 作者の生まれ故郷、小樽がモデル。

ジュリア・クリステヴァ（一九四一年〜）ブルガリア出身のフランスの文学理論家、哲学者／（学派）ポスト構造主義。

インターテクステュアリティ 同右による文学理論。すべてのテクストは、先行するプレテクストからの引用であり、引用のモザイクであり、またデフォルメである。

民話「かちかち山」 ネットで検索可能。狸が老婆を欺して殺し、自らが老婆に化け、帰ってきた夫に料理した老婆の肉を食わせるという残酷な民話。兎が復讐に立ち上がり、狸が背負った柴に火をつけて火傷を負わせ、泥船に乗せて溺死させるというもの。

◉序章

洋モク 死語。終戦直後、アメリカの煙草は貴重品で、巷では洋モクと呼ばれた。配給の刻み煙草をコンサイスのページを破って巻きたばこにするための道具も売られていた。

進歩的文化人 死語。戦後現れた、保守系でありながら、平和、中立、民主主義を唱えた文化人。はっきりした定義はない。

二・一ゼネスト 昭和二二年二月一日に実施が計画された、吉田政権打倒のゼネラル・ストライキ。しかし、マッカーサーの指令により中止となる。

達磨ストーブ 鋳鉄製で胴体が膨らんだ形をしていた。

改札係に鋏を 国鉄の改札で切符に鋏を入れる係がいた。鋏の切り口の形で出発駅がわかる仕組みだったと思う。

買い出し部隊　終戦直後は、とにかく食べ物がなかった。それで農家へ食べ物を求めに行く人々で、列車はいつも超満員だった。

石炭手当　北海道独自の制度だったらしい。ひと冬分の燃料代が支給された。

六分搗きの米　白米は贅沢品であった。配給米が玄米だったり六分搗きだったりすると、これを一升瓶に入れ、棒で何度も突き、白米と糠に分離するという生活の知恵が、当時はあった。作者自身、糠のホットケーキを幾度も食べた記憶がある。

第一部

◉第一章

『陸橋殺人事件』　著者のロナルド・A・ノックスは、聖職者。とある寒村のゴルフ場で推理小説通の四人が推理談義に花を咲かせていたが……。創元推理文庫。

チャールズ・パース（一八三九年〜一九一四年）アメリカの論理学・数学者。プラグマティズムの創始者。

T・S・エリオット（一八八八年〜一九六五年）アメリカから英国へ帰化。ノーベル文学賞詩人。『荒地』（岩崎宗治・訳／岩波文庫）

ジェフリー・チョーサー（一三四三年〜一四〇〇年）イングランドの詩人。代表作『カンタベリー物語』

ジョン・メイナード・ケインズとカール・マルクス　ケインズ経済学は世界大恐慌に際し、その解決策を考えた理論。ひと口で言えば、政府が借金して公共事業などで需要を増やせば失業も減るから、儲かったとき国の借金を返せばいいというもの。主著『雇用・利子および貨幣の一般理論』

マルクスの理論は、労働者から搾取する資本主義そのものがまちがえているとする。主著『資本論』

数理経済学　数学的手法で分析する経済学のことだが、近年ではゲーム理論が主流。参考文献は、フォン・ノイマンとオスカー・モルゲンシュテルンによる『ゲームの理論と経済行動』

松本清張（一九〇九年〜一九九二年）以前『点と線』（一九五八年）が話題になったころ、推理小説ファンの間で、こうした社会派ミステリーに反発して、離れた者たちがいたように思う。作者もその一人であったが、今になって読み返してみると、小説のうまさを感じてしまう。清張の文体や構成には学ぶべきものが多いと考える。

舞鶴と引揚船 終戦によって外地から引き揚げてくる軍人・民間人の数は非常に多かった。彼らを送り届けたのが引揚船である。舞鶴は、引揚者を受け入れる港のもっとも大きなもので、特にソ連からの抑留者が多かった。なお、歌謡曲にもなった〈岸壁の母〉であるが、外地から帰還する息子を待つ母親の姿を、マスコミが捉えて報道したため全国的な話題となった。

『二四羽の黒つぐみ』 橋本福夫・他訳／『クリスマス・プディングの冒険』ハヤカワ文庫に所収。

『葬儀を終えて』 加島祥造・訳／ハヤカワ文庫。

コーンウォール半島 英国南部の西へ向かって長く延びる半島。

『本陣殺人事件』 横溝正史（一九〇二年〜一九八一年）角川文庫。

『刺青殺人事件』 高木彬光（一九二〇年〜一九九五年）光文社文庫。

『D坂の殺人事件』 江戸川乱歩（一八九四年〜一九六五年）創元推理文庫／注釈によると、大正時代ではメーターを取り付けない小さな家では、電燈会社が、昼間は変電所のスイッチを切って電気を止めた。また電球のタングステンが切れてもまた接続することがままあったらしい。つまり、ミステリーと時代情況は、地理的情況とともに深く関係するという例である。

『Xの悲劇』 エラリー・クイーンは、フレデリック・ダネイ（一九〇五年〜一九八二年）とマンフレッド・

ベニントン・リー（一九〇五年～一九七一年）の合作筆名。ただし悲劇四部作（ドルリー・レーン物）は、バーナビー・ロス名義。高校生時代に友人に教えられた『Xの悲劇』（一九三二年）、『Yの悲劇』（一九三二年）、『Zの悲劇（一九三三年）』、『レーン最後の事件』（一九三三年）を読み終えたときの衝撃は、七〇年も経った今でも忘れていない。推理小説が、私の人生の中で一番、おもしろかった年頃でもある。いずれも鮎川信夫・訳／創元推理文庫。

『ABC殺人事件』 アガサ・クリスティー（一八九〇年～一九七六年）大学生のときに読み、着想（アイディア）のすごさに感心した。堀内静子・訳／ハヤカワ文庫。

『赤髪組合』 コナン・ドイル（一八五九年～一九三〇年）延原謙・訳／『シャーロック・ホームズの冒険』新潮文庫に所収。

『シャーロック・ホームズの推理学』 内井惣七・著／講談社現代新書。

『アブダクション――仮説と発見の論理』 米森裕二・著／勁草書房／知の巨人、パースの思想を解説。

安楽椅子探偵 Armchair Detective 犯罪現場へは赴かず、来訪者や新聞記事などの情報のみで事件を推理する探偵。

『エッジウエア卿の死』 福島正実・訳／ハヤカワ文庫。

『スタイルズ荘の怪事件』 矢沢聖子・訳／ハヤカワ文庫／一九二〇年、アガサ・クリスティー最初の商業デビュー作品。

ロバート・ルイス・スティーヴンソン（一八五〇年～一八九四年）『宝島』と『ジキル博士とハイド氏』が有名。エジンバラ大学土木工学科で学ぶ。祖父と父が灯台専門の土木技術者だった。似た経歴なので、作者は親近感がある。

『国富論』 経済学の父、アダム・スミス（一七二三年～一七九〇年）が一七七六年に出版した著作。しかし、今日では、後に発表された『道徳感情論』

からの再解釈が進んでいるらしい。彼は、富の定義を貴金属などの量で考えた重商主義を批判し、富は労働によって生み出される生活の必需品、便益品と再定義した。また、彼は人間について分析し、その本質はフェアプレーであると結論づけたようだが、この善意の精神は、英国の推理小説の大原則ともなっていると思う。

ハギスとシングル・モルト　ロンドンからエジンバラへ自動車旅行したときに、噂のハギスを試食したことがある。羊の内臓のミンチ、オート麦、玉葱、ハーブを刻み、牛脂と共に羊の胃袋に詰めて、ゆでるか蒸した詰め物料理。特に美味しくはないが、まずくもなかった。シングル・モルトは専門店で試飲。多くの種類があって驚く。スコットランドでは、「スコッチと言うと笑われる。単にウイスキーと言え」と注意された。下戸の作者にも甘みも感じられ、正直な気持ちで旨いと思った。

国定教科書に墨を塗って　小学六年で終戦を迎えた作者自身の経験であるが、それまで使っていた国定教科書の要所要所に、墨を塗るよう教師に求められた。むろん、占領軍からのお達しだと思うが、以来、権威側が求める価値観そのものを疑うようになったのは事実である。

勤労動員　戦時下の小学生の勤労奉仕は、新聞配達、アルミの弁当箱などを集めて国へ供出、楓の幹を傷つけてとるシロップ集めなどであったが、上の中学生などは鉱山や農家へ動員されたものである。

ヴァン・ダインの探偵小説二〇則　『探偵小説百科』(九鬼紫郎・著/金園社)四六三ページ。

ノックスの探偵小説一〇戒　『同右』四六四ページ。

『踊る人形』　延原謙・訳/『シャーロック・ホームズの帰還』所収/新潮文庫。

量子暗号　暗号化と復号に利用される共通鍵のみを量子経路を使って送信する。送りたいデータそのものは共通鍵を使って暗号化され、通常の回線で送信する。この方式がなぜ安全かというと、量子経路の通信を第三者が覗き見ると、中身が変化し、かつ覗かれたことも判明するからである。

『ひらいたトランプ』　加島祥造・訳／ハヤカワ文庫。

『まだらの紐』　延原謙・訳／『シャーロック・ホームズの冒険』所収／新潮文庫。

『オリエント急行の殺人』　中村能三・訳／ハヤカワ文庫。

◉第二章

『牧師館の殺人』　田村隆一・訳／ハヤカワ文庫。

時効制度　二〇一〇年以降、殺人事件は時効そのものが廃止された。

『カリブ海の秘密』と『復讐の女神』　ミス・マープル物で前者から後者につづく。前者は永井淳・訳／後者は乾信一郎・訳／ハヤカワ文庫。

北門新聞　小樽には中江兆民の北門新報が存在していた。

製缶工場　北海製罐。現在は廃墟だが、再生させる動きも地元の有志の間ではあるとか。子供のころの記憶では、ここで北洋で獲れた蟹などの缶詰などを製造。それらが、建物の外壁に沿って、陽に照らされ、きらきら光りながら下へ降りる光景を、鮮明に覚えている。

〈旭橋〉　小樽市に実在する。運河にかかる橋。

ヨーゼフ・シュムペーター（一八八三年〜一九五〇年）一九世紀末のウイーンが生んだ知の巨人。イノベーションを中心に据えた経済発展理論。参考文献／『シュンペーター伝――革新による経済発展の預言者の生涯』（トーマス・K・マクロウ・著／八木紀一郎・監訳＋田村勝省・訳／一灯舎）

〈マルチバース宇宙論〉　複数の宇宙（Multiverse）の存在を仮定した理論物理学の説。

ノイマン型コンピュータ　プログラムをデータとして記憶装置に格納し、これを順番に読み込んで実行するコンピュータ。発明者のジョン・フォン・ノイマン（一九〇三年〜一九五七年）は、二〇世紀科学史における最重要人物の一人とされる天才。

〈SFプロトタイピング〉 現在、注目されているSFの活用法。SFに描かれた未来社会が現実にあると想定して、そのような社会では何が必要とされるかを研究する方法。

〈労働者なき資本主義論〉 AI・ロボットが高度に普及する社会では、労働者のいない資本主義社会が生まれるだろうと想定される。大量失業が生まれる社会が想定されるので、未来学の大問題でもある。しかし、まだこの問題は解決に至っていない。『AI時代の資本主義の哲学』(稲葉振一郎・著/講談社選書メチエ)など参照。

二一世紀型の〈二つの世界〉 かつての冷戦時代には、社会主義世界と自由主義世界とが、鉄のカーテンで遮られて対立していた。しかし、AI&ロボットが生産の大半を担うであろう二一世紀では、専制主義国家群と自由民主主義国家群が地球を二つに分けて覇権を争う事態になるかもしれない。

〈世界史上の特異点(シンギュラリティ)〉 二〇三〇年ごろと想定されている世界システムの劇的変化。『シンギュラリティ大学が教える飛躍する方法』(サリム・イスマイル+マイケル・マローン+ユーリ・ファン・ギースト・著/小林啓倫・訳/日経BP社)など参照。

江戸川乱歩の密室の定義 『探偵小説百科』(九鬼紫郎・著/金園社)の「場所トリック」(四六九ページ以下)など参照。

RC建築 RCはReinforced Concrete(補強コンクリート)の略。コンクリートの芯が鉄筋の構造物。コンクリートは圧縮に強く、鉄筋は引っ張りに強いという利点を組み合わせた構造。

ビッグデータ big data 従来のデータベース管理システムでは、記録・保管・解析が難しい巨大データ群。マーケティング用語。現在は、たとえば消費動向などの調査に使われているようだが、将来は、国政選挙なども、ビッグデータをAIが分析する方法で行なわれる可能性すらあるらしい。

ミシェル・フーコー（一九二六年～一九八四年）　フランスの哲学者、思想家。主著、『狂気の歴史』『知の考古学』『言葉と物』など。フーコーが重要なのは、歴史の流れの中で、人間という概念をはじめ、いわゆる認識の台座が劇的に変わるという事実である。実は二〇二〇年代の今現在がそうした時期なのである。

◉第三章

〈IoT〉　機械同士が、人間を介在させずに交信しあい稼働すること。

身代わり（アバター）と〈メタバースの技術〉　仮想現実の空間に自分の身代わりを置く、これがアバターであるが、将来は生身の自分ではない自分の身代わりを別の天体へ送り込み、自分は地球に居ながら身代わりを動かし、作業し、知覚する時代がくるかもしれない。

黄金分割　一つの線分を二つに分けるとき、全体と大きい部分と、大きい部分と小さな部分の比が等しくなるような分け方。わかりやすく一・六一八対一と覚えるとよい。この比率は絵画の分割によく使われる。

易　本田濟・著／朝日新聞出版が詳しい。

レイモンド・チャンドラー（一八八八年～一九五九年）　ダシール・ハメットらと共にハードボイルド探偵小説を生み出す。『大いなる眠り』『さらば愛しき女よ』『長いお別れ』が代表作。

『蟹工船』　小林多喜二（一九〇三年～一九三三年）の代表作。日本プロレタリア文学を代表する作家であったが、特高警察により拷問死。

メチル・アルコール　敗戦直後の物資欠乏の時代、工業用アルコールを飲んで失明などの事故を起こしたニュースがあったのを記憶している。

爾光尊事件　敗戦直後の混乱期、昭和二二年に金沢市で発生。米隠匿容疑で、新興宗教教祖、爾光尊の逮捕に向かったが、信者に囲碁の呉清源や双葉山もいた。特にかつての名横綱、双葉山が二〇人以上の警官を相手に奮戦したので、大きく報道されたのを記憶している。

合成酒　大正七年の米騒動をきっかけに、当時は貴重であった米を極力使わない清酒（もどき）が発明された。発明者は理化学研究所の鈴木梅太郎博士。アルコールをもとにブドウ糖、アミノ酸、調味料などを用いて製造される。今日では料理酒としての用途が多いようだ。

『暗夜行路』　志賀直哉（一八八三年〜一九七一年）による、わが国近代文学を代表する小説。学生時代に読み、感銘を受けた記憶がある。

◉第四章

イド　エスともいう。フロイトによる精神分析的人格の三要素の一つ。自我、超自我（心の裁判官）に次ぐのがイド（本能衝動・快楽原則・性衝動・攻撃衝動など）である。

アーサー・コナン・ドイル（一八五九年〜一九三〇年）開業医としては失敗し、余暇に書いたホームズ物で成功する。今風に言えば、副業での成功者だ。

モリアーティ　犯罪界のナポレオン。シャーロック・ホームズの好敵手。

ガストン・ルルー（一八六八年〜一九二七年）　モーリス・ルブランと並ぶ、フランス推理小説創世期の人気作家。『黄色い部屋の秘密』高野優・監訳＋竹若理衣・訳／ハヤカワ文庫／この作品が「父親殺し」という指摘は、同書の監訳者あとがきにある。

アイスキュロス　『アガメムノーン』を下敷きにした自作中編『午後の迷宮』はカドカワの「野生時代」に、改稿作は作者の公式ウェブで読むことができます。
http://www.aramakisf.jpn.org

ニール・スティーヴンスン（一九五九年〜）　ポスト・サイバーパンクの作家。『スノウ・クラッシュ』日暮雅通・訳／ハヤカワ文庫。

〈灰色の脳細胞〉　ポアロ氏、お気に入りの台詞。作者も一度、北大でホルマリン漬けの人脳を見せてもらったことがあるが、たしかに灰色であった。

プラットフォーマー　『デジタル列島進化論』若林秀樹・著／日本経済新聞出版。

アメリカのAGA　アップル・グーグル・アマゾン

GAFAでない理由　フェイスブックがマサチューセッツ州で創立されたのは二〇〇四年なので、時間的に本作終了後である。

ジェイムズ・ジョイス（一八八二年～一九四一年）アイルランド出身の作家、詩人。『ダブリン市民』『ユリシーズ』『フィネガンズ・ウェイク』などの超難解小説で知られる。なお、〈意識の流れ〉など、作者の小説技法への影響は無視できない。

山中峯太郎（一八八五年～一九六六年）軍籍にあったこともあり、最終階級は陸軍歩兵中尉。秀才であったらしく、早々に退役する。作者の本好きは少年時代に耽読した、戦時SF『見えない飛行機』や、軍事探偵本郷義昭少佐が活躍する『亜細亜の曙』に始まる。なお、峯太郎はシャーロキアンでもあった。

第二部

◉第五章

〈クラリッジ・ホテル〉　架空。クリスティー『シタフォードの秘密』『忘れられた死』にも出てくるホテルでもある。

電気館通り　都通りが本名。戦前、天野興業の電気館という映画館があったので、作者の子供時代は電気館通りと呼んでいた。

オタモイ竜宮閣　昭和初期に小樽オタモイの断崖に建てられた大きな宴会場。しかし、昭和二七年、火災で焼失して放置されていたが、昨今、復活の動きもある。

石川啄木（一八八六年～一九一二年）大正期の浪漫派歌人。代表作『一握の砂』。結核で満二六歳夭折。

プレスコード　戦後、占領軍によって報道機関にかせられた規則。検閲もしばしばあり、原爆報道、米兵犯罪などの報道も制限された。

アプレゲール　戦後派のことだが死語。第一次大戦後、フランスやアメリカで用いられた。わが国では第二次大戦敗戦後、頻繁に使われたが、悪い意味であったと記憶している。

小樽湊商科大学　小樽商科大学は国立大学だが、昔は小樽高商といい、小林多喜二や伊藤整も卒業生。

ポール・セザンヌ（一八三九年〜一九〇六年）一九世紀サロンの落選組。しかし、西洋近代絵画の基礎を築いた晩熟の天才。

MP　占領下の日本でよくみかけた。アメリカ陸軍の憲兵（Military Police）である。

シベリア抑留　第二次大戦終戦で捕虜となった軍人、民間人が、ソ連によってシベリア他の各地、モンゴル人民共和国で、過酷な環境下、強制労働に従事させられた。抑留者は女性も一部含めて五七万五〇〇〇人。うち、死亡者は五万八〇〇〇人に上った。

国後島　昔の千島列島（クリル列島）の島。戦後ソ連・ロシアに占領されている北方四島の一つ。

〈バートラム・ホテル〉　現実の小樽にはない。ミス・マープルの登場する『バートラム・ホテルにて』のホテル。

『幻影城』　江戸川乱歩・著／宝石社版／昭和三一年一〇月、四版。なお、初版は昭和二六年五月。

イーデン・フィルポッツ（一八六二年〜一九六〇年）一時、クリスティーの隣家に住んだこともあるらしく、はじめのころ彼女を指導したこともあるらしい。『赤毛のレドメイン家』（宇野利泰・訳／創元推理文庫）なお東京創元社の「世界推理小説全集」には、大岡昇平・訳もある。

森鷗外（一八六二年〜一九二二年）陸軍軍医としては最高位でありながら、明治・大正時代の文壇を牽引した。作品は『舞姫』や『山椒大夫』『高瀬舟』など多数。ロマン派の文豪。

◉第六章

ロジャー・ペンローズ（一九三一年〜）　英国の数理物理学、科学哲学者。二〇二〇年度ノーベル物理学賞受賞。

リビドー　フロイトでは性衝動のエネルギー。ユングではあらゆる行動の根底にあるエネルギーを指す。

マウリッツ・エッシャー（一八九八年〜一九七二年）　建築不可能な構造体や無限を有限に閉じ込めるなど、特異な作品を創る版画家。自著『カストロバルバ』の彩流社版は「荒巻義雄メタSF全集」所収。同名の単行本、および文庫題『エッシャー宇宙の殺人』は中央公論社。

ファイアウォールとバックドア　前者は外部ネットワークと内部ネットワークの接点に導入することで、外部からの侵入を防ぐシステム。後者は裏口。転じて、不正侵入のために密かに仕込まれた経路。

プロファイリング　犯罪の性質・特徴から行動科学的に犯人像を推論する方法。

ＧＨＱのＧⅡ　占領下のわが国にあったＧＨＱの参謀第二部。秘密諜報機関のキャノン機関は、その直轄組織であった。

水木しげる（一九二二年〜二〇一五年）　ニューブリテン島ラバウルに出征、片腕を失う。代表作は『ゲゲゲの鬼太郎』。

◉第七章

携帯電話　わが国の携帯電話サービスは一九八七年（昭和六二年）からだが、普及にはほど遠く、当時は自動車電話が登場した段階であった。携帯電話の一般への普及は、一九九三年ごろからである。

アンディ・ウォーホル（一九二八年〜一九八七年）　アメリカのポップアートを牽引した作家。一九六四年（三六歳）、スタジオ The Factory を創設、アートワーカー（芸術労働者）を雇って、シルクスクリーン・プリントなどを量産、芸術が個人の営為であるという常識を覆した。なお、実験的無声映画『エンパイア』はスローモーションで八時間五分、定点カメラで、エンパイアステート・ビルをひたすら撮りつづけた作品。

◉第八章

江差　江差追分の発祥地。北海道南部の日本海に面した町。

『オリエント急行の殺人』　中村能三・訳／ハヤカワ文庫。日本初訳の題名は『十二の刺傷』だったそうだ。

◉間奏曲

朝里川温泉　小樽湊市（小樽）の温泉郷。

ホテル・ウインター　架空の名前。

大道公園　アカシア市（札幌）を南北に分ける機軸線。雪まつり他の催しが行なわれる。

薄野　アカシア市（札幌）の歓楽街。

第三部

◉第九章

『さらば愛しき女よ』　清水俊二・訳／ハヤカワ文庫。

◉第一〇章

戦後は遠くなりにけり　中村草田男の代表作「降る雪や明治は遠くなりにけり」のパロディ。

ヒエログリフ　古代エジプトで使われた三種の文字の一つ。神聖文字とも言う。

『スリーピング・マーダー』　綾川梓・訳／ハヤカワ文庫

◉一一章

預金封鎖　昭和二一年二月六日発表、同月一七日から実施。銀行預金が下ろせなくなり、やがて新円に切り替えられる。作者も印紙のようなものを旧紙幣に貼って使ったのを覚えている。なお、新円のデザインが大きく〈米国〉と読めるので話題になったことも。

銅版画　①エッチング／あらかじめ腐食を防ぐグラウンド（樹脂など）を銅版に薄く塗り、針を用いて銅版が露出する程度の強さで線描する腐食凹版技法。②ドライポイント／鋭利な鋼の針で、銅版に、直接、線刻する彫刻凹版技法。③メゾチント／銅版の全面をロッカーと呼ばれる鋸歯状の道具で、くまなくぎざぎざに傷つける。この状態で印刷すると真っ黒になる。さらにスクレーパーとバニッシャーと呼ばれる道具で、ぎざぎざを潰し明部を出し、黒から白までの階調をつける技法。

◉一二章

リトグラフ　一九世紀ヨーロッパで始まった版画技法。石灰岩（今日ではアルミ板など）の表面に油性分の多いリトクレヨンや油性マジックなどで描画し、これを転写する。

問題小説　一九六七年創刊の雑誌名（徳間書店）であるが、ここでは、推理小説は作者が問題を出し、読者が解答するという意味で問題小説だという理由で使用。

幇助罪　共犯の一つ。犯罪を手助けした罪

川湯温泉　北海道弟子屈にある。アイヌ語のセセキペッ（温泉の川）から来た地名らしい。

ウバ　スリランカのウバ州産。世界三大紅茶の一つ。

◉終章

伏見地区　アカシア市（札幌）の西郊にある藻岩山の麓にある地区。

〈ディオゲネスの館〉　ディオゲネスはホームズ物語に出てくるロンドンのペル・メル街にあるとされるクラブ。ホームズの兄のマイクロフトは、ここの創立発起人である。

『チョコレートの箱』　真崎義博・訳／『ポアロ登場』

に所収／ハヤカワ文庫。

『鏡は横にひび割れて』　橋本福夫・訳／ハヤカワ文庫／この題名は英国詩人テニスンの『レディ・オブ・シャロット』（アーサー王伝説）の一節より。ＤＶＤは『クリスタル殺人事件』、エリザベス・テイラー主演。

［付記］本欄で挙げた推理小説の多くは、ネット検索すれば要約などを見ることができますし、ハヤカワ文庫なら『アガサ・クリスティー百科事典』（数藤康雄・編）がお薦めです。

なお、文庫は複数の出版社で出ており、邦訳題もそれぞれ異なる場合が多いようです。

全登場人物一覧（鬼籍者含む）

文下軍治（ほうだしぐんじ）　北洋海産合資会社社長
文下華代（ほうだしはなよ）　同右の妻
文下睦夫（ほうだしむつお）　軍治の一人息子＋小樽湊商科大学名誉教授
江藤章雄（えとうあきお）　十川商店番頭
作倉田賢治（さくらだけんじ）　釧路の作倉田水産社長
作倉田初子（さくらだはつこ）　同右の妻
十川竜平（そがわりゅうへい）　釧路の十川商店社長
知内勇気（しりうちゆうき）　昭和三一年シベリア抑留から帰国。道会議員を経て現在、衆議院議員
大崎新治（おおさきしんじ）　北洋海産合資会社経理部長
大崎泰男（おおさきやすお）　小樽湊市葬祭場場長
大崎新吾（おおさきしんご）　大崎不動産（株）社長

瓜生　鼎（うりゅう　かなえ）　本物語の主人公、作家
瓜生霊子（うりゅうたまこ）　同右の妻＋ファリントン・ギャラリーのオーナー
一色圭治（いっしきけいじ）　小樽湊美術館館長
盛本一郎（もりもといちろう）　画家
本多　昇（ほんだ　のぼる）　彫刻家
戸村　熙（とむら　ひろし）　小樽湊商科大学教授
輪郷納太（わのさとうた）　衆議院議員
側衣珠世（かわいたまよ）　側衣水産会長
中室直矢（なかむろなおや）　旧・輪郷代議士私設秘書＋現・湊観光社長
宮下菊代（みやしたきくよ）　高級クラブ〈汐留〉のオーナー・ママ
宮下倫子（みやしたみちこ）　同右の娘＋同右のチーママ
赫猪勇夫（あかいいさお）　輪郷選挙事務所職員
杜蛙太郎（もりあたろう）　杜蛙亭書房オーナー＋杜技研（株）社長
尼野哲雄（あまのてつお）　バー帝国オーナー
尼野哲司（あまのてつじ）　薬剤師
柳田勇治（やなぎだゆうじ）　北門新聞編集局長

本馬貫一郎（ほんまかんいちろう）　北門新聞社記者
本馬貫治（ほんまかんじ）　瓜生鼎の昔の同級生
岩那承兵（いわなしょうへい）　岩那商店長男
肝地重雄（きもちしげお）　肝地商会次男
原　靖友（はら　やすとも）　入船総合病院院長
一条寺智也（いちじょうじともや）　３Ｄ電研工業（株）社長＋小樽湊商科大学講師
一条寺友秀（いちじょうじともひで）　小樽湊市議会議長
作事宗雄（さくじむねお）　作事建設設計事務所代表
稲葉俊郎（いなばとしろう）　同右の社員
務台優人（むたいゆうと）　小樽湊市長
江戸村昭（えどむらあきら）　元小樽湊署刑事
錦　源一郎（にしきげんいちろう）　錦建設社長
山庭夏彦（やまにわなつひこ）　喫茶・ロック・ガーデンのオーナー
寄背輝亀（よせてるき）　輪郷納太私設秘書
阿尾旨彦（あおむねひこ）　輪郷納太私設秘書
朽火章児（くちびしょうじ）　輪郷納太私設秘書

一位盛邦（いちいもりくに）　一位盛邦法律事務所所長
並木路子（なみきみちこ）　クリスタル・ツアー職員
堂順　肇（どうじゅん　はじめ）　税理士
十川華代（そがわはなよ）　彫刻家
十川菊代（そがわきくよ）　版画家
真鍋絵衣子（まなべえいこ）　文下華代の女学校の後輩

◉付録　往復書簡

御著書御恵送の御禮

なにしろの猛暑、お気を付け下さい。が、一陣の涼風の如く、『国譲りの謎』が吹き抜けました。お気遣いに感謝しかありません。恰(あたか)も、推理小説の極を極めたら、故・松本清張氏の邪馬台記紀自体が、推理小説の極みとみえてきたらしいと云う、そう見ようとせねばみえてこない大視点をＮＨＫ他ドキュメンタリー化してみせたタイミングと重なったことに改めて胸をつかれてゐたこともあり、マニエリストたる先生が相手にされるに存外一番相応(ふさわ)しい世界との格闘が始まりつゝあるのを感じます。

大は虚構と「事実」の往還と云う歴史(イストワール)（学）のありよう自体から、小は人名、地名の由来吟味のまさしく音と字面の連想遊戯の連繋まで、「古代史（学）」そのものがマニエリスム営為以外の何ものでもないわけです。学者はうすうすそれを感じてゐても、その対象のその相貌をどう名付けて良いかわからない（ギンズブルグ母子[(1)]やエーコ[(2)]とかはとっくに気付いてゐることなのに）。もはや、ジャンルなど何も気にすることなし。マニエリスムの身構え（ゲヴェルデ）のみあるに過ぎませんね。
虚構戦史[3]につぐ、マニエリスムという超ジャンル、ジャンル融解のその現場探訪と云う貴重な経験をさせていただきました。小生の『ガリヴァー』訳[4]を御高覧いただいた折り、これＳＦじゃないの、まるで、と仰有られるのをみて微苦笑したのですが、そっくりのことが、記紀古代史（学）そのものが、よく仕組まれたマニエリスム推理小説の世界であると云う、今更ながら何を！　的発見という形で、小生にも恵まれた、と云うことであります。
（改めて清張の文業を追いたい。平賀源内が遺稿とは！）

高山　宏

二〇二二年八月八日

【作者による註釈】

註（1）　ギンズブルグ母子　母親はナタリア・ギンズブルグ（一九一六年〜一九九一年）小説家、脚本家、女優。息子のカルロ・ギンズブルグ（一九三九年〜）は、歴史家。特に村などの小さな共同体。あるいは個人の歴史を精密に辿る〈ミクロストリア〉の創始者で知られる。

註（2）　エーコ　ウンベルト・エーコ（一九三二年〜二〇一六年）／イタリアの小説家、文芸評論家、哲学者、記号学者。『フーコーの振り子』（文春文庫）、『薔薇の名前』（東京創元社）で知られる。

註（3）　拙作〈要塞シリーズ〉、〈艦隊シリーズ〉を指す。共にマニエリスムである。

註（4）『ガリヴァー』は高山宏先生の名訳『ガリヴァー旅行記』（研究社）を指す。作者による同書の紹介は拙著『SFする思考』（小鳥遊書房）の二六九ページ。ジョナサン・スウィフトは、明らかに一八世紀のマニエリストである。

高山先生

拙作『出雲國 国譲りの謎』（小鳥遊書房）へのご指摘、ありがとうございます。幸い東京神田の書店、東京堂で第七位に入った週もあったようです。

私のマニエリスムとのファースト・コンタクトは、一九七二年一二月刊の初長編『白き日旅立てば不死』の執筆の時で、文中にもグスタフ・ルネ・ホッケ『迷宮としての世界』（美術出版社）からの引用があります。

しかし、すでに発表していた「大いなる正午」や「柔らかい時計」、その他の初期作品が、すでにマニエリスムであったにもかかわらずマニエリスムとは自覚されず、ファンダムでも単に風変わりな作品としか思われておりませんでしたし、一部からはバロックと見なされていました。

そんな私が、明確にマニエリストを自覚するようになったのは、巽孝之氏を介して高山先生と知りあってからです。

どうやら、私は、はっきりとは自覚せずに、最初からマニエリスム小説としてのSFを書いていたのでした。

　以来、すでに半世紀以上が経っておりますが、ＳＦの一ファンであった自分が、一九六〇年代後半の日本ＳＦ勃興期のプロ作家たちの熱気に触れたとき、「とにかく、何か、前例のない世界を構築しなければプロダム入りはできない」と悟ったのは事実です。

　それにしても、なぜ、四次元の海に防波堤を造ろうなどと思いついたのか。（註、「時の波堤」、改題作「大いなる正午」）

　火星という舞台にダリを登場させようなどと思いついたのか。（註、「柔らかい時計」）

　今となるとわかりません。

　ただ、ぼんやりとした記憶があるのですが、当時、私がたとえばフォンタナの絵のように、現実という時空連続体の世界に切れ目を入れようとし、その隙間から世界の裏側というか、この世とは質的に異なる異世界を覗く感覚があったのは事実です。

　実は、早稲田の文学部心理学科に在籍していたとき、被験者のアルバイトを頼まれ、世田谷区にあった精神病院だったと記憶しますが、当時はまだ研究段階であったＬＳＤの服用実験に参加したことがあるのです。

　その時の異界感覚が、一〇年後にフラッシュバックしたのを覚えています。特に「柔らかい時計」の世界の強い光線は、ＬＳＤ効果の記憶だったのかもしれません。

◇

最近、イェール大学人気講義『天才』（クレイグ・ライト／南沢篤花・訳／すばる舎）という本を読んだのですが、冒頭に、

才人は、誰も射ることのできない的を射る。
天才は、誰にも見えない的を射る。

——アルトゥル・ショーペンハウワー

とあるのを見つけました。

才人とは偏差値最難関の大学に一発で合格できたり、司法試験にも在学中に一発でパスする人々のことでしょう。

しかし、天才と呼ばれる人々の多くは、概ね、学校での成績が悪かった。その代表例がアインシュタインです。彼にとっては、システム化された学校教育がつまらなかったのでしょう。

前記の本には天才の傾向が書かれていますが、たとえば独創力、子供のような想像力、飽くなき好奇心、あるいは情熱、反逆精神、越境思考、通常とは反対の行動、集中などが挙げられ、このような生徒や学生は反逆的、不適応、トラブルメーカーと判断され、指導教官に嫌われ、悪い点を付けられるのは想像できます。

アインシュタインもそうした学生で、大学を出てもいい就職口を世話してもらえなかったそうです。

しかし、今の日本が必要としている人材は、アインシュタインやビル・ゲイツのように、社会通念を根底から覆し、科学そのものや社会システムそのものを、根本的に変える異才だと思います。

一方、我々日本人の特徴性ですが、たとえば平安時代に、元となる漢字を崩して仮名文字発明したり、西欧文明を真似てこれを日本化した明治期以降の日本文明のように、オリジナルから優れた派生物を造りだす能力です。

これって、まさにマニエリスムではないでしょうか。オリジナルのデフォルメですから。

我々の日本ＳＦも、アメリカＳＦの単なる模倣ではないＳＦの日本化であるから、同じく初めからマニエリスムなのです。

本文でも取り上げたように、遺伝子自体が複製を繰り返して、時たまコピーミスを起こし、それが進化の一因だとすれば、人間を含む生命体そのものが、やはり〈マニエリスム生物〉なのです。

この考え方が正しければ、天才という存在も、もしかするとゲノム配列の大きな切断か、あるいは大幅な入れ替えだという考え方も成り立つかもしれません。

◇

など、論理の展開が強引すぎるかもしれませんが、我々日本民族は、先天的な〈マニエリスム民族〉なのではないでしょうか。

子供のころの記憶ですが、日本人は西欧文明の真似ばかりする猿だと侮蔑されていました。ですが、我々日本民族は猿類ではなくマニエリストであったのです。

ヒトには真似遺伝子があるとも言われておりますが、その過程で、ゲノムと同じように変異が生まれ、その変異が積み重なり、『文明の衝突』でサミュエル・P・ハンティントンが認めてくれたように、日本という独自の文明が生まれた、とも考えられます。

また、一六世紀後半に盛期ルネサンスとバロックの中間に生まれたマニエリストたちも、ミケランジェロなど、先行する大天才の技能を習得しながら一部を改変して、独自の作品を創造したという点では、天才の眷属（けんぞく）に入ると思います。人類文明史自体がそうなのです。〈複製と変異〉こそが、わが地球に現れた生命体すべての基本であり、本性だと考えます。

また、そのように考えるなら、工業製品を大量生産する、つまり複製する近代文明そのものの本質もゲノム的であり、また改良という名の変異がマニエリスムだ——と、考えることもできると思うのです。

などなど、マニエリスムという強力な概念を、二一世紀という大変革の時代を理解するパラメータとして用いながら、自分の仕事をも変革させたいと考えております。

荒巻義雄

二〇二二年九月吉日

【著者】

荒巻義雄

（あらまき　よしお）


1933年、小樽市生まれ。早稲田大学で心理学、北海学園大学で土木・建築学を修める。日本SFの第一世代の主力作家の一人。

1970年、SF評論『術の小説論』、SF短編『大いなる正午』で「SFマガジン」（早川書房）デビュー。以来、執筆活動に入り現在に至る。

単行本著作数190冊以上（文庫含まず）。1990年代の『紺碧の艦隊』（徳間書店）『旭日の艦隊』（中央公論新社）で、シミュレーション小説の創始者と見なされている。

1972年、第3回星雲賞（短編部門）を『白壁の文字は夕陽に映える』で受賞
2012年、詩集『骸骨半島』で第46回北海道新聞社文学賞（詩部門）

2013年度札幌芸術賞受賞
2014年2月8日～3月23日まで、北海道立文学館で「荒巻義雄の世界」展を開催。

2014年11月より『定本　荒巻義雄メタSF全集』（全7巻＋別巻／彩流社）を刊行。

2017年には『もはや宇宙は迷宮の鏡のように』（彩流社）を満84歳で書き下ろし刊行。

2019年、北海道文学館俳句賞・井手都子記念賞。『有翼女神伝説の謎』（小鳥遊書房）書き下ろし刊行。

2020年、『高天原黄金伝説の謎』（小鳥遊書房）書き下ろし刊行。

2021年、これまでのSF評論を一冊にまとめた大著『SFする思考』（小鳥遊書房）を刊行。

2022年、『出雲國 国譲りの謎』（小鳥遊書房）を刊行し、「小樽湊シリーズ」を完結させる。

現在も生涯現役をモットーに、作家活動を続けている。

小樽湊殺人事件

2023年1月25日　第1刷発行

【著者】
荒巻義雄

発行者：高梨 治

発行所：株式会社**小鳥遊書房**（たかなし）

〒102-0071　東京都千代田区富士見1-7-6-5F

電話03（6265）4910（代表）／FAX　03（6265）4902

https://www.tkns-shobou.co.jp

info@tkns-shobou.co.jp

編集協力　三浦祐嗣

編集協力・装幀　有限会社ネオセントラル

印刷・製本　モリモト印刷株式会社

ISBN978-4-86780-006-5　C0093